祖 传

张林朝短篇小说集

张林朝 著

天津出版传媒集团

天津人民出版社

图书在版编目（ＣＩＰ）数据

祖传：张林朝短篇小说集 / 张林朝著.—— 天津：
天津人民出版社, 2022.4
ISBN 978-7-201-18264-3

Ⅰ.①祖… Ⅱ.①张… Ⅲ.①短篇小说 – 小说集 – 中
国 – 当代 Ⅳ.①I247.7

中国版本图书馆 CIP 数据核字(2022)第 045737 号

祖传：张林朝短篇小说集
ZUCHUAN：ZHANGLINCHAO DUANPIAN XIAOSHUOJI

出　　版　天津人民出版社
出 版 人　刘庆
地　　址　天津和平区西康路 35 号康岳大厦
邮政编码　300051
邮购电话　（022）23332469
电子信箱　reader@tjrmcbs.com

责任编辑　霍小青
装帧设计　青年作家网图书事业部

印　　刷　三河市嵩川印刷有限公司
经　　销　新华书店
开　　本　710 毫米×1000 毫米　1/16
印　　张　12.75
字　　数　220 千字
版次印次　2022 年 4 月第 1 版　　2022 年 4 月第 1 次印刷
定　　价　59.80 元

目　录

祖 传

祖传十八代、延续了二百多年的老字号中医世家孙继祖孙氏诊所，关门歇业了。这在当地可引起了不小的轰动。百姓们议论纷纷，了解情况的百姓都气愤不已，认为这是对老孙家不公，对百姓看病不利。而有的人却道听途说地讹传，说是老孙家卖假药了，所以政府把他家的门关了。反正老孙家一关门，说什么的都有。

第十八代传人孙继祖，遵从爷爷的指教，按政府的决定，不再给病人看病抓药了。本来他心里也没当回事，想着也能趁机歇几天，轻松轻松。可他在村里走了一圈儿，听到人们的议论，心里就有点儿想不开了。回家后他对父亲嚷嚷说："为啥呀？我给老百姓看病，我犯法啦？说不叫我开门，我就不开门了？说不叫我卖药丸子，我就不卖了？凭啥呀？"

第十七代传人——孙继祖的父亲孙耀仁本来是想开了的，可听村民们这样议论，也想不开了，看着儿子气不过的样子，他什么也没说，站起身来，出门溜达去了。

第十六代传人——孙继祖的祖父，也就是爷爷孙光济，八十九了，耳不聋眼不花的，走路还不用拐杖。眼下正一如往常地坐在堂屋的太师椅里，又开始吸烟了。听着院子里孙子的嚷嚷，跟没听见似的。偶尔还自言自语地嘀咕一句："清朝那会儿，我家祖上都是看病卖药的，还给乾隆爷制过药丸。今儿咋就不中了呢？"

孙继祖的祖父孙光济是捋着清末辫子过来的人，照他自己说的，"那会儿我就天天在我家药铺子里泡着了。"如今虽已近九十高龄，依然精神矍铄，思维敏捷。天天戴着瓜皮帽，穿长袍马褂，鼻梁上架着一副不带框的老式石头镜——左边铜镜腿断了，孙继祖说找人修修，老先生不让，担心现在的人没那个技术，修不好还有可能给弄坏了，所以老先生自个儿用一根红绒布条绑着，系在耳朵上。留着小山羊胡，一杆长长的旱烟袋不离手。俨然一副前清遗老的装

1

束。不过，一旦有病人前来看病，不管是他给病人号脉，还是他儿子孙耀仁或是他孙子孙继祖给病人号脉，他都会很自然地把旱烟藏到身后。其实老百姓对老先生吸旱烟并不反感，甚至有些烟瘾大的，还要和老先生交流一番烟丝的味道来，都夸老先生的烟叶味道足、味道正。近年来，老先生年事已高，家人劝他不要吸旱烟了，老先生拿烟袋锅在鞋后跟上摆了几下，说："不吸就不吸。"老先生说到做到，还真不吸了。可老先生舍不得跟了他一辈子的烟袋，不吸可以，旱烟杆不能离手，想吸的时候，做做样子，也算是过了烟瘾。

眼下这又吸上了，肯定是老先生想吸几口顺顺心气。

老孙家给百姓看病，很简单，对症下药，是什么病吃什么药丸。这是大实话。他家把专治对应病症的中药制成小药丸，省去了病人回家后自家熬药的麻烦，更重要的是经过他家的炮制，药丸的药效更好了。本来是十天半个月的汤药，七个药丸就够了，而且吃起来方便，不怕药味苦的人，像吃馍似的在嘴里嚼几下，咽下去就完事了，啥也不耽误。所以，这样看病治病简单有效的祖传秘方，很受老百姓的欢迎，十里八乡的百姓都来他家看病，天天病人不断。甚至镇上那些守着卫生院的人也往孙氏诊所跑。镇卫生院里一些老中医，看到那些家里实在太穷的，病又不是很重的，大都介绍病人去孙氏诊所，省钱又方便。这也是真心为百姓着想的好医生。

老孙家世代祖传的医术里，主要是治平日里老百姓的小病，大病人家也不治，一号脉，一看脸色、舌苔，毛病大的，立马叫人家去大医院看，生怕耽搁了病情。

老孙家祖传还有一个传统，就是不管下一代的禀赋有多高，都得去学校学几年，起码得识字。就拿孙继祖来说，按照他父亲孙耀仁的说法，会拼音能识字，会用字典就够了。剩下的就是在家跟着祖父辈言传身教，学真本领。

外人看来稀松平常地天天看书、背汤头歌，可要真把祖传的本领学到手，没有个十年二十年是根本办不到的。孙光济老先生说："光会背没用，能耐全在悟性，悟性高了就能触类旁通，才能在古方子的基础上开出方子来。"

老先生的话，外行人听不大懂，内行人一听就能懂。就拿他家自制的药丸来说，每一种药丸都有十几二十几味药组成，而且工艺相当烦琐，同样的工艺，火候把握不好，制出来的药丸药效就完全不一样。甚至说把药方子给你，把制作工艺告诉你，你绝对制不出人家那管用的药丸来。这就是老孙家的祖传秘籍。而且传授的方式也很独到：孙光济传授孙耀仁时绝不允许有第三个人在场，真正的一对一，每一个步骤、每一种重量，煎熬时间的长短，药引子投放的火候把握，等等，都得用心去记，绝不能写在纸片上。这是祖上传下来的戒规。当然孙耀仁教儿子孙继祖时也是这个样子。

孙光济老先生心气儿很高，盘算着活到一百岁，也来个"后望三代，"亲眼看到重孙接任，继而再往后续个百代千年的。老先生所说的"后望三代"，简单理解，其实就是人们常说的四世同堂，但又与人们通常理解的四世同堂不一样，不单单是四代人生活在一起，他的期许里，还希望自己能像他的曾祖父那样，在他小时候天天看着他在药铺子里好奇地问药匣子是什么东西，他也想天天看着他的重孙能像他小时候那样，哪怕他天天泡在药铺子里玩耍也行。

这下可好，世道一下子变了，药铺子不让干了。老先生像尊雕塑似的端坐在堂屋的太师椅里。就那么静静地看着空落落的院子。烟袋锅里的烟早就灭了，可他还在吸——下意识地吸一口吐一口，似乎还沉浸在刚刚发生的事里。

就在刚才，镇政府陪同来的县卫生执法人员说了，孙耀仁、孙继祖没有医师执业资格就不能开诊所。孙耀仁父子想不开，孙继祖接二连三地问："这是为啥？这是为啥？这是为啥？"人家解释说："这是法律规定。"

孙光济最后发话说："孙子啊，别争了，有王法，咱就得听王法的。不开就不开了，别争了。"

从外面溜达了一圈儿回来的孙耀仁，静悄悄地走进堂屋，说："咱不看病开方子，咱可以只卖咱的药丸子呀。爹，你说是不是？"

孙光济吸了几口烟，干咳了几声，说："我也在琢磨这事。政府光说不叫咱开诊所，没说不叫咱卖药丸子。咱治的都是头疼脑热的，也不需要切脉，只需问几句就中了，这倒也可。"

听父亲这么一说，孙耀仁心里乐开了花。仍坐在院子里生闷气的孙继祖，听父亲和爷爷这么一说，觉得有道理，兴高采烈地跑进堂屋，说："爷，爹，就是呀！咱根本就不用仔细地望闻问切，抬眼一看就知啥病，直接抓药不就中了？"

孙光济没说话，烟袋锅在鞋后跟上磕了几下，说："不吸了。"

这一切似乎并不影响老孙家给百姓看病抓药。其实平时也都是这个样子。甚至比平时还省事。病人来了，抬眼一看，再一问病情，直接抓药走人。

可是，没过几天，执法局的人又来了，说："自制的药丸没有经过国家相关部门检验批准，没有批号，也不能卖。"

"我家这几样药丸子都卖二百多年了，啥时候也没听说过我的药丸子还得叫谁批准才能卖。我家祖传的，外人谁懂？谁有资格批准我家的祖传方子？"孙继祖显然激动起来了。

执法局的工作人员笑着解释道："我们这也是执行公务，我们也知道你家的情况，我们也是没办法，你们最好上卫生局去反映反映。我们只能照章办事。"

孙光济从堂屋走了出来，在堂屋门口站稳，正了正瓜皮帽，扶了一把鼻梁上的石头镜，对正使劲儿嚷嚷的孙子说道："嚷啥哩？有理不在声高，激动啥哩？公家的人说得在理，咱就得照办。几位是执法人员，他们也当不了家，咱就不卖了。"老先生声音洪亮，底气十足。

说完，又往前走了几步，稳稳地站住后，笑着对几位执法人员说："我们不管在哪个朝代都遵纪守法，照章办事。我们祖辈都是良民，不然早就传不下去了，早就关门歇业了。我们不为卖药丸子发财，是为医治这一方老百姓。我们辛辛苦苦挖药材、炮制药丸，一个药丸毛把钱，也就是挣个辛苦钱，不图荣华富贵，只求一家老小不饿肚子，只求能叫这一方百姓吃得起药，看得起病。你们回去也向政府说说，你看看，外边这些老百姓，他们来看病，也都不容易。你们说是不是？"

门里门外站着的老百姓听了老先生的一番话，竟齐刷刷地鼓起掌来。有人说："就是，就是，我们全指望着老先生家给我们看病呢。不然，我们去哪儿看病呢？这么好的大夫不让看病，还有谁能给人看病？"

老先生的一番话着实打动人心，老百姓的话也着实在理。其中一位执法人员走到老先生面前，笑着说："老先生德高望重，明大理识大体，真是名不虚传。我们过来前，局领导特意交待我们，千万不能为难老先生您，并说，若老先生坚持要开门经营，我们决不能急于执行。我们明白先生的意思，我们这就回去向局领导反映情况。"

人群中又响起了一阵掌声。

孙光济老先生说："既然你们来了，我们就得照章办事。我们绝不能犯法。我们不再卖一粒药丸。也请诸位帮我们说说情。拜托诸位了。"说着，老先生给几位执法人员作了个揖。

孙氏诊所的药丸子一直不卖，着急的可不是老孙家，而是那些生了小病而不得不去镇卫生院看病的老百姓们。有些还专门跑到镇政府，要求他们同意老孙家给病人看病抓药。有人激动地对接待他们的镇长说："本来嘛，我们老百姓头疼脑热的，老孙家几毛钱的药丸子就能治好，可我们还得往乡卫生院跑，多花钱不说，关键是耽误农活。"

老百姓说的也不无道理，可镇政府无权干涉县卫生执法局的执法决定。镇长笑着向百姓表态说："我们虽无权干涉，但我们是为百姓服务的，我们马上去县上向相关领导反映情况，马上解决老百姓的实际困难。"

听了镇领导反映的情况，卫生局领导立刻开会，形成以下处理意见：一、鉴于孙光济中医世家的实际情况，同意继续开诊为百姓服务；二、从孙继祖的下一代开始，没有医师从业资格的，不允许再经营诊所；三、各种药丸送药监部门鉴定，并颁发合格证书。

当天，县主管领导批准了卫生局的意见。

卫生局领导专程到孙光济家宣布处理决定，老先生听完意见后，吸了两口没装烟的旱烟袋，笑着对卫生局领导说："谢谢政府的厚爱。我们老孙家遵照执行，决不犯法。"

接着，老先生转身又对孙耀仁和孙继祖说："看来，咱家的规矩也得改改了。从重孙辈开始，谁上了大学，学了医，谁才有资格继承这个家业。传长不传幼的家规也得取消，不能当了老大，啥都不会还能接任。世道变了，我们也得跟着变才行，不能全按老黄历度日了，是不是？"

孙继祖笑着，手上作着揖，说："爷爷，我这就叫孩子们都回学校上学去。听您老人家的。"

突然，孙光济拿烟袋锅敲了一下正在作揖的孙继祖的手，面带微笑地说："你小子咒我死呀！连作揖都不懂啊？给人作揖时，以左示人，左手应在外，表示尊敬。右手在外，那是丧事的拱手礼。小子，这老规矩都不懂了？"

围观的人都哈哈大笑，点头称赞。

边　界

　　这是个发生在我身边的故事，很离奇，离奇得叫人感觉不像是真的。听我讲过这个故事的人，大都认为是我编的。我笑笑说："是真的。他们是我家邻居。"

　　我家后边住着两户人家：邓有福家和邓有会家。

　　邓有福和邓有会是没出五服的兄弟，两人年岁相同，而且从小是在一个大院子里长大的，亲如兄弟。所谓一个大院子，其实就是一排六间的房子，东西两边各有两间偏房，一个大院，一个大门。邓有福家住东边，邓有会家住西边。房子是很久以前的老房子。

　　到了二十世纪八十年代，老房子实在是太破旧了，随时都有塌掉的危险。两家人一合计，在村长的主持下，把老房子拆了，在原宅基地上盖了两处宅院，两家各一处宅院。

　　当时，村上已经对村庄进行了重新规划，邓有福和邓有会两家之间是三米宽的路。

　　两家商量着，还按原来的格局盖，有福家的偏房还盖到东边，有会家的偏房还盖在西边，这样对称，显得好看，住着也习惯。

　　邓有会家的主房和偏房盖好后，土坯用完了，他不急着垒院墙，想着来年夏天再掉落些土坯再垒也不迟。因此，一家三口借住到了媳妇的娘家。

　　按照邓有会的想法，两家分开了，而且两家之间也已规划出了三米宽的道路，将来要修院墙的话，那也是各自沿各家山墙修，中间三米宽的路还是要留出来的。

　　可是，过了十来天，等邓有会一家人回来后，却发现邓有福家的院墙已修好了。他家院墙非但不是沿他家山墙修，也不是在三米宽的中间线上修，而是明显靠向邓有会家。邓有会拿尺子一量，邓有福修的院墙距他家主房的东山墙仅有一米的距离，也就是说，两家中间三米的过道，邓有福家占了二米，只给他家留了一米。这就有点儿说不过去了。邓有会对此非常生气。但看在是一个家族，从小一起长大，亲如兄弟的份上，他忍了。他没找邓有福去说理。他想最起码邓有福会向他说明一下情况，或是道个歉什么的，这样的话，事情也就过去了。常言说，远亲不如近邻。在一个院子住的时候，跟一家人似的，没必要为这事闹别扭。

令邓有会恼火的是，他们一家回来十多天了，邓有福非但没来他家道歉，甚至连个客气话都没有。好像他把院墙垒过界是理所当然的。邓有会实在是忍不住了，趁邓有福在他家院子里修猪圈的机会，他隔着墙，对邓有福说："哥，忙哩。"

邓有福放下手里的活，笑着对邓有会说："忙哩，修个猪圈。"

邓有会趴到院墙上，伸着头看了看，说道："这猪圈修得可不小，准备养几头猪？"

"多养几头，过年杀一头，卖几头，多挣点儿。" 邓有福边干活，边对邓有会说着话。

邓有会看着，不再说话了。他是在等着邓有福给他道个歉。可等来等去，邓有福只顾干活，也不再搭理趴在墙头上的有会了。

过了很久，邓有会自个悻悻地扭头走了。

邓有会到屋里对媳妇说："我想找有福哥说说理。这有点儿欺负人。"

媳妇说："先别生气。咱叫有顺哥找有福哥说说理，看有福哥咋说。"

邓有会想了想，这样也好，免得当面锣对面鼓的，容易说过气话，一句话说得不合适，就会引起误会，甚至吵嘴。

邓有会媳妇说的有顺哥，也是他们没出五服的本家哥，是他们村的村主任。

邓有会一进邓有顺家门，邓有顺就知道是咋回事了。当初，邓有福要多占那半米的时候，邓有顺就在场，而且，当时邓有顺还劝阻邓有福说："有福，这样不好，规划好的路不能占用。就是眼下后面没有住户，你要占的话，也应该一家一半，从中间盖。你这样不当不正的，不合适。"

可邓有福却说："路是给后面住户留的，是公共的，与有会家无关，也不存在我多占谁家的。你说是吧？有顺哥。"

其实，说实在的，邓有福的话的确在理。邓有顺听了有福这么说，笑了笑，摇摇头，没再吭声。

有会既然为这事来了，邓有顺就趁机劝有会说："那个路是给后边的住户留的，他占他的，你直接在后面垒堵墙，省事，还省土坯，多好。"

有会说："理是这个理，可以前毕竟是在一个院子里生活的，如今刚一分开，他就多占半米，虽说与我家无关，但叫外人看着跟欺负人似的。"

邓有顺说："我知道，回头我再找有福说说，叫他给你道个歉。"

第二天，邓有福专门到有会家，笑着说："有会弟，真不好意思。当时我根本就没想到多占那半米。只是想着，咱两家都沿山墙垒院墙了，中间空着不是太浪费了？所以，我就抻出来点儿，想把院子弄大一点儿，多养几头猪。还真没想到会让你心里不舒服呢。我真不是故意的。你要是觉得不合适，我明天就把院墙扒了。你说？"

邓有福把话都说到这个份上了，有会也真无话可说了，笑笑，说："有福哥，没啥，都垒好的，哪能再扒了？就这样吧，没事。"

邓有会媳妇笑着说："有福哥，其实也没啥，是我们想多了，刚垒好的墙，哪能再扒呢。"

邓有会媳妇所说的想多了，是因为他们两口子有个心病，就是他们只有一个女儿，没有儿子。这几年一直想要个儿子，可怎么也怀不上，偏方秘方都用遍了，大医院也看遍了，最后还是没能怀上。没有儿子，两口子总感觉跟低人一等似的，啥事也都喜欢往这事上靠。眼下，他们以为邓有福这是欺负他家没有儿子。

其实，他们不但自己想多了，而且也想过头了。这不？邓有会不想多占那一米宽的路，他沿着自家东山墙垒院墙。

邓有会动工的时候，邓有福说："有会弟，咱两家虽说是分开了，但还是一家人。我已经把院墙修好了，咱就共用这一堵墙，你把后边堵上就中了，也省得你费事费料的。"

邓有会正在和媳妇一起垒墙，边干边说："有福哥，不了，有顺哥说那是共用的过道，是给后面留的出路，我不能占，万一后边再有人家，还得给人家腾出来，与其将来费事，不如眼下不费事。"

邓有福笑着说："后边住人家？那是猴年马月的事，咱后边在寨墙，根本就不够规划宅基地。哪会有人住那里！"

8

"是有顺哥说的。咱听有顺哥的。"有会说着，手里的活却一直没停。

邓有福不再说话了，他站在那看了很长时间，最后，一句话也没再说，转身走了。

这样一来，他们两家中间的过道也就只有一米宽了。

按说邓有会这么做也是对的，是合情合理的。可在邓有福眼里，却不是这样，他认为这是邓有会故意找他难堪。

自从两家都修了院墙后，无形中变得有些生疏了。尽管平日里低头不见抬头见的，也都是客客气气的，但两家人心里并不像以前那么融洽和谐了。各自心中有了些许的芥蒂，彼此也是心照不宣的。

在一些好事人的眼里，一些鸡毛蒜皮的事，他们能添油加醋地说成是大事。最为关键的是，为了能叫人相信，他们瞎传的时候，往往声情并茂，像是自己就是当事人似的。

邓有会和邓有福两家的院墙垒好后不久，邓有会就隐约听到有人在传话，说邓有福之所以这样，是因为他有儿子，而且是儿女双全，而邓有会没有儿子，只有一个闺女，是个绝户头，邓有福这是明着欺负邓有会；而邓有会之所以不敢占中间的过道，是因为他胆小怕事，不敢和邓有福顶嘴。

邓有会两口子本来就有这块儿心病，经那些好事者的瞎传，心里就更是难受。

邓有福修那个院墙，其实根本就没有要欺负邓有会的意思，经人们口口相传，他还真是有口难辩。

两家人几十年的好关系就这么生疏起来了。

日常生活中，本来捕风捉影的事，说的人多了，当事人再把这事想得多了，往往就会把这事当成了真事。邓有会和邓有福这两家的事就是这样。

以前，两家人下地干活的时候，根本就不分彼此，从来都是相互帮忙，邓有会家地里的活干完了，他会自然而然地走到邓有福家的地头上和邓有福一起干活，邓有福也是如此。在外人看来，邓有会和邓有福就是一对亲兄弟，他们听别人这么说，心里也是乐开了花，笑笑说："我们就是亲兄弟。"

不仅如此，平日里，两家人还常常在一个锅里吃饭。邓有会媳妇回娘家了，邓有会就和闺女一起在邓有福家吃饭；邓有福媳妇回娘家了，邓有福就和闺女、儿子一起在邓有会家吃饭，这是再平常不过的事了。而且，平日里，不管谁家有好吃的，必定是两家共享。谁家来亲戚了，必定是对方陪客吃饭喝酒。

平时不管谁家在野地里逮到一只野兔子，也必是两家共享。

我们那一带靠近山区，是平原向山区过渡的丘陵地带，这样的地形，似乎更适合野兔的繁育和生长。到了秋天，人们在地里干活，不经意间就能逮住一两只野兔子。有些野兔的窝就在庄稼地里。对于邓有会和邓有福两家来说，邓有会逮到了是他们两家人一起享口福，邓有福逮到了也同样是两家人一起享口福。这对他们两家人来说也是再平常不过的事了。

两家的地块自打包产到户时就是挨在一起的。以前两家地块之间没有明显的界线，谁往谁家的地里多种一垄，都并不在意。可自从两家院墙垒好后，无形中，两家的地块也有了明显的界线。

邓有福家的地头上有个野兔窝，靠近两家地块的边界。实际上，这个野兔窝存在很长时间了，邓有会也是知道的。因为是在邓有福家的地头，邓有会也就没打算去逮那个窝里的野兔。邓有福之所以没有急着去逮，是因为他认为那只野兔还不太肥，想等野兔上膘了，长肥了再逮。反正是在自家地头，别人也不会去逮，这是我们这一带村民多少年来自然形成的风气。从来就没有越过边界到别人家的地头去逮野兔的。

自从两家院墙垒好后，两家人下地干活也不常在一起了，似乎是在有意无意中，两家人故意相互躲避似的。邓有会在东坡地里干活的话，邓有福就有意无意地去西坡干活。邓有福在南坡干活的时候，邓有会就有意无意地去北坡干活。两家都在有意躲避着。

一天，邓有会正在那块地头干活，突然发现，那只野兔进窝时头是朝着他家地头方向的，他猜想，那个窝是不是越过了地界，钻到他家地头下面了？猛然间有了这样一个想法，他就反复观察那只野兔的动向，确认兔窝的深处是在他家地头的下面。于是，他决定逮捕这只野兔。

当晚，半夜时分，邓有会手拎一把铁锨，肩扛一把小铁耙子，悄悄地来到野兔窝旁。他站在自家地头，待确认野兔在窝里后，他迅速将铁锨横插在了野兔窝的通道上，将野兔堵在了窝里。然后，他用小铁耙子从野兔窝的上部挖开，将那只无路可逃的野兔逮了个正着。逮野兔的整个过程，他都是在自家的地头

10

里完成的。他始终提醒自己千万不能踏入邓有福家地头半步。甚至他下铁锹的地方，也是他之前测量好的，千真万确是在他自家的地头里。

第二天，邓有福下地干活时，发现了现场，一看就明白了事情的原委。而且，从现场看，他清楚了邓有会的良苦用心。虽然野兔窝的出口在他家地头，可窝毕竟是在邓有会家地头，邓有会这样做也并不过分，无可厚非。不过，邓有福认为，无论如何，邓有会应该分他半只，毕竟兔子是从他家地头进窝的。

邓有福想多了，邓有会没有想着要分给邓有福半只，甚至连分的想法都没有。兔子是在自家地头逮到的，这完全是他自家的私有财物，想不想与别人共享，这完全取决于他自己的心情。

邓有福没有盼来半只野兔，而是闻到了从邓有会家院里飘过来的诱人的香味。邓有福非常生气，这要是在从前，邓有会早就叫他们一家人过去共享了。但，眼下，气归气，人家的东西，想不想叫你享用，那是人家的事，气也没用。

到了晚上，当闺女、儿子兴高采烈地回家说他俩在邓有会叔家吃了香喷喷的野兔肉时，邓有福憋了一肚子的火气终于爆发，狂暴地叫喊着："两个馋死鬼，没吃过肉呀，跑人家去吃去！都给我吐出来。"

邓有福的突然狂暴，的确把两个不明就里、正在兴奋中的孩子吓坏了。女儿大哭起来。

儿子吃惊地看着一脸怒气的父亲，心想：以前不都是这样子吗？为什么今天竟如此暴怒？

吐是吐不出来的。邓有福说的是气话。邓有福媳妇一边拉着女儿哄着，一边生气地对丈夫说："两家关系已经闹僵了，人家还叫孩子们去吃肉，都够意思了，你还想咋地？非得把两家弄成仇人？"

邓有福憋着一肚子气，蹲在地上使劲儿抽起旱烟来了。

这就是我家邻居的故事。不过，后来，两家又和好如初了。

归　途

母亲是三年前去世的，那天恰好是父亲八十六岁生日。

母亲叫项红梅，小父亲三岁，那年八十三岁。父亲叫刘相德。

母亲离世前已卧床四年，处于植物人状态。每年父母的生日，我们都是要回去为父母祝寿的。

我们兄妹三人，哥哥叫刘兴成，在家务农；妹妹叫刘莹，在我们县城经商，前几年在县城买了房，也成了新兴城市居民；我叫刘兴佳，爱人叫赵蒙，我们是师范大学的同班同学，毕业后我俩被分配在省城同一所中学当老师。

父母平时在老家跟哥哥生活，每年春暖花开的季节里，我会接父母到省城小住，然后妹妹再接父母到县城住上几天。

我和爱人在单位家属院有一套四楼的老旧单元房，尽管只是八十平方米二室一厅，但这对于像我们这些一不小心从农村混到城市里来的农村人来说，简直就是天堂般的待遇。有了自己的住房，就等于在省城有了自己的家，也就成了名副其实的城里人了。

父母在省城总是住不习惯，一般住到半个月左右的时候，父亲总会说："城市真没啥好的，天天住在笼子里，真没老家天宽地宽的，想往哪儿往哪儿，见人就能说上话。"每每这个时候，就是下定了决心要走的时候，也是父亲把行李都准备停当的时候，只要我一说走，不出一分钟，父亲就能从屋里拎出行李。父亲当过兵，1950年人民解放军解放海南岛后，父亲所在的部队第一批进驻海南岛进行守卫。父亲向来有军人的素养，随时都是准备好的状态，干脆利落，绝不拖泥带水。每次都是这么毫不犹豫地送父母回老家。我想了想，这么多年来，父母在我家住得最长的一次是在我儿子一岁左右的时候，当时，我们正需要父母帮我们照看儿子，父母咬着牙坚持了五个月，临走时，父亲高兴地说："这牢笼可是住够了，还是回咱庄上好。"

我们老家人说话惜字，似乎是为了省力气。村庄不叫村庄，从来就只说一

12

个"庄"字。仔细琢磨，其实这并不是为了省力气，只是久积而成的习惯。我们庄是个只有六七十户人家的小村庄，全是刘姓人家，老辈人说，我们祖上原是外来逃荒的，他们到了这个地方就定居了下来，逐步繁衍到如今这个样子。这使我想起哥伦比亚作家加西亚·马尔克斯《百年孤独》中布恩迪亚家族起初扎根的小村庄马孔多。刘庄也好，马孔多也好，都是各自的先人们为了生存而形成的新的村落。不过，我想，我们刘庄是真实可信的，而马孔多却是作家虚构出来的。我在县城上高中时，特意去县文化馆查阅县志，没有查询到关于我们这个村庄历史渊源的记载。不过，我们整个村庄是一个大家族的事实却是确凿无疑的。也由于这个因缘，我们这个小村庄从来没有发生过邻居吵架、打架事件，街坊邻里间从来都是和睦相处，相互帮助，任何时候，不管谁家有个红白事，就是全村人的事，各家各户有钱出钱，有力出力，都跟自家事似的，真的是亲如一家人。

　　省城距我老家刘庄有三百多公里，高德地图上标注的精确距离是三百一十三公里。这个距离对于我这个仅有三年驾龄的新手来说，至少得开四个小时。

　　那天，为能赶上中午在家给父亲过八十六岁大寿，我和爱人六点就从省城出发了。以前没有小轿车时，我们都是头天下午坐长途汽车回去的。

　　从县城下高速，沿 S207 省道往南约三公里，再沿新修的 X30 乡道往西约十公里，就到我家了。刚下高速，爱人给我妹妹打了个电话，想约上妹妹一块儿回去。妹妹说她正在等着取蛋糕，马上就好，叫我们先回，她们很快就能回去。妹妹和妹夫是高中同学，两人高中毕业后就一起做生意，只要是能赚钱的，什么生意都做，特别是妹夫，生来就是做生意的料，这么多年来，做什么生意他似乎都没赔过。不过也都是些小生意。我曾和妹夫开玩笑说："你这脑袋，不做大生意都亏了。"妹妹说："其实，我们也并不像外人说的，从来没赔过，生意人嘛，从来不会说自己做生意赔钱的事。我们每做一样生意，开始时，我们摊本小，感觉行就加大投入，感觉不行，立马就不干，投入得少，赔得也就少些。"我说："这可是生意经啊，不能随便对外说的。"妹夫笑着说："其实也没啥，做生意得小心谨慎，更重要的是不能一口吃成胖子，不能贪心。只有这样，生意才能做成。"想想妹夫的话，的确有道理。如今他们在县城开了三家超市，生意都很好，相当于天天有赚的。我说："现在你们可就天天在家数钱了。"

13

妹夫笑笑，说："做生意真不像你们想象得那么轻松容易。每天的进货、安全卫生、防火防灾、工商税务等，天天一睁开俩眼儿，满脑子的事，什么时候都不会是风把钱主动刮到家的。如若真像你们想象得那样，那我们可真成百万富翁、千万富翁、亿万富翁了。若是大富翁的话，我们还会住在这落后的小县城？我们早就北上广深了。"

想想妹妹和妹夫这几年的状况，妹夫的话我是信的。他们的确也不太容易。

车快到村口时，大老远就看见父亲站在村口的那棵大槐树下，那是在等我们，每次都这样。听老辈人讲，这棵老槐树是我们这个庄的"庄树"，是我们这个庄的先人定居到这里时种下的，也就是说这棵树的年龄就是我们祖先来这里繁衍生息的历史年限。我在想，或许是我们的先人当时每天要出去找吃的东西，为了能找到回家的路，种下了这棵树作为标记。如今这棵大槐树有三米多粗，两个成年人合抱不住。村民为保护这棵树，在树的周围修起了半人高的台子。每年夏天，特别是夜晚，这里就成了全村人集聚的场所。台子沿上坐人，台子周围地上铺满了席子，你一言我一语，东家长西家短，有一句没一句地随便说着，没什么对与错，没什么仇与恨，大家都是乐呵呵地说着、听着，轻松愉快中消解着一天农活的疲劳，再没有如此美妙的事了。公路上来来往往的汽车、拖拉机声丝毫也影响不到人们享受凉爽的夜晚。

这棵大槐树生长在公路的正中间。严格来说，是先有树后有路的，不是树长在了公路中间，而是公路修到了树的位置上了。

以前，我在县城上高中时，我们庄上还没有正经八百的大马路，或者可以说根本就没有路可走，村民们眼里所谓的路，也都是人们为下地干活自己修出来的仅能通架子车的又窄又凹凸不平的羊肠小道。前几年，政府搞村村通工程，我们村也通上了柏油路。当初规划路线时，这棵大槐树恰好在规划路中间的位置，在树让路还是路让树的问题上，规划局的同志坚持让树挪走，说："不能因为一棵树影响公路的走向，更不能影响交通安全。"其实规划局的同志说得在理，可这是几百上千年的古树了，能挪走吗？就是用大型机械挪走了，又有谁敢保证它还能成活？村民们把这棵树视为宝物，甚至当神一样地祭拜，因此所有村民的态度非常一致的坚决，一定要保护好这棵树。政府充分考虑到村民的感情，更重要的是这棵树已被县政府列为重要文物保护对象，所以，如今修好的公路绕着大槐树变成了个弧形。从远处看，公路正冲着大槐树，似乎大槐树就是路的尽头，只有到了近处才能看明白道路的走向。有村民说："远远看见大槐树，就看见我庄了。"这棵大槐树是我们庄的标志。通路那天，父亲还特意叫我哥给我打电话，问我能不能回来一趟，说叫我也看看咱庄上通柏油路的场面。其实，我明白父亲的意思。有一年过年，我在老家时，看到村里有几个在外地做生意的人回来开上了小汽车，我顺口说了句："咱庄这路，对不起汽车。我要是有汽车了，车都开不到咱家门口。"也就在那年过完年后不久，我和爱人商量后花了五万多，买了一辆国产小轿车，不经意间又混进了有车一族。父亲要我回去，其实是想叫我把小轿车开回来，也给他装装面子。如今这条公路又从村村通升级成了乡道，新修的路加宽了不少，路边修了路肩，路中间又加上了虚黄线。

我把车停在父亲面前，说："爸，坐不坐？"爸笑着说："几步远，不用坐，我走回去，你们回吧！"

树下有几个人在乘凉，都是街坊邻居。由于我们庄上没有小学，我的小学是在邻村小学上的，初中是在我们乡上的，高中就到了县城。一年中，只有寒暑假在家，又由于我性格内向，即使在家，也很少在庄里四处转悠，所以，除了与我家紧邻的几户人家熟悉，庄上的多数人我是不认识的，有些看上去面熟的，辈分上也还是分不清的。因此，每次回来，在庄上遇上了人，我往往就是只笑着让烟，不称呼。此时，我下车走到树荫下，笑着挨个儿让烟。父亲远远地站着，给我介绍说，这个叫叔，那个也叫叔，这个叫爷，那个也叫爷。我都不熟悉，只管按父亲的指点，嘴上叫着叔、叫着爷地递着烟。

树上知了的鸣叫在风的协奏下变换着忽高忽低的声调，一浪一浪的，感觉有成百上千只知了在同时鸣叫。在大槐树下纳凉，听着这大自然的交响乐，我心情舒畅极了。

我递完烟，转身上车时，父亲仍站在那儿没动。我对父亲说："我们先回，您慢点儿走。"

父亲向我摆了摆手，说："你们先回吧。"

我家住在村庄东头，离村口不远。门前有个小水塘，小水塘临着公路，有篮球场那么大。站在公路上隔着小水塘就能看到我们家。别看水塘不大，可是我们小时候夏日的乐园，中午和晚上都要下去游泳，狗刨似的扑腾，不亦乐乎。

以前，站在我家门口，就能清楚地看到公路上来往的车辆和行人。两年前的一天，有个陌生人路过我家门前，顺口说了句："出门见坑。"当时，我哥正站在院门后面摆弄家具，听到这句话后，心里很不自在。于是，第二天，我哥就去附近窑厂买了一些砖，在门前修了个影壁墙，也就是照壁，又在照壁后中间位置镶嵌了一个大大的红"囍"砖雕，在照壁前面——对着公路的那面——镶嵌了一个大大的红"福"字砖雕，这样，我家人出门见"囍"，公路上的人看我家有"福"。

后来，哥对我说："本来也没往迷信上想，听那人说'出门见坑'，心里就不舒服，跟吃个苍蝇似的。干脆修个墙吧，去去心病。"

我家老宅是六年前翻新的，也盖成了当时农村流行的二层小楼房，盖房子用的是机制的红砖，远远看上去很气派。

母亲的病床靠在堂屋东墙。刚进屋时，一股熟悉却难闻的陈腐气息扑鼻而来。家里有长期卧床病人，这样的气味是难免的。进去不多时，就能适应。

母亲仰面躺着，两腿卷曲斜向右侧着。母亲太瘦了，皮包骨头，盖在身上的单子在腹部的位置向下塌陷着，我下意识地摸了摸，腹部已塌陷得贴着脊椎骨了，双手由于常年不运动也已变了形，失去了应有的功能，两手的五指弯曲成拳状，像刚出生的婴儿。看到这些，我禁不住落下泪来。心想：我出生时必定是这个样子的。母亲如天下千千万万的母亲一样，太平常了，正是这种平常，我突然感受到了母亲的伟大：母亲不仅给了我们生命，而且还把我们养育成人，没有比这更伟大的了。我轻轻地抚摸着母亲的脸，趴在母亲床头，脸贴着母亲的脸，母亲的脸有些微凉，因为太瘦，脸颊塌陷成了两个深深的窝，眼睛也因眼窝深陷而变小，且无神。我不停地和母亲说着话，每大声说一句，我都转脸看着母亲的眼神，想从中判断出母亲是否知道我在和她说话。当我大声说"妈，我们专门回来给爸过生日"时，我看到了母亲的眼神闪动了一下，我笑着说："妈听见我说的话了。"

妹妹把生日蛋糕拿回来时，嫂子已把一桌家常菜做好了。一切齐备，父亲的生日午宴开始。我们一家人热热闹闹为父亲祝寿时，母亲就那么在我们身边静静地躺着。我认为母亲是有感觉的。其间，我专门走到母亲床前，贴着母亲的脸，问："妈，饿不饿？"我知道我的问话是多余的，但我还是又问了一句，然后，又盯着母亲的眼神。母亲的眼神深不可测。我用右手食指放进母亲攥着的手心里，挠着母亲的手心，对她说："挠痒痒，挠痒痒，使劲儿，使劲儿。"之前，我这样做的时候，母亲都会使劲儿攥我的手指。在我反复挠第三次时，她真的使劲儿攥了我一下。我兴奋地说："妈，我们回来给爸过生日了，高兴不高兴？眨眨眼。"我说话时盯着母亲的眼睛，她表情木然，但我感觉我说话时，她是在听，当我说"眨眨眼"时，她眼睛转动了一下，眨了眨眼睛。我非常兴奋，我敢肯定母亲心里一定知道今天是父亲生日。

因为我晚上还得备课，就对爸说："爸，我开车技术差，得早点儿走，我们俩先吃饭吧。"

父亲喝了几杯酒，脸上泛着红光，说："不碍事，你们路远，你和小蒙先吃了走，我们再喝几杯。"他心情好，还想多喝几杯。

嫂子看我回来，已经把面端了上来，说："爸的长寿面，大家都有份，大家都长寿。"

我和爱人先吃饭，父亲、哥哥和妹夫他们还在喝酒。

我们准备走的时候，我又趴到母亲面前，轻轻地抚摸着母亲的脸，说："妈，我们走了。"从母亲的眼神中看不出任何异样，我静静地盯着母亲的眼神，似乎是想从母亲那里得到默许。也就在那一瞬间，我脑海中突然闪现出了一个景象：一个小水塘。走出门的时候，我绕过影壁墙，呆呆地看着我们家门前的那个小水塘，我认真地确认了一下，刚刚脑海中闪现的那个小水塘就是我眼前的这个小水塘。我感到好奇，为什么会有这种感觉呢？

出发的时候已是下午三点钟，高速上一路未停，到省城已七点半了。由于夏季，天还很亮。

我感到疲累，躺床上睡着了。

迷迷糊糊中电话响了，是哥打来的。我的大脑一半还在沉睡中。似是而非中我听到哥说："妈走了。"

我一下子清醒了，但我不相信，我很平静地愣了一分钟，电话还没挂，哥那边也没说话，但我隐约听到了哥微微地抽泣，同时远处传来嘈杂的声音，似乎在说着"衣服""布""毛巾"什么的，接着便听到有人在大声叫："兴成，兴成，快回来，商量商量。"

哥还没挂电话，一切都太意外了，我不能接受。又过了大概一分钟的样子，我哭了，说："我马上回去。"

　　挂断哥的电话，我的大脑又一次变成了一片空白，不知道该干什么，六神无主。爱人似乎是猜到了，走到我身边，说："咱准备回去吧。"这个时候我才醒过神来，说："赶快请个假吧。"

　　爱人在向领导请假的时候，我已准备好了。其实也没什么可准备的，只是带了几件换洗的衣服。

　　车开出小区时，天空开始下雨。夏天的雨就是这样，说来就来，说走就走。下午回来时，太阳还火辣辣的，天空中只有几大块儿云无聊地飘着，这才几个小时的工夫，空中竟乌云密布，且下起雨来了。

　　天气闷热，闷热得叫人烦躁不安。风也是热的，吹在脸上就是一股热气扑面的感觉。

　　"怎么可能呢？中午还好好的，怎么会说走就走了呢？咋回事呢？"我边开车边语无伦次地说着。

　　雨越下越大，刚上高速，雨如瓢泼般倾泻，前挡风雨刷器开到最大也无法看清路况，加之我眼中含泪，眼前更是一片混沌。我高度紧张，感觉这是老天在与我作对。我不停地加速，减速，不停地使劲儿按喇叭。爱人发现我的异常，小声说："咱还是要专心开车，这个时候要克制，不要伤心，一切等我们平安到家再说。"

　　爱人说得对，路况不好，视线不佳，心情若不能平静下来，必定不是什么好事。我没说话，慢慢地平复着心情。期间，爱人和嫂子联系，得知，家里的雨也如同瓢泼。

　　到家时已将近夜里十二点，路上走了近五个小时。雨还在下，只是小了一些。院里搭了雨棚，积水也打扫干净了。

　　我不顾一切地跑到堂屋，正中间是一个透明的冰柜，母亲还躺在中午那个位置。堂屋的电灯换成了一个200w的大灯泡，在强光的照射下，母亲的脸明显白中泛黄。我跪在母亲身边，抚摸着母亲冰冷的脸，失声痛哭起来。

　　过了几分钟，有两人一左一右将我扶起来，其中一人说："就是等着叫你回来看一眼，天太闷热，得赶快入冰棺。"

我站起来，靠在墙边，泪眼模糊地看着人们忙着将母亲放入堂屋正中的冰棺里。

仅仅几个小时，我与母亲竟阴阳两隔，人就这么没了，多么不可思议！！

"妈走得很安详，很平静，没有痛苦。"哥小声地对我说。这个时候我才意识到哥一直站在我身边。

"我不孝啊，我没能见妈最后一眼。"我哭着说。

"其实，你刚一走，妈就闭上眼，昏迷过去了，你是见过的。妈很安详。妈不再受苦受罪了。"哥安慰我。

冰棺的马达响起的时候，棺的内壁上出现了细细的雾粒，在灯光的反射下像明亮的夜空中天际边时隐时现的星星。

我专注地看着冰棺里的母亲，下意识地打了个激灵，我感到浑身发冷。

为母亲守灵，一夜没合眼，就那么静静地坐着，含着泪看着眼前透明棺材里躺着的母亲。

早上，我在院子里洗脸刷牙时，感觉下嘴唇痒痒的，有些肿胀、微疼。到了吃饭的时候，下嘴唇更加难受了。

爱人说上火了，给我泡了一杯菊花茶。我不停地下意识地想要摸下嘴唇，爱人不要摸，说那是个大水泡，摸破了更不好受。一切都按老规矩有序地进行着。村上有几位这方面的行家，也都是我们本族的，主事的叫刘相承，是我本家叔，没出五服。其他几个人都是他带着的，他是总指挥，都听他的指挥。在我们村上，谁家遇上这事，都是他们几位张罗的，相承叔总负责，其他几人分工明确，各负其责。谁负责走程序，如报庙、送殡、入殓、大殡等；谁负责联系挖墓坑；谁负责招呼亲友邻里吊丧，等等，他们从来就不需要商量，配合非常默契。我们只需要听他们的指挥即可。

接下来的几天，我似乎是在梦中——我怎么会在这样一个境遇中，我似乎又是在现实中——我真切地感受到自己在与亲朋好友打招呼，诉说过往与母亲相关的往事。

第二天，雨过天晴，天气越发闷热起来。院外也搭起了一个很大的棚子。

我一个人坐在大棚里，昨天的事像电影似的在我的大脑里一帧一帧地回放着。回想母亲几年来，特别是最近半年来的状况，我越发感觉母亲是有意选在这个日子走的。她是要为父亲过完生日才走的。

我走回院里时，几位长辈正在讨论母亲墓地的事，我站在旁边听着。

有人说："按说还是要埋进祖坟。"

相承叔说："如今，祖坟的位置很难找准，大伙都知道，那块儿坟地从前就是个坟源，坟挨坟、坟摞坟地，这些年来，烧个纸儿都是估摸着烧的，现在地又承包给人家了，在整块儿地里再上个坟头，不合适。"

又有人说："听说现在政府不叫在耕地里起坟，要保护耕地。"

大伙你一言我一语地议论时，父亲从屋里走了出来，说："我看啊，为保险起见，还是进公墓好，啥时候也都得有个土堆，还叫立碑呢。"

听我父亲这么一说，大伙齐说："这好，这好。"

相承叔说："有您这句话，就这么定了。"

哥给大伙让烟，各人接过烟都散开走了，各干各的事去了。

快晌午时，哥说："请了个人给妈找墓地，你跟着过去吧。大家都叫他赵老师，是中学语文老师。"

哥说话的时候，递给我一包烟，指了指远处一个站着抽烟的人，那人身上斜挎了个皮包。

我说："我能干啥？"

哥说："你只要跟着就行了，咱是主家，得有个人在场，记一下地点和方位就行。"

我不知道该说什么了，就沉默着跟着赵老师走着。

说话间，我们到了公墓。公墓在我们庄西南角，紧挨着村庄，公墓西边临着一条小河。听老辈人说，这条河是农业学大寨时为了灌溉这个区域的农田，村民们集体开挖的，没有名字，我们通常叫它小西河。公墓是一块儿方方正正的地块儿，坟头边上大都种有松柏，有高大浓密的，也有小得只有一人多高的。坟与坟之间的空地上种着不同种类的庄稼，有花生、有大豆、有玉米，一垄一垄的。远处一块儿玉米地里隐约看到有彩色带子在飘动，是新坟上的花圈。东北角的入口处立了一块石碑，黑底白字：刘庄公墓。

站在入口处，赵老师指了指接近入口处的几个被杂草覆盖得看不见坟头的坟，说："这都是无主的坟了。"

我不解地问："无主坟？哪个坟都应该是有主的啊？"

"我说的无主坟，是指这个坟的主人没了后代，或后代已不在这里生活了。"赵老师解释说。

我没说话，心想，一定是有主的，而且一定也是我们刘姓的，为什么会无主呢？

赵老师接着说："若是有后代来上坟的话，坟上就不会被杂草覆盖了。"

赵老师四下看了看，又说："有的坟本身就是绝户坟。没有后代的老人去世了，亲戚邻里帮他们埋了，之后就不会有人来上坟了。"

听赵老师一解释，我一下子明白了，兴业父亲所说的断子绝孙，将来兴业就是一个绝户头，他的坟也必定是个无主坟了。我边想着，边仔细看了看其他一些坟头，的确是高高的，且没有杂草覆盖。

"方圆十里内就属你们村公墓的风水好。"赵老师接着说。

我不懂这些，也不感兴趣，没有接赵老师的话茬儿。因为我正在回忆小时候对这个公墓的印象。那时我很害怕往公墓这个地方来，放羊割草也从未来过，不过，有胆大的孩子常去公墓里割草，这里草多还旺。那时，庄上有人去世，人们大都要围观下葬过程，我由于害怕，往往都是站得远远的，听听炮声，听听响器就足够了。记得曾有一次，是个三天黑，哥去抢了一大块儿油鲜馍，他不舍得吃，给了我一大半，他只吃了一小口，剩下的带回去叫妹妹吃了。

回想起来已是近四十年前的事了。近四十年来，我从未走进过、也不愿走进的公墓，令我万万没有想到的是，今天我竟真切地走了进来，心情极为沉重与悲痛。

赵老师把我带到中间的一块儿玉米地里，说："你在这里等着，庄稼太高了，我一下子看不到完整方位，我得绕两圈儿。"他说着，往西边小河的方向走去。

赵老师走远了，我独自站在一人高的玉米地里，心里着实有些不安。于是，我走出玉米地，站在紧邻的一块儿花生地里，这时，我才发现，我不远处的空地里有两个坟头，其中一个坟头上还有几个陈旧的花圈，另一个坟头上只剩下花圈的骨架了。我又走到玉米地的另一边，有一个新坟，正是我在入口处看到的那个坟，看样子是下葬不久的坟。这会是谁的呢？我是否会认识呢？

回来的路上，我和赵老师并排走着，他感慨地说："像你们这些离开家乡到外地的人，已经不属于这块地方了，你们这一代有生之年还会回来上上坟、祭祭祖，可到了你们的下一代，他们恐怕就不会回来了，他们对这里是没有感情的。"停了停，又说："想起来，这对你们这代离开农村的人来说，多少还是有些伤心的。"

"是啊，我们将来回不到这里了，是从我们身上把这里断开的。可是，当初努力离开的时候，我们谁也不会想到这一点，而且还都是非常坚定地要离开这块土地。现在回过头来想想，的确是令人无奈的选择。我记得有人说过：选择了离开，就是选择背井离乡。这就好比是鱼和熊掌，不可兼得。"

"一代人说一代人的事，隔代了，就不一样了，想叫下一代按上一代人的规矩生活也是不现实的。我给学生上课，常常鼓励他们要好好学习，将来要考上大学，到大城市过幸福生活，这些话是真实的，可到头来，到他们老了的时候，他们也是会想家的，人啊，毕竟是有故乡情结的。或许这才是真实的生活，才是真实的人生。"赵老师似乎心事很重地说着。

到家后，赵老师和相承叔很亲热地打着招呼，看来他们非常熟悉。赵老师简单把那个位置描述了一下。

接下来的两天，我整个人都是在恍惚中度过的，身心极度疲惫。

三天晚上有一个非常重要的活动，就是在母亲坟上抢油鲜馍。记得小时候，那是对吃特别向往的年代，能抢上一块儿带土的油鲜馍，就好比是改善了一次生活。印象最深的还是那次哥给我一大块儿油鲜馍。这一习俗，演变到现在，人们都不再抢了，但家人都是要每人一份的，都是要吃上一小块儿的。抢油鲜馍、吃油鲜馍，传言是辟邪祈福，其实更多的是对亲人的追忆。还有，就是这天从坟上离开的时候是不许哭的。我不知道为什么，我也不想问相承叔，我只知道这是从古代流传下来的习俗，这就够了。

我正在走神，哥叫我，说该走了。

往回走的时候，看着离开坟地的亲人们的背影，我突然明白，人不管身在何方，血脉是永远相连的。

光阴似箭，日月如梭。一晃三年过去了。

母亲三周年是个重大的祭奠日，又恰是父亲生日，老辈习俗，因遇特殊情况，生日只能提前，不能迟后。两年来，父亲的生日都是在母亲忌日的前一天过的。假期，我和爱人就提前了一天回来。到家时已是下午四点了。

父亲、哥、嫂、妹和我，我们在堂屋围着小方桌坐着，说着话，商量着明天如何给父亲过生日。父亲坐在方桌上席的位置，离桌子稍稍远了一点儿。

我看着父亲，笑着说："咱明天订个大蛋糕吧！"

父亲看着我，笑了笑，稍停了一下，说："都中！"

突然，父亲一脸严肃地说："三周年，可能动土了。"

我们都明白父亲的意思，母亲三周年了，我们可以给母亲拢坟了。这是我们家乡的习俗，新坟拢起到三周年期间，坟头是不能动的，只有到了三周年这天，亲人才能给坟拢土，把坟再拢高一些，叫拢坟。

我笑着说："爸，我们先说说明天给您过生日的事，后天才是给我妈拢坟的事，各是各的。"

"三年了，真快，一眨眼就过去了。"父亲很专注地在自言自语地说着。

我吃惊地看着父亲，父亲的眼神有些呆滞。我向前探出身子，靠近父亲，问："爸，不舒服？"

父亲没有看我，而是目光木然地游离着往门外看，说："心慌。"他说的同时，向前探了一下身子，伸着右手，好像是要去桌子上拿烟抽。

哥哥伸手给父亲递烟时，父亲含混不清地说："想你妈妈了！"

父亲话音落下的同时，一头栽到了地上。

我意识到这可能是心脏骤停。我和哥一起快速地将父亲平放在地上，同时对妹妹说："快，快，打120。"

我用曾学过的仅有的那点儿心肺复苏的急救常识，跪在地上给父亲做心脏复苏、人工呼吸。我机械地按压着父亲的胸部，默默地数着1、2、3……30，然后再做两次人工呼吸。我连续做了三组，父亲的状况并未改善，父亲已没了意识，脸色已开始慢慢变黄，头上脸上瞬间爬满细小的水珠，我抚摸着父亲的脸，体温也开始变凉。

不会这么快的，不会这么快的，我心里一直这样念叨着，依然机械地做着心脏复苏动作。

那一刻，我大脑一片空白，身体像是飘在空中，我感觉我使不上劲儿，用不上力，每次按压都像是在往一大团棉花上按。我所做的一切都是下意识的，

23

每按压一次，我都期待着父亲能呼出一口气，能把眼睁开。

我精疲力尽，终于支撑不住，瘫坐在地上。我教哥哥学我继续给父亲做心脏复苏。

一切太快了，快得容不得人去思索。

时间又像是凝固了，有那么一阵，我大脑开了小车，我坐在地上眼睁睁地盯着我手腕上的表，愣愣地看着秒针不紧不慢地走着。

妹妹惊慌失措地从外面跑进来，说："很快就到了。"

我像没听见似的，又愣愣地看着手表上的秒针。

大约四十分钟，救护车到了。我平静地看着医生抬着担架跑进来。我知道已经晚了。可我仍希望有奇迹发生。

医生按操作规程做了一些必要的抢救动作，站起来，说："人已走了，不用抢救了。亲人节哀顺变！"

救护车出诊要办一些必要的手续，需要家属陪同。我叫哥哥去处理，我看着仍躺在地上的父亲，开始号啕大哭起来，撕心裂肺。

父亲在我面前就这样去世，我感到不可思议，亲人就这样走了，走得决绝，走得没一丝留恋。

往事如昨，一切似乎总是在重演，只不过主角由母亲变成了父亲。

父亲走得很突然，像冲锋陷阵，不带一丝一毫的犹豫。

刚才我们还面对面有说有笑的，刚才我们还在商量着明天的生日蛋糕，刚才我们还在着四目嬉笑对望。就这么说走就走了。

人生最大的悲哀莫过于自己无能为力、眼睁睁地看着亲人在自己面前痛苦地离去。

医生走后，相承叔走了进来，说："都别伤心了，虚岁九十了，喜丧，再说，说走就走的老人，一点儿罪也没受，这也是你爸一辈子积来的德、积来的福，多好！"

丧事到他嘴里竟成了喜事，想想，不管怎么说，心里还是很别扭的。

"我看啊，你爸是选着日子走的，后天恰好大殡，恰好是你妈三周年，恰好可以合葬。你说，这能不是你爸故意选的日子吗？"

我们没说话，相承叔自言自语："我去铺摆（方言：安排）了，就这样定了。"

他边说边往外走。

相承叔走到门外了，回头笑着说："这不是我定的，是你爸自个儿定的日子。"

妹妹伤心地哭个不停，几个邻居来劝妹妹，把妹妹扶了出来。

我坐在父亲身边，想着刚才相承叔的话，听起来虽然很吊诡，但仔细回想父亲走之前说过的"三周年，可能动土了。""想你妈了！"我竟真的固执地认为这个日子就是父亲有意选择的。父亲就是想在母亲三周年那天和母亲合葬的。父亲太想母亲了，他一天都不想等待了。

一切都是三年前的重演，主角由母亲换成了父亲，我们这些配角没变。

还是那块儿地，种的庄稼还是玉米。走进玉米地，我产生了强烈的错觉：还是三年前那块儿仍未长熟的玉米。

三天黑上坟，我含着泪吃了三块油鲜馍。不为别的，只是想吃，这馍是父母给予我生命的恩典加持。

跪在父母的坟前，默默地看着眼前新拢起的土堆，想着这个土堆下面躺着的父母，突然有种异样的感觉：人的生死原来只是地上与地下的区别。想着父母的一生，除了辛勤劳作，抚养我们兄妹三人外，我真想不出他们这一生有什么不平凡，如此想来，人的一生并非要盖棺才能论定，普普通通的人，活着的时候就能论定。我父母就是这样，他们从来就没对我们进行过什么说教，连"好好学习，天天向上"的话都没对我们说过，更不曾有要我们干一番大事业的谆谆教导。我唯一深记在心的是母亲在我小的时候常常对我说"要学好"就这么简单的三个字。虽然我不大明白要如何才能学好，要向谁学才能学好，我只知道在学校时老师说的要当一个三好学生，因此，我理解母亲对我说的三个字就是要叫我当个三好学生。但我又感觉当三好学生并不是母亲说的"要学好"的含义，我也曾想问母亲要如何才能学好，可我始终没有问，不过"要学好"这三个字，像凿子凿在心里似的，永远清晰可见。后来，我长大了一些，母亲又对我说："要学好，跟着好人学好人，跟着坏人学坏人。"这下我有些明白了：那些好说瞎话的人、好骂人、好打架的人不是好人，他们是坏人，我不跟他们玩，我就不会学坏，我就能学好。回想过往经历，我一直在按照母亲的说教做人。或许，这就是父母的伟大之处，这就是父母平凡而伟大的一生。

第二天，我准备返程时，相承叔过来了。相承叔虽已六十多了，看上去像

25

个小伙子，直性子，说话不拐弯，直来直去的，对谁都是说说笑笑，和和气气的。我说："叔，这些老规矩，我们这一代都不太懂，我们的下一代更不懂了，将来怕是要失传的。"

相承叔笑笑，说："都是老套路了，有些都改了，比方说抬棺，以前是人抬，现如今都用拖拉机拉了。时代变了，套路也会变，总体还是不会变的。不会失传的。再说，人啊，生生死死，一辈子的事，对于亲人这些形式也都是为了一个念想，一个纪念，心里有，知道感恩，啥都有了，形式不是主要的。"停了停，相承叔又说："不过呀，也得亏用拖拉机拉了，这要是还如从前那样，叫人抬，恐怕咱庄上连抬棺的人都找不来了，年轻劳力都出去打工了。"

相承叔说的也确实是实情，也是时代的变化。生产力发展了，农村土地流转，由公司集中承包，大面积机械化作业，劳动力得到了解放，同时我国城市现代化建设的步伐也在逐步加快，这为农村剩余劳动力外出打工提供了出路。而这部分外出打工者中，有些特别能干的，甚至找机会也融入到了现代城市生活。我们庄上就有几个人在打工的城市安了家，离开了我们这个还相对落后的村庄。

到村口时，我把车停在那棵大槐树下，抬头看了看遮天蔽日的树冠，心想：当年种这棵树的人在哪儿呢？回头看了看我家的方向，突然感觉那已不再是我的家了；我又向着父母坟的方向默默祈祷。此时，内心似乎产生一种诀别的悲壮之感，似乎突然间与这里产生了一种陈旧的陌生之感。我的将来注定是不会被埋在这里了，我已是他乡人了。如此说来，我的离世就意味着我们祖上在我这根支脉上是注定要断绝的，尽管只是一种形式上的断绝——离开了故土。

其实，我内心清楚明白，这就是实际上的断绝。这是不争的事实，一个无法改变的现实。此时此刻，我突然意识到，我与故乡所有的联系似乎只有那座新垒起的父母合葬的坟冢。以后，除了清明节，再没有回来的理由了。

爱人提醒我该走了。我走出树荫，走到路中间，站在黄线上，向路的尽头望去，原来，目光所及，路的尽头变得模糊起来，变成了一个虚像，虚像又幻化成了一个模糊的图像，看不出到底像什么，是一座村庄？是一片田野？是一座新的城市？抑或是一片新的墓地？而当我抬头望向天空时，突然又悲伤起来，心脏感觉瞬间被人捏了一把的疼。

以前，无论何时我抬头仰望，父母都在微笑着守护着我，而如今，我再也仰望不到父母的微笑。

人常说，父母在，不管多大，自己都是儿女；父母不在，不管多大，自己都得顶天立地，撑起那片属于自己的天空。

嫁　妆

从平安镇向西北沿 312 国道走约三里地就进入伏牛山区了。

进山不到十里有一个叫赵家坪的山沟，山沟里沿阳坡散居着十来户人家。山沟下是一条终年不断流的小河。河水清澈，河里有鱼有虾，还有小螃蟹。半山腰上第一户人家姓赵，一家四口人，主人叫赵有地，媳妇叫赵贵勤，老大儿子叫赵见路，老二闺女叫赵见男。赵有地家有三间正屋，一间偏房，建在一个不大的平台上。山里最不缺的是石头，家家户户的房屋都是就地取材，用石头砌的。

赵有地家门前有个大碾盘，很多年都不用了，平时在上面晾晒粮食、山果或木耳、香菇等。冬天有太阳的日子里，他们会蹲在碾盘上晒太阳取暖；夏天的夜晚，他们会在碾盘上铺个草席乘凉。据赵有地说，当初那个大碾盘只是一块凸出来的大山石，正对着他家的门。山石的形状有些奇特，上大下小，远远看上去，像一颗钉在半山腰上的大头鞋钉，看着叫人不舒服。赵有地是个石匠，媳妇生儿子赵见路那年，他只要没事就坐在大山石上凿，他本想凿成个平台，用来晾晒粮食或木耳、香菇等山货，后来，凿着凿着，竟凿成了一个大碾盘。他想，既然凿成个碾盘了，干脆又凿了个石磙，在碾盘上装上轴，放上石磙，磨玉米糁方便极了。不承想，赵有地平日里的无意之举，为他家置办了一个很有用的大物件。大碾盘为山沟里的十几户人家磨面提供了方便。赵有地家也因这个大碾盘而出了名，后来甚至成了他家的代名词，人们一说去碾盘家，指的就是赵有地家。或者见人背着粮食往赵有地家方向走，就知道那人准是去大碾盘上磨面的。

记不得从什么时候开始，山外的平安镇上有了几家机器磨面了，磨出来的面既干净又省人力，碾盘也就没有人再用了。

靠山吃山，靠水吃水。山里几乎没地可种，各家各户都是在山前山后的石头缝里星星点点地种些玉米、红薯、黄豆、芝麻、高粱等农作物，平时也不需要打理，整个望天收。日常生活主要不是靠石头缝里种的那几棵庄稼，山里人日常吃的多是山李子、核桃、柿子、榛子等山果，外加野韭菜、蕨菜等野菜，还有野生的木耳、香菇等山货，房前屋后再种几棵豆角、茄子、辣椒等。这种自给自足的日子还算过得去。山里人唯一不满意的是走路不方便，离赵有地家最近的邻居也起码有半里地，平时串个门都得爬上爬下的。因此，山里人家平日里也就很少串门。人们常说山里人话少，其实就是他们平日里见面少。就是见着了，也只是相互问一句："吃了吗？""没吃。""你吃没有？""我也没吃。"然后就各走各的了。至于对方吃没吃，问话的人是不会真的关心的。这种一问一答其实就是流传已久的、固定程式的问候语罢了。或许正是由于这种不便，山里姑娘家一辈子最大的、也是唯一的心愿就是能嫁到山外，离开大山，一辈子不在山里住。

俗话说"深山出俊鸟"。赵有地的女儿赵见男长得的确水灵。生活虽然清贫，但她娴静端庄，温良贤淑。嘴角始终挂着迷人的微笑。粗布陋衣更平添了她单纯自然、恬静婉约的神韵。用"闭花羞月""沉鱼落雁"形容一点儿也不为过。人们不知道如何形容赵见男的美貌，也想不明白，为什么同是一个嘴巴、一个鼻子、两个眼睛，长到人家见男脸上，咋就那么叫人耐看呢？咋就那么叫人看入眼呢？你要是问赵见男好看到哪了，没有人能回答上来，反正是看着舒服，看着叫人心跳加快，若是遇上一个正出神地盯着见男看的年轻人，问他："见男长得咋样？"他只会说一个字：美。然后自个儿不好意思地低着头笑。实际上也确实是这样，凡是见过见男的，第一次见，会吃惊地愣一下，走神几秒钟，盯着见男看，看得见男不好意思地低头走了，这时看的人才缓过神来，红着脸四下里张望一下，发现旁边没人注意自己，再死盯盯地多看几眼，一直看到见男走得没影了，他还在走神地张望，似乎还能看到似的；若是第二次，或更多次的看到见男的，基本上可以断定，这人是专门来找机会看见男的。一些对见男动心了的小伙子，为了能多看几眼见男，有事没事都往见男家跑。以前都不怎么来磨面的年轻人，这个时候隔三差五地就来磨一回面，他家哪能吃那么多面呢？更特别的是见男在家的时候，十斤玉米，本来个把时辰就能磨好的，年轻人会用半天时间去磨，这真叫磨洋工。赵家人心里跟明镜似的，都知道是咋回事。但见男心里的想法非常简单：只要是山里的小伙子，再好也不中；只要是山外平原上的，哪怕是"歪瓜裂枣"她也愿意。

　　出山二里地，有个仅有十几户人家的村庄，因村里家家户户都会做桐油布伞——上桐油的油脂伞，又因庄上人家都姓刘，而得名伞刘庄。虽不算是一马平川的平原地带，但也总算是出了山，出门也都有了好走的路，庄稼地也都是连成片的大块地头。做伞手艺最好的人家，主人外号叫"刘伞匠"。他儿子叫刘哲，已是他家第十八代做伞匠人。父子俩平时下地干活，农闲时在家做伞，本分又勤劳。农村人有这门手艺，家境虽不能说富裕，但比起一般的家庭来，日子还是相对好过得多。刘哲二十出头，将近一米八的个头，大众化长相，虽相貌一般，但也绝不是什么"歪瓜裂枣"型的。一次刘哲进山卖伞，无意间看到了赵见男，一下子被见男的美貌所打动，回家后就找媒人进山打听赵见男的情况。得知赵见男十八岁了，还没找婆家，刘哲就迫不及待地托媒人去赵见男家提亲，媒人是吃嘴上饭的，不用主家多说，她就会想尽一切办法把亲事说成，这是媒人的本分。媒人到赵见男家尽情发挥能说会道的本领，先是把刘哲会做伞，老实肯干，能挣钱，家里五间大瓦房，两个姐姐都已出嫁，一个妹妹还没出门等说得详详细细，然后又说刘哲长得如何如何精神等。赵有地老两口听完后，乐呵呵地，说，没什么意见。对这家人还是挺满意的。俗话说"家有千金，不如薄技在身"，刘哲会做伞这门手艺，什么时候也不愁日子不好过。媒人问赵见男意见，见男羞赧地说："连个面都没见呢，咋能说中不中呢？"媒人高兴地笑笑，说："可不是嘛，看我这性子急的，主家专门托我来说媒，我一看你们俩家是个好姻缘，生怕错过了。"说着，又看着赵有地老两口，说："你们看个日子，叫孩子们见个面，好姻缘天注定，这俩孩子一定能成。"

　　赵贵勤把女儿赵见男的生辰八字和媒人说了，说："我们不懂，你看着定个日子吧。"

　　之后没几天，在媒人的撮合下，刘哲和赵见男见了面。第一次见面，见男几乎是一直低着头，不好意思抬头看刘哲，只是在别人不注意时，轻轻抬头瞟一眼，而每当她瞟一眼的时候，刘哲也正在直盯盯地看着她，这更使得见男不好意思抬头了。见过面后，双方分开，媒人先问见男的意见，见男说："没啥说的。"至于刘哲，尽管以前见过见男，那也只是偶然地、远远地看见过，没想到会以说亲的方式见面。本来就激动，心里跟装着一群小兔子似的乱扑腾，面对

30

面看着，刘哲更是激动得站不稳了，两条腿不听使唤地直打颤。媒人问他有什么想法，他不停地笑着，说："好、好、好。"

媒人看到两个年轻人在大家都在场的情况下，都不说话，就叫他俩到山下的小河沟走走，剩两人的时候，他们就随便了，有话说了。俩人走下山沟，在小河边找了个平展的石头坐下。慢慢地俩人不再拘束，说话也随便了一些。

说刘哲对见男一见倾心，一点儿也不为过。见男这般漂亮，刘哲喜欢，哪敢错过这大好的机会？见面礼上就下足了功夫，一出手就是一万元。这在当时可不是个小数目，农民家庭，一年辛辛苦苦也挣不了几个钱。若不是他家会做伞手艺，也不可能会拿出这么多钱来，这就充分说明了男方对女方是非常满意，是诚心要成这门亲事的。

回家的路上，媒人问刘哲对赵见男的看法，刘哲除了说个"好"字，只剩下脸上的傻笑了。

没过几天，刘哲又叫媒人专门来赵见男家，递话说，见男的嫁妆也由他家置办后送过来。

哪会有这样的好事？媒人对赵有地老两口说："我说了一辈子媒了，男方不争竞嫁妆的倒是遇见过，我还从未遇见过男方替女方家置办嫁妆的。这说明呀，主家对这门亲事是实踏实诚心的，再说了咱家见男长得水灵，人家太相中了。"

见男一家人对这门亲事也是极为满意，一家人都是老实巴交的，不会说漂亮话，见男也知道媒人这是专门来表功的，突然冒了一句，说："太谢谢大娘了，回头我给你做双鞋。"

媒人听了见男的话，吃惊地问："闺女，你说啥？我没听清楚。"

见男愣愣地低着头，笑了笑，小声说："回头我给你做双鞋。"

"好好好，大娘记住了，大娘记性好，不会忘，你忘了，大娘提醒你。"

媒人临走时，见男的娘用布兜给媒人装了十个鸡蛋，媒人笑着，说："都是一家人，老嫂子见外了。"边说边顺手接过了鸡蛋。

山里最美的季节就是秋天，漫山遍野呈现着茂盛的挂满枝头的金黄柿子，在清晨阳光的照耀下，更显喜庆。

见男出嫁的日子定在了阴历九月二十六。

到了女儿快要出嫁的时候，赵有地坐在门槛上抽着烟，心情沉重地对老伴说："再咋说这也是咱家打发闺女，嫁妆都是人家的，我们当老的，女儿出嫁，连个像样的嫁妆都没有，心里真不是滋味啊。"

　　见男正在院子里收拾晾晒的柿子，听父亲这么一说，心里也有一丝不快，说："爹，你也别多想，咱家是这个样子，他家又不是不知道，咱又没有骗人家，没有就没有，我也不争竞啥，您和我妈也别往心里去。"

　　见男娘从厨房出来，手里拿个碗，准备去喂鸡，听见男这么一说，看了看见男，又看了看老头子，说："咱家咋也得陪一样东西，什么都不陪，人家会笑话咱家不懂事的。"

　　赵有地从门槛上站起来，用烟袋锅指了指门口的大碾盘，说："闺女，人家给咱的彩礼多，咱家也得陪个大物件，我看啊，咱家最值钱的就是这个大碾盘了，就把这个大碾盘陪给你当嫁妆吧。"

　　听了父亲的话，见男的心情像霜打了一样，蔫了。她放下手里的活，转身走出了院子。

　　见男心里很难受。她家真的是太穷了，要不是为了哥哥见路能成家，她也不会答应这么急着出嫁。再说了，没什么陪嫁就算了，父亲要把那个大碾盘陪给她，那不是叫人为难吗？别说大碾盘下面是整个山体，就是独独那么大个的碾盘，谁能把它搬下山？

　　见男倒不是因为家里没有什么嫁妆生气，是因为父母因为没有嫁妆为难而不高兴。她本来是想着等到哥哥见路成家后再出嫁的，可因为家里穷，父母托媒人给哥哥提了几门亲事，家里连五十块钱的见面礼都拿不出来，谁还会愿意嫁到她家？她出嫁了，起码能给哥挣回来个见面礼钱。这是她唯一愿意先于哥哥成家而出嫁的理由。

　　面对这样一个非常特别的嫁妆，见男也没拒绝，因为她知道，她拒绝的话，父母心里会更难受的。她应下来，也只是口头上说说，碾盘还在这里，父母也只是求得个心里的安慰：女儿出嫁了，娘家也是有嫁妆的。

　　黄道吉日，见男如愿嫁到了山外。

　　斗转星移，日子就这么平淡无奇地过着，一转眼二十年过去了。不知道从什么时候起，也不知道为什么，山里竟成了香饽饽，山外的人，特别是城里人，周末、节假日里，成群结队地开着小车往山里跑，甚至还要往山里走。山里人以前吃够了的窝窝头、玉米饼子，竟也成了山外人最中意的食物。山里盛产的核桃、李子、柿子等，更是成了城里人争相抢购的稀缺物。见路他们天天进山采摘也供不应求。山里的木耳、蘑菇、河虾、小鱼，竟成了城里人眼里的"山珍海味"。没过几年，山里人竟都富了起来。老辈人说啥也想不明白，穷得叮当响的山里人，日子过着过着，怎么过反了呢？城里人为啥那么喜欢他们山里呢？

当然，见路家的那个大碾盘也成了最受人欢迎的稀罕物。城里人从山里人家买来玉米、高粱，在大碾盘上磨，大人推着磨，新鲜得不得了，兴奋得跟小孩子似的，上蹿下跳的。他们第一次知道，原来以前的人家吃的面都是在这碾盘上磨出来的，稀罕得很。小孩子们更是欢喜地爬上跳下。也正因为有这个大碾盘，见男家成了山里的中心，凡是进山的，没有不在见男家停留的。见路把自家老屋改造成民宿，从其他山民手中收购山货，又在自家院里搭了个棚，开了个特色超市。

一来二去，大碾盘成了山里的一个标志，人们一说去看大碾盘，就明白是要进山了。在这种情况下，见路家理所当然地就成了人们聚集的中心。

一天，一个城里人坐在碾盘上，对旁边的同伴说："这要是有头驴拉磨，该多好玩呀。"见路听到后，感觉是个好主意，于是，他叫邻居买头小毛驴，有游客的时候，把小毛驴的暗眼戴上，小毛驴就绕着大碾盘不停地转圈，游客看着，感觉很好玩。小毛驴磨面竟也成了游客们必看的、好玩的游乐项目。见路按小毛驴每表演一次五元，给邻居作为酬劳。

见男平时一有空闲就往娘家跑，见男娘开玩笑地说："闺女啊，你说这都是咋回事呀，从前穷的时候都愿意往外跑，如今咋都愿意往咱山里跑了呢？"

见男笑笑说："娘啊，我也不知道，反正是城里有钱人多了，他们钱多得没地方花了，也可能是他们觉得我们这里稀罕，就是想来我们这里看个稀罕。"

节假日里，进山游玩的城里人多得招呼不过来，见男也常常回娘家帮忙。嫂子对她也非常好，管吃管住的，见男也挺高兴。生意特别好的时候，一年下来，见路家能挣好几万元，这可是人们连想都不敢想的事。

家里有了钱，见路跟父亲商量着，在自家下边的一处平台上开挖、拓宽，又建了四间起脊房，每间安装四张床，专门用来招待游客。

一天傍晚，赵有地站在碾盘旁边，摸着碾盘，想着眼下的好日子，若有所思地说："想不到，想不到啊，日子竟还能过得这么好，没用的碾盘也能挣钱了。"

说者无心，听者有意，正在帮母亲做饭的见男听到爹这么一说，突然想起什么似的，笑着走到父亲跟前，说："爹，我记得，当年我出嫁时，这碾盘还是我的嫁妆哩，是不是？"

听到见男这么说，父亲转身看了看见男，又看了看见路，点点头，说："是，是，有这回事，是你的嫁妆。见路，你还记得吧？你说是不是？"

正在忙活的见路当然也知道这回事，说："是，碾盘是见男的嫁妆。"

当年若不是妹妹提早出嫁，他也不可能成家。见路非常感激妹妹见男，对妹妹也非常亲近。

本来只是这么说说，见男嫂子似乎有了另一种想法，从屋里走出来，一改往日平和的态度，一脸严肃地说："我咋没听你们说过哩，我都嫁过来二十年了，从来没听你们谁说过这么大个碾盘还是见男的嫁妆？这么大个家伙什长在山上，咋又成了嫁妆了？再说了，没听说过这东西还能当嫁妆，就是嫁妆，出嫁时咋不带走呢？眼下咋想起来说这事了？"

平时，嫂子对见男可不是这样子，见男每次回娘家来，嫂子总是笑脸相迎，小声小气，问长问短，问寒问暖，连一句红脸的话都没有，怎么突然连珠炮似的，说话冲起来了？见男听出了嫂子话里十足的火药味，忙走到嫂子面前，笑着说："嫂子，没啥，爹在说碾盘的事，话赶话说到了，我也只是说说，也没啥。"

嫂子笑着说："其实，这碾盘在城里人眼里只是个稀罕物，他们带着孩子来玩，也只是玩个新鲜，咱都不收钱的。咱卖给他们玉米、高粱，他们自个儿在碾盘上推着磨，磨着面，也是图个好玩。"

见男跟父亲说碾盘是她的嫁妆，也只是就事论事，想起来以前的事了，顺嘴说说而已，根本就没往钱上想。可嫂子突然提到钱的事，见男心里一下子明白了嫂子的意思。嫂子肯定是以为她要从碾盘身上向她家要费用。既然嫂子提到了这事，见男嘴上劝说着嫂子，心里也开始琢磨起来了。心想，既然那碾盘是我的，我收费就是理所应当的了，你没收费，我可以收费。但又一想，在这个节骨眼上说这事，显然是不合适的，她要找机会收费。她这么想着，就进了厨房，继续帮母亲做饭去了。

早些年，也就是见男刚刚出嫁那几年，见男婆家的日子是好过的，青黄不接时，见男总往娘家带吃的，嫂子对此也是非常感激的。嫂子对这个心肠好的小姑子也是非常亲近的。

见路家的两个孩子更是喜欢往姑姑家去玩，一放假就住姑姑家不走了。两家人跟一家人似的。

回到家后，见男和丈夫刘哲商量着想在碾盘上收费。刘哲倒不想叫见男这样做，他主要还是担心，这样一来，必定与嫂子关系搞僵，两家的关系也会因此变坏。可见男却不这样认为，说："碾盘既然是咱家的，咱收费是应该，与嫂子没什么关系。再说，我也只是这样想想，下次回去和爹、哥哥商量一下，看他们同意不同意。"

刘哲说："我没意见，你自个儿拿主意吧，但有一条，千万不能因为这事把两家关系闹僵了，最后钱没挣来，亲戚也做不成了。那样就不好了。"

见男说："我明白，我心里有数。"

三十年河东三十年河西。当年做伞能糊口的行当，如今却成了没人喜欢的营生。到处都是便宜的、花里胡哨的雨伞，能折叠，携带也很方便。做一个老式桐油伞的程序很多，还很烦琐，而且桐油伞折起来又粗又沉，携带肯定不如能折叠的新式伞方便。一把桐油布伞做下来费工费时，还卖不上价钱。就是花费时间做出来了，也几乎无人问津。如今，大街小巷再也看不到有人会带一个沉重且不方便携带的老式伞了。日子就这么不经意间大变样了。更叫人想不到的是，眼下山里的日子却比山外的好过了。真叫人想不明白。

见路媳妇话里带刺地说小姑子的时候，她的儿子赵鹏也在场，他担心姑姑心里不高兴，赶快拉着姑姑，问："我奔哥在家干啥哩？明天叫奔哥过来玩吧。"

见男明白侄子的用意，就说："好啊，他在家学习呢。我叫他，他不来，人大了，不像小时候，一说来婆家，他兴高采烈地就跟着来了，如今，叫人家跟我来，人家嫌我碍事。你去叫他，他一准来。"

傍晚，赵鹏特意拉着妈妈下河边洗东西，趁没人时，对妈妈说："妈，你不能这样对姑姑，我小时候一放假就住在姑姑家，姑姑待我那么好，再说，咱家穷的时候，我上学的学费还是姑夫给我的。我们现在有钱了，就不能忘了姑姑对咱家的好。"

见路媳妇也是个通情达理的人，她刚结婚时，丈夫见路就跟他说起过碾盘是见男嫁妆的事，她能和见路成一家人，也有见男的功劳。再说，家里穷的时候，见男真没少帮补，人都是要知情感恩的。此时，又听儿子这么一说，脸红得像夏天西天边的火烧云。停了好一阵，才说："儿子，妈不是不讲理的人，妈也知道那个大碾盘是你姑姑的嫁妆，只是当时一时兴起，说了不该说的话，妈知道错了，等你姑姑再来，我给你姑姑道歉。"

赵鹏说："光道歉不行，咱得想法帮衬一下姑姑家。"

"咋帮衬？"

赵鹏想了想，说："我也不知道，想想再说吧，反正咱要对姑姑好。"

"是是是，一定要对你姑姑好。"

几天以后，见男专门回了趟娘家，先找父亲商量，说她想在碾盘上收费，游客推一次磨，收费五元。父亲当然同意，但父亲担心儿媳妇不愿意，就对见男说："回头我找你哥说说，看你哥啥意思，再说。"

赵有地找儿子赵见路商量，见路说："我当然没意见，碾盘本来就是妹妹的。我跟媳妇说说。"

当天晚上，见路趁媳妇高兴时，说："你看，见男前些年帮咱不少忙，这些年日子反倒不如咱家了。当初，要不是见男先出嫁，我俩还说不定能成一家人呢！"

自从儿子说了自己以后，见路媳妇就在琢磨着如何帮衬见男，丈夫一说，她突然灵光一闪，说："我上次对见男说话冲，我还没向见男道歉呢。其实，我也想好了，咱日子好过，咋也不能看着咱妹妹家日子不好过。对游客来说，大碾盘就是个招牌，咱还不能以碾盘的名义收费。忙的时候咱还叫见男回来帮忙，一年下来，咱拿出一部分收入给见男，算她的工钱也好，或是碾盘的份子也好，也算是咱帮衬见男了。"

见路给媳妇说这事时，心里还像十五只吊桶打水——七上八下，听媳妇这么一说，兴奋得不知道如何说了，竟然也学城里的年轻人一样，一把抱住媳妇，使劲儿亲了一口，把媳妇吓了一大跳。

见路说："你看咱咋帮见男呢？"

媳妇说："按年吧，忙的时候，见男过来帮忙，年底给见男五千块，咋样？"

"当然好啦，我现在就找见男说说去。"

媳妇一把拉住正要往外走的丈夫，说："这事你不能说，还得我说，我去和见男说。"

就这样，见男每年从嫂子那里领到五千块钱的费用。

见男家儿子刘奔比见路家儿子赵鹏大一岁，也算同龄人，两人从小就常在一起，跟亲兄弟俩一样，好得不能再好了。刘奔小时候生病，休了一年学，两人从小学五年级就同班，一直到高中也是同班，高中毕业两人都考上了大学，也为两家争了光，赵鹏学的是计算机专业，刘奔学的是艺术设计专业。

见男是个很有心计的人，她仔细观察发现，城里人对老旧的东西很感兴趣，她们家里的老式门锁都被城里人买走了。由此，她受到了启发，叫丈夫农闲时在家做了几把老式桐油伞，游客多的时候，她把桐油伞张在碾盘旁边的空地上，供游客观赏。一些年岁稍大些的人，对这种伞很感兴趣，有人说："这伞如今没人用了，但可作为一种艺术品收藏，这是纯手工技艺，是一个时代的标志，也是一代人的记忆。"

后来，又有人建议他们在伞面上作画，以提高艺术品位。刘奔恰好是学艺术设计的，假期里就在家往父亲做好的桐油伞上作画。这样一来，一年下来，刘哲紧赶慢赶做出来五十把伞还不够卖，有客人要，还得提前预订，有人甚至提前把钱都付了。这真是谁也想不到的事。单就这一项，见男家里一年就有好几万元收入。

有了这一笔收入，见男对嫂子说："嫂子，我卖伞有收入了，今后忙的时候，我还来帮忙，那五千块钱我不要了。"

嫂子当然高兴得不亦乐乎，只是笑，没接见男的话茬儿。

赵有地在地上磕着烟袋锅，看着近在眼前的大碾盘，又看了看远处郁郁葱葱的山峦，自言自语地嘀咕着："嗳，人世间的事还真叫人难捉摸。仔细想想，啥东西都是有用的。眼下看着没用的，保不齐将来都会是有用的。"

戒 杀

夏季的草原水草丰美，真是牛羊的天堂。然而，草原的夏季却很短，秋季就更短了。对于草原上的牛羊来说，它们绝不会关心季节的长短，它们所能做的，就是在整个水草丰美的季节里，一天天不停地吃。吃累了，个个都昂首挺胸地在草原上悠闲地散步，时不时地停下脚步，抬头看看天空。阳光普照，白云朵朵。其中一些，似乎有感而发地仰头，叫上一阵，像是在引吭高歌。小羊羔们会找寻它们的小伙伴抵架、嬉戏，无忧无虑地享受着大自然赐予的青草与时光。

远远望去，夕阳下，草原与天际的交融处已呈现微黄的景象，风也开始变凉，甚至是有些冷了。

马朝阳将上衣裹了裹，骑上马，向自家的羊群奔去，他想把羊群往家的方向赶一赶，离家再近些，他要在近二三天内将羊群赶回家，因为接下来还要做一件更加重要的工作————往家运送整个冬季羊群所需的草料。

以前，牧民们居无定所，草场就是他们移动的家园，随季节的变化而转场是牧民们一年中最为重要的迁徙活动，往年的这个季节已开始筹划着要转向南方的夏天牧场了。一家老小，还有几百上千只羊马等，辛苦自不必说，还得操心一家老小的安危，还得操心羊群不丢，不被野狼吃掉，心里着实也是很累的。

如今，政府鼓励牧民定居，并出钱在每年的冬夏季牧场的交界地带给他们修建了定居点，马朝阳和其他六户牧民定居了下来，不再转场，就得为羊群准备足够过冬的草料。储备冬季草料尽管辛苦，但也要比拖家带口转场好多了。最起码老人和孩子不再受奔波之苦了。

说是定居点，其实也是相对固定，他们七户牧民之间都相距半里地的样子，因为每家都还得有一个能容纳几百上千只羊的大羊圈。马朝阳骑马来到这片草原的最高处，放眼北望，属于他家的草场尽收眼底。

夕阳下一望无际的草场上，已经打包好的一捆捆草料如同一枚枚闪着金辉的宝物，等待着它们的主人来捡拾。

每年这几天，定居点的几户牧民都相互帮忙，一户一户地将各家牧场上的草料收回到家储备。

马朝阳把羊群赶回到他家羊圈的第二天，七户牧民就商定了统一运回草料的方案，马朝阳家的草场最远，最先帮马朝阳家运回草料。其实这也是多年来已经形成的习惯。

这天，马朝阳一大早就起床了，准备宰杀一只羊，慰劳前来帮忙的邻居。这是待客之道，也是他们家的惯例。

清晨的阳光像羞答答的青春少女，不愿露出芳容，草场上刮过来的西北风已送来了冬天的寒凉。马朝阳熟练地从羊群中挑选了一只肥壮的绵羊，那只羊似乎感觉到了自己不祥的命运，顽强地挣扎着，咩咩咩不停地大声呼叫着，这声音在清晨清新的空气中听起来显得格外地清脆，听着叫人心疼。可马朝阳似乎习惯了这叫声，只简单的几个动作，就把这只羊放倒在地，又顺手从腰间取出小刀，轻松自如地在正使劲儿呼救的绵羊脖子上划了一下，一股冒着热气的鲜血喷出的同时，羊的叫声戛然而止。也几乎是在同时，马朝阳刚满三周岁的儿子马明结站在他身后不远处突然"哇"地一声大哭起来，这突如其来的哭声，把正专心宰杀羊的马朝阳着实吓了一大跳，他不知道出了什么事，回头看了看正在使劲儿哭的儿子马明结，身子猛然抖了一下，打了个寒颤，手上宰杀的动作很熟练地进行着。

儿子马明结的哭声一声接一声地大了起来，后来连成了一片，最后，声音慢慢地小了，变成了伤心的抽泣声。马朝阳又回头看了一眼儿子，马明结眼泪汪汪地正盯着他，突然又张着大嘴使劲儿地哭了起来。

这时，马朝阳的妻子马媛从屋里跑了出来，抱着儿子，边哄边转身往屋里走。儿子哭得更伤心了，好长一阵，儿子的哭声才慢慢停息下来。

太阳已升出一人多高了。马朝阳家羊肉鲜美的香气在晨风中四处飘散开来，不多时，整个居民区都被这香味覆盖了，前来帮忙的牧民们陆续来到马朝阳家。这是牧民们召集人的特有方式，不需要主家挨家挨户地去请，那一股由清风送过去的迷人的香气就是对他们的召唤。

草原上的羊肉特别鲜美，只需要清水煮熟，不添加任何佐料，吃的时候根据个人的喜好，可蘸胡椒或孜然，美味可口。

尽管马朝阳他们几户牧民已成为固定牧民，但生活习惯却未改变。就吃饭来说，他们还是习惯于在空旷的草地上铺个毛毡，把食物放中间，一伙人盘腿坐着，围成个圈儿热热闹闹地大块吃肉，喝着酥油茶。

马朝阳把一大张毛毡铺在当院里，把刚刚煮好的鲜美羊肉放到毡子中间，又把几盘奶干、奶酪及两大壶冒着热气的酥油茶摆放好，这时，前来帮忙的人可就都到齐了，大伙也并不客气，坐下来有说有笑地吃着。

温暖的阳光驱走了些许的寒意，加上牧民们吃着刚刚出锅的羊肉，喝着热气腾腾的酥油茶，不多时，人们就感觉到全身暖和起来。

马媛抱着不再哭的儿子马明结走了出来，几位吃好了的牧民给马媛让了个位置，马媛顺手把儿子马明结放在毡子上，然后给马明结拿了一小块儿羊肉。马明结接过妈妈给他的羊肉，眼珠子四下看了看，自顾自地吃了起来。

马朝阳家的牧民生活就这么平平淡淡地在四季轮回延续着。可到了马明结六岁那年，却发生了一件令他们一家人都极为吃惊、令人费解的事情。

依然是一个一年中要储备饲料的日子，依然是一个清冷的清晨。马朝阳像往常一样，从羊圈里挑选了一只羊，依然是麻利的动作，而当一股冒着热气的鲜血从羊的脖子喷出的同时，羊的叫声戛然而止，也几乎是在同时，站在门口的儿子马明结又是突然"哇"地一声大哭起来，这场景几乎每次都会在马朝阳宰杀时发生，所以，马朝阳习以为常地进行着他的宰杀工作。马明结的哭声依然一声接一声地大了起来，后来连成了一片，变成了伤心的抽泣声。而马明结的妈妈马媛也是依然腾出手里的活，来拉住儿子马明结的手，把他领回到屋里。

意外就是在接下来的吃饭时发生了。当前来帮忙的牧民们吃过以后，马媛拉着儿子马明结的手，从屋里来到毡子旁边，可马明结说什么也不愿走上毡子，更是不愿吃妈妈递给他的羊肉，所有人的劝说都无效，马明结看着所有对他微笑着劝说的人，面无表情，不说话，两只手攥成拳头，根本不愿接妈妈给他的羊肉。

马明结的这一异常反应，所有人都并没在意，以为是孩子一时不想吃东西，大伙也就不再劝说马明结吃肉了。马媛把马明结拉回到屋里，哄着马明结吃风干羊肉干，这是马明结平常最爱吃的零食，可这次，马明结也不吃了。不管妈妈如何劝说，马明结总是一脸愤怒的样子，不说话，也不吃任何东西。眼里充满着泪水。

到了中午，马明结可能是太饿了，他自己到厨房找了几块乳干吃了起来。

中午吃饭的时候，马明结还是不吃羊肉，风干的羊肉干也依然不吃。什么肉都不吃。

马朝阳和妻子马媛对此也并没在意，心想，牧民们的主食就是羊肉，外加各种乳制品及奶茶。可以说，除了羊肉，几乎没有什么好吃的，再者，牧民不吃羊肉，还能吃啥？马明结一时不吃，可能是小孩子一时赌气，说不定过几天他就会吃了。

令马朝阳夫妇没想到的是自那天以后，马明结真的再也不吃羊肉了，他拒绝吃任何肉类。这是家人无论如何也想不到的情况。

马朝阳闲暇的时候，和妻子马媛回想着儿子变化的起因，他突然想到了，这么多年来，只要是他宰杀羊的时候，马明结都要大哭一场，他回忆着，几乎是他每宰杀一只羊，儿子马明结都大哭，马朝阳对妻子马媛说："会不会是我宰杀羊的时候，吓着儿子了？"

马媛想了想，说："这不可能的，我们牧民家的孩子，哪一个不是从小就看着宰杀羊长大的？哪有不杀羊的牧民？"

想着妻子说得在理，可除此之外，马朝阳再也想不出其他原因了。

妻子说："兴许过一阵他自个儿就会吃肉了。哪有牧民不吃羊肉的道理？"

马朝阳认为妻子说得在理，也就不再想着儿子不吃羊肉的事了。

马明结除了不吃羊肉外，还有一种现象，就是只要父亲马朝阳宰杀羊的时候，马明结都会有意识地躲避。他会走出居民区，走到草场深处，躺在草地上，甚至用手指将耳朵堵上，不想听到任何声音——风声、鸟鸣、羊叫、马嘶等等，一切声音都令他心烦意乱。

光阴似箭，日月如梭。一晃又过去了四年。在四年里，马明结的确一口肉都没吃过。而且每次在他父亲宰杀羊的时候，他都会跑到草原深处，远远地躲避着。

这年，雪较往年更大，大雪把整个草原变成了一个白得耀眼的世界，漫无边际的白。到了年关，牧民们家家都要宰杀好几只羊来过年。马朝阳宰杀羊的时候，马明结一个人踏着半尺厚的积雪，身子前倾，吃力地往前爬着，整个人都将被厚厚的积雪淹没了，远远看去只有一个黑点儿在白雪皑皑的原野上慢慢地移动着。马朝阳和妻子马媛知道劝说不了仅十岁的儿子，马媛只好在后边紧紧地跟着。因为，草原的冬季，野狼没有食物，对人的威胁更大，他们居民点经常有野狼光顾，几乎每一家的羊群都有被野狼偷袭过。

马明结知道妈妈在他身后，可他依然在深深的雪地里一点一点吃力地往前移动着。准确地说，他是在往前一点一点地爬着。

马明结小小年纪却有如此异常的举动，着实令人费解。他实在是累得爬不动了，就干脆趴在雪地里不动了。妈妈看着儿子如此状况，伤心地哭了起来。

马朝阳为此专门去镇上医院询问医生，医生也不知其因，但通过马朝阳对马明结行为的描述，医生怀疑他可能有心理疾病，或可能因小时候受宰杀过程的刺激，造成了心理上的影响。可说不通的是，马明结除了不看宰杀羊的过程，不吃羊肉外，一切正常，平日里他还天天跟羊群待在一起，晚上还常把他喜欢的小羊羔抱到床上玩，甚至还和小羊羔睡在一起。医生建议马朝阳的妻子平日里多和儿子待在一起，不直接问他为什么会这样，间接引导他说出他内心的想法。这样就有针对性地治疗方法。

按照医生的建议，妻子马媛平日里几乎什么也不干，和儿子一起做游戏，讲故事。

到了春暖花开的季节，草原上弥漫着诱人的清香，微风徐徐，惠风和畅，羊群散落在草原深处，阳光下闪耀着点点白光，如镶嵌在草原上银光闪闪的宝珠，美不胜收，风景如画。

这个季节也是马明结最开心最留恋草原的时候，他每天都要跟着父母到草原去放牧。马明结领着年仅六岁的妹妹马明芬在一望无际的草原上玩耍，妹妹喜爱采花朵玩，马明结最爱追着花丛中的蝴蝶到处乱跑，一次他看到草丛中有一只将要死去的蝴蝶，竟哭了起来，马媛跑过去，问："儿子，为什么哭呢？"

马明结一边用胳膊擦着眼泪一边用手指着草丛中那只将要死去的蝴蝶，说："它快死了，它快死了，我不想叫它死。"

马媛看到草丛中的蝴蝶，用手轻轻地捏了起来，结果，一只翅膀被风吹掉了，其实那是一只已经死去很长时间的蝴蝶，身体都被风化了。

当马明结看到一只翅膀脱落后，大哭起来，说："你杀了蝴蝶，你杀了蝴蝶。爹爹杀羊，你杀蝴蝶。你们不能杀蝴蝶，你们不能杀我的羊。"

马媛听到儿子哭着说"不能杀我的羊"，心头一震，说："儿子，你不想叫你爹杀咱家的羊？是不是？"

儿子马明结下意识地点着头，说："那是咱家羊，不能杀，自家人不能杀自家的羊。"

马媛接着说："那咱杀别人家的羊，你就吃羊肉了吗？"儿子点着头，说："嗯。"

听见儿子"嗯"了一声，马媛激动地将儿子抱住，大哭起来，她这一哭，儿子反倒不哭了，他吃惊地看着妈妈，一句话也说不出来，只眼睁睁地看着放声大哭的妈妈。

这时，马朝阳从远处山坡上骑着马奔了过来，马媛说："你在这儿吧，我先领着儿子回家吧！"

马朝阳并不知道刚才发生的事情，说："好的，你们先回吧。"

马媛背着马明芬，牵着马明结的手往家走的途中，又重复着问儿子："那咱杀别人家的羊，你就吃羊肉了吗？"

儿子马明结看到了一朵紫色的小花，蹲到地上，好奇地盯着那朵紫色的小花，说："不能杀自家的羊，自家的羊是活物。"

牧民们对自家羊的偏爱是与生俱来的，他们把自家的羊视为宝物，一点儿也不为过，因为，起码羊是他们的家产，是他们赖以生存的财产，他们会因羊丢失而生气，会因羊被野狼吃掉而不思茶饮，夜不能寐，这都是再平常不过的事，但作为牧民，不杀生却又是一件不可思议的事。因此，马明结的行为着实令人无法理解。

傍晚，马朝阳回来后，马媛拉着儿子马明结的手，走到马朝阳面前，说："儿啊，叫你爹爹用咱家的羊去邻家叔叔家换只羊回来，咱宰杀吃肉，好不好？"

马明结看了看父亲，又看了看母亲，又看了看远处自家羊圈里的羊，点了点头，小声说："嗯。"

听到儿子的一声"嗯"，马朝阳夫妇喜极而泣，马朝阳边擦着泪，边说："好好好，我现在就去，今晚咱就吃羊肉。"

43

儿子答应吃肉，说明儿子是一点儿问题都没有的，特别是心理上也不会有问题的。要知道，这么多年来，在儿子不吃羊肉的问题上，马朝阳夫妇不知伤过多少次心，流过多少次泪，如今终于知道了儿子的想法，心里能不高兴，能不兴奋吗？

马朝阳去邻居家换羊的同时，马媛也没闲着，她开始生火烧水，配合丈夫尽快把羊肉煮出来。

马明结似乎跟从来没吃过羊肉似的，当母亲马媛把一块羊尾油递给儿子马明结的时候，马明结先是伸着头，用鼻子闻了闻，然后直接张口吞了进去。马朝阳夫妇专心地看着儿子把羊尾油吃完后，又给马明结割了一小块里脊肉，马明结还是先用鼻子闻了闻，用手接了过来，又看了看手里的羊肉，又放到鼻子下面闻了闻，然后才慢慢地吃了起来。

"香不香？儿子。"马媛小声地问。

"好吃不好吃？儿子。"马朝阳小声地问。

马明结边吃，边扭头看看母亲，再看看父亲，点了点头，说："嗯，香，好吃。"

坐在旁边的马明芬哭着闹着也要吃，马媛给马明芬一大块儿，马明芬两手抱着羊肉吃了起来。

就这样，儿子马明结又开始像以前一样吃起了鲜美的羊肉了。但是，每次宰杀羊的时候，都是马朝阳牵着自家的羊到邻居家里去调换。一来二去，这种形式变成了马朝阳家独有的吃肉方式，邻居也都极力配合着马朝阳，认为，只要马明结愿意，不要说换只羊了，就是马朝阳或马媛空手来牵只羊，也是不成问题的。邻居们说："咱牧民最不缺的就是这满满一草原的羊了。"

日子就这么平平淡淡，自自然然地过着，冬去春来，夏去秋来，四季就这么不紧不慢地轮回着。草原上的青草就这么绿了枯、枯了荣地反复着。牧民定居点空中的炊烟也照时照晌地飘着，羊肉的鲜美似乎就没离开过草原的上空。

换羊吃已成为马朝阳家不可更改的习惯。

突然的变故就这么不经意间发生了，发生得太突然了，任何人都没有防备，都不知所措。

马明芬十岁生日那天，马朝阳一家照例宰杀一头羊庆祝。吃饭的时候，大家都热热闹闹，有说有笑地，马明芬吃着肉，突然说了一句："这是咱家的羊肉。"

一下子，空气似乎凝固了，正在有滋有味地吃肉的马明结瞪着双眼看着一脸茫然的父亲，又看了看惊慌失措的母亲，又看看仍在有滋有味吃着羊肉的妹妹，突然马明结使劲儿把马明芬手里的羊肉夺了过去，又使劲砸在地上，问："是不是这样？"

马明结的眼里放着凶狠的光，他问的是父亲，是母亲，也是妹妹。

妹妹马明芬被哥哥这突如其来的发火吓得大声哭了起来，可马明结依然在问："是不是这样？是不是这样？"声音中带着可怕的嘶哑。

马媛缓过神来，赶快把马明芬拉走了，马朝阳陪着笑，想要解释，说："儿子，你听我说，是这样……"

马明结对着父亲，大声哭着问道："是不是这样？是不是这样？"

"听我说，儿子，是这样的，听我说……"

"我问你，是不是这样？是不是这样？"

马朝阳还想要解释，但马明结已不再听了，父亲的表现说明了一切，而且妹妹也绝不会撒谎。

原来，事情是这样的：本来马朝阳是要去邻居家换羊的，可邻居家的羊还没入圈，为了不影响宰杀，他就直接在自家羊圈里挑了一只杀了，当时，马明结不在家，正在草原上玩耍，而马明芬却在家，马朝阳以为马明芬不会在意这些，因此，也没防备马明芬，也没告诉马明芬不要说这些事。而关于他家换羊吃的习惯，马明芬从小就知晓的，她小小年纪也是懂得的。这次父亲突然没有换就宰杀起来，与她之前看到的情况不一样，因此，她感到好奇，所以就顺口说了出来。

说者无心。马明芬无意间的一句话，从此改变了他们全家人的命运。

马明结将所有的羊肉都扔了，扔得远远的。然后，他自个往他家羊圈的方向走去。父亲跟在他后面，他对父亲发火，这是从来不曾发生过的事，他竟然开始对父亲发火了。

正骑马路过的邻居马卫国看到马明结发脾气的样子，赶快下马，也都过来劝说马明结，可马明结一点儿也没有原谅父亲的意思。他对跟在他身后的父亲和邻居马卫国说："不要跟着我，我想一个人待着。"

听了马明结的话，马朝阳与马卫国对视了一下，说："听他的，先让他一个人待一会，让他冷静冷静。"

也就是这个决定，马朝阳犯了个大错误，以致在以后的几年里，他始终都没原谅自己。

马明结自此失去了音讯。

马朝阳并不是有意要这样做的，他当时只是心急，并没有想到会有这样严重的后果。那天，将近傍晚，他发现儿子还没回来，心里就慌了，定居点所有的牧民都出动向着草原上马明结离开的方向寻找，一个晚上过去了，一天过去了，两天过去了，十天过去了，一个月过去了。自此，马朝阳背着干粮，踏上了寻找儿子马明结的道路。他由近及远，把寻找范围一直扩大到省城，他所能想到的都找了，最终的结果都是失望。一年过去了，邻居们都开始劝说马朝阳夫妇接受现实，他们都不愿说，但每个人心里都清楚：最大的可能是马明结已被草原上的野狼吃掉了。

马朝阳心里何尝没有这种想法，但他就是不相信，他还要寻找，马朝阳为了寻找儿子马明结把家里所有的羊都卖掉了，马媛在家带着女儿马明芬艰难地生活着，天天盼着丈夫能把儿子带回来。

光阴荏苒，一晃八年过去了，长年累月地在外奔波，风餐露宿，身心交瘁，不到五十的马朝阳却变成了一个看上去像七十多岁的老人了，绝望在渺茫中一天天破灭，在乡亲们的劝说下，马朝阳放弃了寻找。马媛说："我们还得生活，我们还有女儿，我们就在家里等着吧，等着儿子有朝一日自己回来，如果他还在人世的话。"

一家人的磨难，不是岁月的磨难，而是内心无法原谅的自我折磨。为了向儿子赎罪，马朝阳一家从那天起，再也不吃羊肉了。

马明结的真实情况又是如何的呢？草原上牧民的孩子从小都会骑马。将近十五岁的马明结高高壮壮的，当然也是一位骑马的好手。那天，他顺手骑上自家的那匹父亲天天骑着放牧的牧马，盲目地在广袤无边的草原上奔驰，马朝阳他们看着策马远去的马明结而没有去追赶，心里想着这是孩子的一时性起，发一下脾气，在草原上转一圈儿就会自己回来的。谁知，马明结这一走就没打算回去，他走得远了，走累了，他才停了下来，回头望去，目光所及是草原与天的交际，他不知道自己离家有多远，有些害怕，但他还是继续盲目地往前走着，边走边自言自语地嘀咕着："爹爹不该欺骗我，为什么要欺骗我？大人说话是要算话的，是不能撒谎的。"

太阳的余晖将尽时，马明结真的开始害怕起来，他失去了方向，他骑着马迅速地跑上一处高地，四下张望着，希望能分辨出家的方向，希望能找到个安全的栖身之地。他骑马到一处高岗上，四处找寻着。他很幸运，他看到了一个白色的点儿，那是一个蒙古包，这是他所熟悉的。他不顾一切地向那个白点儿跑去。

的确是一个蒙古包，草原上的牧民都是一家人，认识不认识的，只要到蒙古包里，就是家里最尊贵的客人。蒙古包的主人对马明结非常热情，给他准备吃的，可马明结坚决不吃羊肉，只吃了些奶酪和点心。他无法向这位牧民说明他家的方位，而他也不知道自己究竟处在什么地方。

马明结没有向这家牧民说明他的真实情况，他只说他要去一个大城市，一个叫包山的大城市，那家牧民的主人高兴地说："好哇，好哇，包山是个大城市，是个很好的城市，我去过很多次，我知道路线的。"

马明结在这家牧民的蒙古包里住了一晚上，第二天一早，在主人的指点下，马明结骑马向包山方向奔去。

马明结离家出走之初，只是一时赌气，他想在草原上骑马驰骋，沿着草场转上一圈儿，以缓解他内心的不愉快。可在他执拗地一直向前奔跑的过程中，他不想再回去了，就这样，他决定一直向前，他要离开那个欺骗自己的父亲。他无法原谅自己的父亲欺骗自己，他要离开家，他要靠自己生活。

他先是在包山近郊的一个牲畜交易市场把他的马卖了，他想利用这部分钱维持他在包山找工作时的生活开支。

城市打工的生活是极为艰辛的，他只有小学文化程度，没有什么特别的技能，只有在工地上靠力气打工，即使如此，他也不愿回家。每逢佳节倍思亲，每每遇上节日的时候，工友们都高高兴兴地回家过年的时候，马明结也是非常想家的，他想他的妈妈，他想他的妹妹。他不想他父亲，甚至在他太苦太累的时候还记恨父亲，若不是父亲欺骗他，他也不至于到了如此地步。实在太苦太累的时候，他也曾有过想要回家的念头，但一想到父亲的欺骗，他就又下定决心，不再回家了。

一年一年过去了，一晃，马明结已在外飘荡了八年，他对家的概念也在慢慢地消失。

人世间有无数个令人意想不到的巧合，甚至有些巧合太过巧合，以至于当事人自己都不敢相信。马明结与妹妹马明芬的相遇，就是这种巧合，当他发现他将能见到妹妹时，他真的不敢相信自己的眼睛，不敢相信这竟然是真的。

八年来，马明结一直跟着一个工程队在包山市的各个工地上干工程。最近的一个工地是包山护理职业学院学生餐厅的扩建工程，学院因扩招，下年在校生将会增加一倍，于是学校就在原学生餐厅旁再建一个学生餐厅。为不影响学校的教学环境，工地与原来的餐厅之间用护墙板隔离着。

马明结离家出走时小学还未毕业。因为自己的一时赌气，断送了自己继续学习的机会。对此，他也曾后悔过，所以他常常对学校心存敬畏。在他的心里，大学生都是非常聪明非常优秀的人，他非常羡慕那些在校上学的学生们。自从进驻工地以来，他总想到校园里看看，看看他心目中的圣地。可由于工期紧，天天要干十多个小时，一天下来，累得走都不想去，所以也一直没有心情去校园里看看。

一天，由于工地进料的原因，马明结有半天时间不用上工。于是，他趁机走进了校园里。

夏天的阳光毒辣辣的，杨树叶子耷拉着，无精打采。午后的校园，更加静谧，微风中只有一浪接一浪的蝉鸣。

马明结漫无目地从一个树荫走到另一个树荫。当他路过学生餐厅门前的树荫下时，无意间被餐厅门前玻璃报栏里的一张大红纸吸引了。那是一张红底金字的表扬信。他很随意地走了过去。

也就是这么一个很随意的动作，使得他非常巧合地找到了他八年未见面的妹妹。

表扬信

同学们好：

我院护理专业一年级二班同学马明芬，昨天中午在学生餐厅拾到一个装有五百元现金的钱包，她担心失主可能会马上来找，就在原地等等失主，半个小

48

时后，失主没出现。她就立即上交到校团委。校团委立即通过广播找到了失主。失主很快就领走了她丢失的钱包，并对马明芬同学拾金不昧的行为非常感激。在此，校团委、校学生会特提出对马明芬同学的表扬。希望全体同学向马明芬同学学习！

当马明结看到马明芬这三个字的时候，他心里"咯噔"了一下。他心里默念着"马明芬"这三个字，心想，这会不会是我妹妹呢？会不会只是个重名重姓的人呢？若按年龄推算，妹妹今年十八岁，正是上大学的年龄。

此时，他脑海里回想着记忆中的妹妹。妹妹小时候的样子，他还是有记忆的，但八年过去了。妹妹长成什么样子了，他无法想象。这突然的发现，勾起了他对家乡、对母亲、对妹妹的思念。他内心无比激动，他的潜意识中强烈地感觉到这个马明芬应该就是他的妹妹。他有些紧张，不知所措。此时，学生们都正在上课，校园里几乎没有人走动。他返回到大门口门卫室。他与门卫室的保安很熟悉，他想问问保安是否知道马明芬是哪里人。可保安一无所知。保安说："我可以帮你打听打听。"不知为什么，他又不想叫保安知道自己的秘密。他对保安说："不用，没什么，我只是在餐厅前看到一个表扬信里表扬了马明芬。"

他不想叫保安帮他打听那个叫马明芬的学生的情况。可他很想知道这个马明芬到底是不是他的妹妹。

想到妹妹，就想到了他家那辽阔的草原，草原上的羊群，草原上的青草及盛开的鲜花，想到了他和妹妹在草原上嬉戏，在草原上采花，在草原上追逐蝴蝶。那是多么美妙的时光啊！虽然他不愿面对欺骗他的父亲，可他家里还有妈妈和妹妹，他无法不想念她们。此时，他有一种急切的心情，他很想马上见到这个马明芬，即使不是他妹妹，他也想见一下。但他不知道该如何才能见到马明芬。

马明结当天晚上回到他的工棚里，辗转反侧，无法入睡。他满脑子都是妹妹小时候的样子。特别是他离家走出那天妹妹被他的凶狠吼叫吓得无辜哭泣的样子，以及母亲拉着妹妹进屋的背影。工友感觉到了马明结的异常，就问他："明结，你有什么事吗？是不是又想家了？"

其实，工友们都非常清楚马明结的情况。因为这么多年来，马明结从来没回过家，工友们都回家过年了，只有他不回家，工头问他，他说："我没家，我是个孤儿。"

慢慢地，时间长了，特别是在马明结喝酒后，他会说出一些他家的一些情况，以及他离家出走的原因。再后来，工友们都知道了马明结的真实情况。逢年过节时，工友们也经常劝说叫马明结回家过节，可他仍然坚持不回家。

此时，与马明结最好的工友小赵小声问："明结，有事就说，我们都是在外打工的人，遇上什么困难，我们相互帮助，有事千万不要闷在心里。说出来，大家一起想想办法。"

马明结实在忍不住了，就把他看到表扬信，以及想找到那个和他妹妹重名重姓的学生的事一股脑说了出来。

他刚一说完，小赵就说："就这事呀，我还以为什么大事呢？这多简单呀，咱工长跟学校领导很熟，明天叫咱工长帮你去学校问一下不就成了？"

马明结想了想，说："那万一要不是我妹妹，咋办？"

小赵说："叫工长找领导说一下，特意安排那个和你妹妹重名重姓的学生在某个地方站着，你老远看一下，是就去认，不是就让人家走。这不就得了？还有什么害怕担心的呢？"

小赵的话，使得马明结茅塞顿开，一下子又兴奋起来了。

第二天，工长听了马明结的说明，笑笑说："这事好办。我马上去。"

工长的办法很简单，他找到负责后勤工作的校领导，说明马明结的情况，请校领导直接问一下马明芬的家属成员，问她是否有个叫马明结的哥，一问不就知道了吗？

果不其然，马明芬就是马明结的妹妹。

兄妹相见，抱头痛哭起来。

妹妹哭诉着哥哥离家后给他们这个本来幸福的家庭带来的伤害。妹妹说："哥啊，你离开后，全家人为了找你把所有的羊都卖了，爹天天在外找你，找了整整五年，邻居们都说你可能已被野狼吃掉了，可爹不信，他还是天天外出找你。这五年，他在外面吃尽了苦头。他总是埋怨自己，说你的离开是他的错，他永远都不会原谅自己。爹为找你已熬成了老头子。我们一家人从你离开那天起就再也不吃羊肉了，我们什么肉都不吃了，爹说这是对我们家的人的惩罚。"

听着妹妹的哭诉，马明结难以控制自己的情绪，失声痛哭着，双手不停地抽打着自己的脸，说："妹妹，好妹妹，都是哥不好，哥一时赌气，把这个家毁了。哥对不起妈妈，对不起你，更对不起爹。"

马明芬听到哥说他"对不起爹"的时候，接着哥的手，劝说道："哥，只要你能原谅爹，爹心里就会好受了。不然，他永远不会原谅他自己的。"

"我在外地这么多年了，我也想过很多次。我也明白，在当时的情况下，爹并不是故意要那样的。可我太不懂事了，太任性了。妹妹，你不知道，起初我是赌气、任性不回去，可是，到了后来，当我看到工友们一个个高高兴兴回家过春节，我一个人守着工棚、吃着冷馒头时，我也很想回家。可我已没脸再回家了。我想着我就这样在外面混一辈子了。没想到会遇见你。"

"我们能相见，说明老天叫你回家。我马上给爹妈写信，告诉他们你的情况，并说我们过年一起回去。"妹妹拉着哥哥的手，破涕为笑地说。

"好好，我很想回家，我们一起回家过年。"马明结脸上也露出了笑容。

的确，马明结当年的赌气离家，给这个原本幸福的家庭带来了巨大的灾难，为了寻找马明结，马朝阳把家里所有的羊全卖了来寻找，入不敷出，倾家荡产。原本年轻力壮的父亲一下子变成了沉默寡言内心忧郁的老汉。生活一下子艰难起来，好在有乡里乡亲们的接济，日子才勉强过下来，还是在政府的大力扶持下，马朝阳马媛夫妇经营起了收购他们草原特产口蘑的生意，几年下来，日子才算平稳，女儿马明芬懂事后对哥哥的出走也很愧疚，她聪明伶俐，学习优秀，高中毕业本打算回家帮父母一起经营口蘑生意，没想到竟考上了包山护理职业学院，也正是这机缘巧合，使得他们全家再一次团聚。

工长得知马明结的情况后，特意给他放了假，叫他马上回去和父母团聚，然后再回来上班。工长说："父母谁不思儿女？你离家这么多年，而且父母为你付出了多大心血？你早一天回去，他们就能早一天开心快乐。"

马明结羞赧地低着头，说："工长，我是想等放假了和妹妹一起回去的。"

"我跟她们学校说说，看能不能叫你妹妹请个假，你们兄妹俩提前回去。"工长说着，就往学校走去。

学校领导听到马明结与马明芬相遇的经过，特别是了解到马明结从小离家出走的特殊情况后，说："学生准备期中考试，再过一周就要放暑假了。叫马明芬先给家里写封信，一放假他们就回去。这样，马明芬的学习也不会耽误了。"

听校领导这么一说，工长说："这太好了。我们一定在确保质量的前提下，高质量地把学校的学生餐厅建好。"

工长也真逗，见了校领导，公事私事一并汇报了。

在等待妹妹快快放假的这几天里，马明结真真体验到了什么叫度日如年，什么叫归心似箭。

马明结的父母收到女儿马明芬的来信后，喜悦心情自不必说。他们天天脸上挂着幸福的笑容，商量着如何迎接儿子的归来。

可全家人都不吃肉，这可真是难坏了一辈子离不开肉的牧民了。马朝阳马媛夫妇为吃什么发起愁来。

感谢上天的恩赐，感谢这来之不易的团圆。对于庆祝一家人的团圆，还是马明芬想出了一个好主意，她说："咱们就来个全蘑宴吧。"于是，全家齐上阵，用草原特有的蘑菇——口蘑做了一桌丰盛的全蘑宴。

夏日，草原的夜晚清朗无比，明亮的月光照耀着整个草原，空气湿漉漉的，一天的燥热被清爽的月亮赶跑了。一家人围坐在院子里，享受着他们特有的全蘑宴。

全家人都知道，心结迟早是要打开的。慢慢地，他们开始谈论起过往的事情，慢慢地，他们都不再忌讳关于羊及羊肉的事了。于是，马明芬就问哥哥："哥，你小时候为什么不吃咱家的羊肉？为什么不叫爹爹宰杀咱家的羊？"

马明结看着一脸灿烂笑容的妹妹，又望着远处高低起伏的草原，沉思良久，慢慢地说："其实，我也记不起来当初为什么对父亲宰杀咱家的羊有那么大的抵触情绪。可我清楚地记得，当我看到父亲宰杀羊的时候，那只羊在拼命地呼救的时候，我似乎看到了什么东西，一下子使我恐惧害怕起来，我害怕得要命，所以从那一刻起，我害怕看到父亲宰杀咱家的羊。"

一家人静静地听着马明结回忆陈年往事，母亲马媛说："儿子，再想想，当初你看到了什么？"

马明结思索着，慢慢地说："像是一双眼睛在盯着我，那双眼睛里，我看到的是害怕的眼神，是向我乞求的眼神。"

"是那只被宰杀的羊吗？"马朝阳怯怯地问。

"不是。"马明结很肯定地说,"不过,我突然记起来了,是一双羊的眼神,对,就是一双羊的眼神。"

大家都屏住呼吸,不愿打断马明结的思绪,过了一会儿,马明结说:"对,是一只小绵羊,是一只小绵羊的眼神。当时,那只将要宰杀的羊在拼命地叫,有一只小绵羊趴在不远处也拼命地叫着,那是那羊的孩子,羊妈妈正被爹爹宰杀,它在求救。对,对,就是那只小绵羊,就是那只小绵羊的那双乞求的眼神。我一下子害怕起来。"

马明结面无表情地述说着,声音微微颤抖。

"儿子,不过,我记得,我清楚地记得,你第一次哭那年才三岁,你还小,不记事的。"马朝阳说。

"三岁时应该还不记事呢,六岁那年,我还是有些记忆的,我大脑的记忆或许是停留在六岁那年了。也许正因为我小,所以才能彻底改变我的想法,也许这就是我内心深处抗拒吃羊肉的缘由。"马明结若有所思地说。

"真没想到会对儿子的伤害这么大。"马媛左手拉住儿子马明结的手,马明结的手也在微微颤抖,右手轻轻地抚摸着儿子的头,眼里含着泪,轻声地说着。

"我也不知道为什么,不知道为什么会有那种不可思议的想法。"马明结继续说着,"我不能接受一个我熟悉的生命在我面前消失,它不想死,可我们为了吃它而要把它杀死。我害怕。那一刻起,我厌恶了杀羊,厌恶了杀自家养的羊,厌恶了看着一只活生生的羊被杀死,厌恶了一只和我们朝夕相处的生命被我们自己结束。总之,我不愿看到杀羊,甚至一度不敢想象那种场面,更不能去回想那只小羊羔的眼神。那眼神已深深地刻在了我的脑海深处。它时时提醒我,叫我拯救它们的生命。它们也是生命,我们为什么要杀害它们呢?所以……"

大家都不再说话,过了很久,马朝阳说:"我们是牧民,在这个草原上生活了几百年,我们世世代代都是牧民,羊是我们的全部,是我们赖以生存的根本,它们是生命,可我们离开它们我们就失去了生命。其实,我也不想宰杀,不想杀生,可这是生存的本能,我不得不宰杀。那只小绵羊不是刚才被宰杀的那只羊的孩子,我们牧民不会宰杀有孩子正在哺乳的母羊,这也是我们的传统。"

"我哥这是'扫地恐伤蝼蚁命,爱惜飞蛾纱罩灯'。是不愿杀生的善心。"马明芬插话道。

马明芬站起来，笑着说："走，咱们去草原看看。"

一家人向着月光照耀的草原深处走去。

垦 荒

真没想到四嫂竟是这么一个执拗的人。

我们庄叫张庄。村庄东边有一条小河，叫礓石河，是一条季节性河流。雨水多的年份，河水很大，沟满濠平的，而在干旱的年份里，河沟里一点儿水都没有。

河的上游约一里地的地方，地势平缓，由于河水长年冲积，形成了一个大片的河滩，人们习惯性地称那片河滩叫大河滩。河滩里是几十亩荒地。因为谁也不敢保证辛辛苦苦开垦耕种后就一定会有收成，所以，也就没人在意那块地。

但是，有一个人却注意上了那块儿地。说出来叫人不相信，有村民说，换作别人还有人信，是她？谁会信？

的确，没有人会信。她是我四嫂，我都不信。

四嫂一家四口人，一双儿女，大的是女儿，聪明伶俐；小的是儿子，乖巧可爱。四哥是名医生，在乡卫生院上班，每天上午去卫生院坐诊，一般情况下下午回家。因医术高明，找他看病的人多，多数时候，他都是天黑才能回家。到家后也没能闲着，乡里乡亲就近到家来看病，病情重的，四哥就到病人家里去诊治。一年到头，很少闲着。正因如此，四哥几乎没干过地里的庄稼活。甚至他家的地块儿在哪儿，他都弄不清楚。

街坊邻居有个头疼发烧的小毛病，四哥都是从药箱子里取几粒药，说："拿回去吃吧，过几天就好了。"这种情况下，四哥是分文不收的。在这方面，我们庄上没有比四哥还好的。

四嫂三十出头，中等身材，瘦瘦的，很精干。她温良贤惠，待人诚恳，说话轻慢温柔，从来都是说中带笑。到她家找四哥看病的人，不管手上、脸上有多脏，不管穿多破的衣服，四嫂从来没有嫌弃过，只要她在家，必给病人端水，叫他们洗手洗脸。

四哥没空下地干活，地里的活就只有四嫂一个人干了。孩子们小的时候，四嫂除了地里的活，家里四口的一日三餐也是四嫂一个人操持的。女儿稍大一点儿后，能帮四嫂干些家务活，如做饭、打扫卫生、喂猪喂鸡等，四嫂基本上就整天在地里干活了。不过，春种秋收时节，四嫂无论如何也是忙不过来的。特别忙的时候，四哥得空就下地帮四嫂干些活。每每这个时候，甚至还会有病人找到地头去让四哥看病。有重病号的，四哥不得不出诊的话，街坊邻居们就自发地行动起来，一忙完自家的活，就跑到四嫂家地头帮四嫂干活。

就是这样的情况，瘦弱的四嫂竟然执意要去开垦那块儿撂荒地。确切来说，是女儿八岁那年，四嫂开始在大河滩垦荒的。有人说这是四嫂没事找事，也有人说这是四嫂不自量力。更有人说这是四嫂傻，拿不准的事，遇上个旱涝，一颗籽也收不回来，不仅搭上了工夫，还把种子也赔进去了。何必呢？

以前，街坊邻居都主动去帮四嫂家干活，是因为四嫂一家待人亲善。可四嫂坚持要去开荒，就有人说："既然她有力气去开荒，那咱就不用再帮她家干活了。"也就这年夏收，往年有人帮忙的时候，不用两天工夫，麦子就能全部收割完。可今年，没有人来帮忙了，四嫂一个人一直割到天黑透了，也才割完三垄，到家后，累得腰都直不起来了。可四嫂一句怨言都没有，草草地洗了把脸，去厨房做饭去了。

四哥既生气又无奈。吃过晚饭后，四哥到几户壮劳力多的人家，请人家帮忙。四哥都到家里来请了，哪有不帮的道理？第二天，几户人家一家出一个壮劳力，半天工夫，可把四嫂家的麦子全收割完了。

邻居们帮忙的时候，你一言我一语地劝着四嫂，一个本家侄子说："婶啊，叔当医生有工资，就是不用种庄稼也能过好日子，何必要去出死力开荒呀？"

还有人说："四嫂，说真的，我们都不愿去干。干一年了，一场大水，全泡汤了，何必呢？"

四嫂听着，也只是笑笑，什么也不说，依然是只管一天天地去挖、翻、平。第一年只开垦出来半亩地，刚把那块儿地里的料礓石捡出来玩，还没来得及种，结果发了大水，大河滩变成了个河漫滩。四嫂白白干了两个月。第二年可把那半亩地平整好了，却遇上了十年不遇的干旱，肥沃的地里庄稼都种不上，更别说她那块儿荒地。到了第三年，四嫂终于如愿种上了玉米，这年风调雨顺的，河里没发大水，也没干旱，虽说长势一般，但总算是收了几麻袋玉米。看着自己辛辛苦苦劳作换来的果实，四嫂兴奋地笑出声来，内心的喜悦更不必说了。

有了收成，四嫂开垦荒地的劲头更足了。一天，天不亮，四哥就被一个危重病人的家属叫走了。四嫂吃过早饭，把年仅八岁的女儿叫醒，说："乖，起来后，锅里有吃的。你要看好弟弟，不准出院门。"

女儿睡眼惺忪地点了点头，一扭脸可又睡着了。

到了半晌，四嫂正在河滩里翻地，突然看到远处一个小身影向她跑过来。她感觉像是女儿，就观察了一会儿，确认是女儿后，四嫂心里慌了，心想，家里必定是出什么事了，不然女儿不会跑来找她的。四嫂飞快地迎着女儿跑去。女儿看到了妈妈，大老远就哭着喊着："妈，妈，弟弟被蜇了，弟弟被蜇了。"

四嫂拉着女儿的小手往家跑。边跑边问女儿情况。女儿也说不太清，只是说弟弟被马蜂蜇了。弟弟的脸肿起来了。

听女儿这么一说，四嫂说："乖，你不用跑了，你在后面自个儿走回去，妈先回去了。"

没等女儿说话，四嫂放开女儿的小手，自个儿往家跑去。

四嫂还没跑到家就听到了儿子的哭声。进院后，发现年仅五岁的儿子坐在堂屋的门槛上，看着楼门，大声地哭着，身子因抽泣而不停地晃动着。

四嫂哭着将儿子抱起来，看着半个脸肿得眼都睁不开的儿子，心里非常自责。她把儿子抱进屋里，一边哄着儿子，一边用碘酒给儿子消炎。

好在没过多久，四哥回来了。四哥边给儿子消肿，边责怪四嫂，说："你就不能不去开荒了？在家做做饭，看看孩子，不行吗？"

四哥数落四嫂，四嫂从来都不反驳。可四哥也知道自己没资格过多、过分地责怪四嫂。所以，一般情况下，四哥最多说个三五句就不再说了。

儿子被马蜂蜇了的事传开后，有人劝四嫂说："别干了，一天到晚累得跟啥似的，歇歇吧。"可四嫂就是不肯，说："庄稼地像小孩子，是需要养的，那块儿地的土是生土，施肥翻耕，好好养护，是有收成的。虽说今年只收了几袋玉米，再过几年收成就会好起来的。"

自此以后，四嫂下地干活，只要四哥到卫生院坐诊或被病人家属请到家里去出诊，四嫂就把女儿、儿子带上，叫他们在一旁玩耍。不影响她干活。

四哥实在是太心疼四嫂了，一天晚上，吃晚饭时，说："咱别干了，自留地的活都够你干的了，人家那么多壮劳力都不愿干的活，你一个瘦弱女人家非要干，而且还是保不齐的事，辛辛苦苦累了一年了，到头来还不一定会有收成，何必呢？咱不干了！"

四嫂不紧不慢地说："就是好地块儿，种下了，也不敢保证一定会有收成。那块儿地荒着也是荒着，咱庄稼人出点儿力算啥？能忙得过来，闲着也是闲着。如果年景好的话，多收一点儿是一点儿。不是有这样一句话嘛：怕尿床觉都不睡了？怕灾害的话，庄稼都不种了，那还能成？没事，我能干得过来。"

女儿生气地说："妈，咱家粮食又不是不够吃，何必要累自己呢？你歇歇不中吗？"说话的口气像个大人似的。

"不是够吃不够吃的事，我就是看着那块儿地荒着，心里不舒服。"四嫂很执拗。谁都拿她没办法。

四嫂就是这样一个人，除了下地干活，从不串门。一年中，除了大年初一到街坊邻居家走走，拜拜年，其他日子里，她只要不在家，就必定是在地里。

所有的人对四嫂的这种行为很不理解，最后，人们一致认为四嫂是一个干活上瘾的人。

几年下来，四嫂在大河滩里开垦出了十多亩地，算下来，也只收了几十斤黄豆和几麻袋玉米。即使如此，四嫂依然坚持着。

四哥又劝四嫂说："这么多年了，咱赔进去的种子也够咱全家吃半年的了，真是出力不讨好的事。咱不干了，荒就荒吧。"

可四嫂依然坚持着，说："旱也罢，涝也罢，那都不是咱庄稼人操心的事，庄稼人就得一门心思地把地种好。年年怕绝收，那就不用种地了？"

四嫂倔强起来，真叫人不可思议。后来，村上为了确保庄稼旱涝保收，利用大河滩的有利地形，建了个拦河坝。丰水期蓄满水，大河滩变成了一个小湖。四嫂多年来辛辛苦苦开垦出来的十几亩荒地也被淹没了。

人们非常惋惜，十分同情四嫂多年来的巨大付出。可四嫂却不这样认为，她说："这多好啊，庄稼都旱涝保收了，大家的收成也都有保证了，这是好事。我开垦的庄稼地本来就是撂荒地，没啥可惜的。只当我这几年锻炼身体了。"

河坝建起来后，人们想着，这一下四嫂可要歇歇了，不承想，第二年四嫂又在下游沿河床边上开垦出了二分荒地。

礼　数

礼是中国人最为尊崇的处事规范。在几千年华夏文明的演进过程中，礼已深深地融入我们社会生活的方方面面，融入我们中国人的血液里。虽然现代人在日常生活中，不会再像古代那样严格要求了，但一般的礼数还是要有的，礼尚往来、相互信任等，还是要讲究的。

这里，我就讲一个我所亲历的日常生活中关于"礼"的故事。

我叫赵有胜。我们庄叫赵家庄。在我们赵姓家族中，我父亲那一辈里只出了一个有本事的人，就是我本家堂叔，没出五服，排行老五，我们都称五叔。五叔虽是中专学历，但在20世纪七十年代末八十年代初，中专毕业生也是相当了不起的，在我们庄上也是绝无仅有的。五叔中师毕业那年，先是被分配在县城一初中当老师，由于工作积极认真，教学有方，很快就被调到县教育局工作。五叔虽然是在县城上班，但能帮助我们的的确有限，我们农村人平日里也不需要五叔帮什么忙，最多，我们这些好要面子的晚辈们，一年半载偶尔到县城一趟到五叔那里坐坐，回来后见人就谝谝："我今儿去县上了，去我五叔单位坐坐，还喝了茶。"意思不言自明：我家有个在县上工作的亲戚，我家县上也是有人的。这是我们家族的荣光。

既是本家叔叔，逢年过节总是要往来走动，叙叙家常，相互祝福，这是礼数，更是亲戚间加深感情不可或缺的重要环节，也不存在谁求谁，谁高看谁的意思。其实，说是这样说，可人们总是打心底里高看五叔一眼。比如，在我们庄上，谁家有红白事了，能把五叔请回来，让五叔周周正正地坐在显眼的位置上，什么也不用干，见人来了就站起来对人笑笑，熟悉的热情地握握手，不熟悉的就点点头，五叔的作用就是给主家撑场面，主家要的就是这个效果。在我们眼里，五叔就是与众不同，就穿着打扮来说，同样是一件衬衫，四叔穿在身上，咋看还是农民，可五叔穿上就叫人感觉不一样，咋看咋像干部样；还有五叔那走路的姿势，不快不慢的，那说话的神态，微笑中带着客气，听起来叫人心里美气，一看就是城里人。

起初，五叔碍于族人的情面，有求必应。可后来，似乎成了五叔的负担，有时候，一个月得回我们庄好几趟。虽说是被请回来的，可份子钱一点儿也不能少，甚至还得多一些。在我们农村，一般红事，街里街坊都是二十到五十块钱不等，一般二十块钱的多一些，可五叔遇上红事都是六十六块，有整有零，图个六六大顺；白事的话，街里街坊基本上也是二十或五十的，五叔也是礼五十。五叔说白事上没说辞，节哀顺变的事，随大流。不知不觉中，凡有事请五叔就成了我们庄上的习俗了。几年下来，五叔真有些吃不消了。平时，若遇上星期天，或是节假日，五叔回来一趟也没什么，但有些事是不按城里人的日子过的，特别是白事，不能说等五叔有空了再办。再说，我们庄离县城有三十多里地，以前交通不太发达，回来一趟得乘县乡班车，下车后还得走上几里地，也确实不太容易。可村民们不考虑这些，他们只想着五叔能回来就可以了。

情况的确有不凑巧的时候。有一回，村西头一家接亲，主家亲自去县城请五叔回来撑面子，恰巧五叔那几天生病，可人家不管你生病不生病，人家要的是叫你回来撑面子。五叔躺在病床上，说："实在对不住，你看我病成这个样子了，回去也是给你家找麻烦不是？"五叔说着，连忙叫五婶拿出六十六块钱，说："人不能到，礼得到，这是礼数，一定得收下。"主家眼看着五叔确实生病了，便客客气气地把钱接了，说："我们是想请五叔回去吃酒席的。五叔虽然不能回去，但五叔的祝福我们收下了。谢谢五叔的祝福。"婚礼当天，有人议论说没见着五叔，主家赶快跑出来，大声说："五叔病了，专门派人回来上了礼。"说着，还把礼单举起来叫大家看，"大伙都看见了吧？五叔的礼金，六六大顺，大吉大利。"主家把礼单放下，又说："五叔说，他早就准备着要回来的，只是生病了，又怕传染给大家，就没能回来，还请大家包涵。"大伙听听，都乐呵呵地笑笑，这事就算过去了。

五叔因生病体验到了一次不回庄行情的清闲。

红事请人好说，白事一般是不主动去请人的，遇上白事，一般都是相互传个话。其实，不需要专门派人去传话，因为我们庄不大，响器一鸣啦，整个村庄就不会有不知道的。来了是人情，说明情谊近，不来也不用计较，说明情分还不够，你来我往，你不来我不往，讲究的是礼尚往来。可我们庄上有个规矩，对五叔是要去请的。庄中间一户人家老人去世，按辈分，去世的老人还高五叔一辈，五叔还得管去世老人叫叔。尽管出了五服，但毕竟是一个大家族的，五叔决定回来参加老人葬礼。可事真的很不凑巧，五叔单位领导的亲人去世了，同一天的事，五叔只好托人回庄里行了个情，递了五十块钱的份子，向主家详细说明了实际情况，并一再请主家谅解。主家也很客气地请来人捎话，说："谢谢，谢谢，五哥客气了，五哥客气了。"可不知怎的，丧事办完后没几天，庄上就传出了这家人说五叔的坏话，说："架子也太大了，有啥了不起的？不就是在县城上班吗？又不是县长什么的，一点儿面子都不给。"本来这都是道听途说、捕风捉影的事，过一阵就没事了。可不知怎么回事，传着传着，最后竟传成了五叔在县城犯了错误，没脸再回村里了。

我们本家几个晚辈听到这些传言后，很是吃惊，想找那家人论论理，可想了想，没根没据的，也弄不清到底是人家传出来的，还是一些好事人故意捏造的，抑或某一个人饭后随便的一句玩笑话，后来被演义了。我们不便四处打听消息的来源，因为你越是当真打听，就有人越认为是真的，对待这类事的最好办法就是置之不理。

但是，事情既然传开了，即便不相信五叔会有事，于情于理，去城里看看五叔，那也是应该的。于是，我们几个堂兄弟商量各自带点儿礼品第二天专程到县城去看望五叔。

我代表我家带了一小袋芝麻，五叔本家侄子赵有宏——我堂弟——带了一蛇皮袋花生，另一堂兄赵有法带了一塑料桶自家榨的小磨香油。这在我们老家是再常见不过的礼物了。礼轻情谊重，关键不是吃几个花生，不是吃几口香喷喷的炒芝麻，也不是吃几滴香气四溢的小磨香油。

五叔见我们兄弟三人这么整齐地去看他，非常吃惊："不过年不过节的，你们这是走亲戚啊？"我们这阵势，只有过年来给五叔拜年时才会这样。

五叔当然是没什么事的。五叔忙着给我们倒茶，我们兄弟几个端端正正地坐着，等着五叔亲自招呼我们。五叔给我们每人一杯茶水，坐下说："今天休息，你们婶回娘家了，就我一个人，中午我请你们兄弟三人下馆子，咱吃浆水面。"

饭馆就在五叔楼下。我们三人以前没吃过浆水面，因为太好吃了，饭一上来，我们三人狼吞虎咽，三下五去二，不到三分钟，甚至连汤都喝了个精光。

五叔吃惊地看着我们三人的穷吃样，笑了笑，又给我们三人各要了一碗。吃得我们三人轮番打嗝。

临走时，我们实在忍不住了，就问："五叔，你没啥事吧？"

五叔笑着说："我就知道你们来是为这事的。啥事没有，五叔能有啥事？那都是庄上人讹传，身正不怕影子斜。这种瞎传的事就是一阵风，不用理会，说过去就过去了。"

听五叔这么一说，我们才明白，原来五叔早就知道了庄上的传言。我们会心地笑着和五叔告别。

没过几天，我正好有事又要到县城去，我得空又去看了五叔。临走时，五叔递给我一桶香油，说："家里还有一桶，吃不完，放时间长了，香油就不香了。拿回家吃了吧。"

我客气着不要，五叔命令似的说："叫你拿着就拿着，又不是外人，客气啥。"

说来也巧，第二天，堂兄有法来我家玩，无意间看到了那桶香油，他若无其事地拎起油桶看了看油桶的底部，把油桶放到地上，有点儿不高兴地说："又进城了？进城也不叫一声，咱一起去看五叔，这桶油是五叔给你的吧？"

听堂兄这么一说，我笑笑说："是是是，正好有事去县城，得空顺便去看看五叔。临走时五叔非要给我一桶油，我不要，五叔还吵了我呢。"

我说话的时候，还故意扭脸看了看放在地上的那桶香油。

堂兄走了以后，我纳闷：他咋知道这桶油是五叔给的呢？我拎起地上的那桶香油，照着有法的样子，看了看桶底，发现桶的底部竟写着"赵有法"三个字。这下我明白了，原来这桶油就是上次我们一起去时有法送的。难怪他刚才说话阴阳怪气。我自个摇摇头，笑笑，心想："这也没什么，确实是五叔给我的。"

转天，我听到了传言，说我是专门去五叔家要回礼的。

我知道这是堂兄有法传出来的。于是，我把那桶油分成了三份，我们兄弟三人各一份，也算是五叔给我们的回礼。我拎着那个桶去堂兄家，刚进院，堂兄从堂屋出来，眼盯着我手里拎的少半桶油，很不客气地说："你来有事吗？"

我笑着说："没啥事，这不，五叔给咱回的礼，我把它分成三份，咱兄弟仨平分，这桶还是你的。"

这时，堂嫂从堂屋出来，说："不用，不用，我家还有呢，上次榨了十斤，吃不完的，你拿回去吧！"

堂兄听媳妇这么一说，生气地说："咱家东西，为啥不要，吃不完也是咱家的。"说着，上前一步，使劲儿从我手里把油桶抢了过去，"你要是不去五叔家要，五叔能给你送回来？"

堂兄一口咬定我是专门去五叔家要回来的。

我说："我真不是去要东西的，我只是得空顺便去看看五叔。再说了，我就是去要，也会要我家的芝麻，我咋会要你家的香油呢？"

堂兄说："那可能是五叔把芝麻吃了，没办法才还你香油的，可这香油是我家送的。"

我真是有口难辩，但我坚持说："我真不是去要东西的，不信的话，咱可以去问问五叔，咱不能冤枉人。"

堂兄拎着油桶，转身回了堂屋，接着又进了里屋。他明显是不想再和我说话了。

堂嫂笑着劝我说："有胜，别跟你哥一般见识。回头我劝劝你哥。"

我非常尴尬地说："这是咋回事呢？我感觉有法哥有点儿不对劲儿，咋能把我想成那样的人呢？"

我大声叫了一声"哥"，然后对堂嫂说："嫂，我真不是那种人。"

堂嫂说："知道，知道，回头我跟你哥说道说道。"

我悻悻地走了。

没过几天，五叔回来把我们几个叫到一起，直截了当地说："那桶油是我给有胜的，你们都不要多想。"

有法红着脸，低着头，不说话。

五叔很严肃地说："你们要懂礼数。心地善良是本分，相信他人是尊敬，礼尚往来是人情。不要随便怀疑别人。都是一家人，这样不好。"

有法红着脸，说："其实，我知道是咋回事。只是我看到那个桶后，心里突然很别扭，所以就故意说有胜是专门去要东西的。"

五叔说："以我对你的了解，你不应该是这样的人。既然你故意诬陷有胜，说明你心里有啥事，不然，你不会那样故意冤枉有胜。"

有法红着脸，憨憨地笑着，说："我小心眼儿，其实是想要回那个桶。"

五叔肯定地说："不可能，那只塑料桶不值几个钱，你不是小气人，你不会只是为了那只桶。"

有法尴尬地笑笑，说："五叔……我……你们没注意，那桶里有个金戒指，是我媳妇的。"

我们吃惊地看着有法。

五叔说："说说，咋回事。"

有法接着说："那戒指是我媳妇当年的嫁妆，最金贵了。我们成亲那天戴了一回，第二天她就藏起来了，从来都不舍得戴。那天，我无意中在床头柜里扒到了金戒指，正好奇地拿着玩呢，媳妇叫我去往桶里装油，我一急，没有把戒指放回原处，装完油后，突然想起来刚才手里拿着的金戒指，可咋也找不到，我也不敢跟媳妇说。这么多天来，我像做贼似的，生怕媳妇想起她的戒指。她要是找不到，非要跟我玩命不可。那天在有胜家，我看那个桶像是我家的，于是我就下意识地拿起来看，在桶底真有我的名字。就在我看桶底的时候，桶一歪，我突然看到了一个发亮的东西，再定眼一看，就是那个找不到的金戒指。我也很是纳闷，金戒指咋会跑到油桶里了呢？我不敢明说，说也说不清楚。所以，只好装坏人，故意冤枉他，目的就是想叫有胜把桶还给我。"

听有法这么一说，我们大家都吃惊地相互看了看。

我笑着说："哥啊，真有你的。你这叫无理取'金'。"

五叔说："看看，看看，我说吧，你心里肯定有事。我这次回来就是要弄清楚你是咋回事的。不要以为这是小事，冤枉别人就是罪过。得懂这个礼数。"

有法说："五叔说得对。我本想向有胜道歉的，但又怕媳妇知道了。所以也就没去给有胜道歉。"

五叔笑着说："东西都找到了，就不要怕媳妇知道，说清楚不就得了。这个时候，你应该考虑的是有胜的心情。你说是不是？"

有法笑着说："是是是。"转脸看着我，"有胜，对不起啊！"

我笑笑，说："没事，我也没往心里去，我知道你不会冤枉我。"

"好了，事情弄明白了，我也就放心了。我走了。"

我们一再挽留五叔吃饭，五叔说还有事，就直接回县城了。

路　口

　　五点多钟，天稍微亮了。没有下雨，空气中飘浮着浓重的小水珠——一层厚重的水汽，像是不愿落地的雨生气地在半空悬浮着。路灯还亮着，在浓雾般的水汽中，显得暗淡无光，无精打采的样子。

　　张兴发对这种天气极为反感，说下雨吧又没有下雨，说没有下雨吧，身上都是湿漉漉的，心里犯着嘀咕：下场雨也比这天气强。

　　他骑着一辆二手电动车。这辆车到他手里之前原主人骑了它多少年，他去车行买的时候，连问都没有，与老板讨价还价后，六百元成交。如今他已骑了三年了，对这辆车很是满意。其实这辆车也没什么特别的地方，照他自己说的，"也没啥特别的，只是一眼看上去结实"。不过，再结实的电动车也有用坏的时候。最近几个月，车的制动出了问题，修车的师傅都不愿意给他修了。起初，他猜想可能是车行想叫他再掏钱换辆新车，后来他找了五六个修车店，都说他这辆车没法修，他这才真正意识到，他的这辆车的确是太老旧了。头天去修理车行叫师傅修，师傅看了看车，又看了看张兴发，说："这车还能骑？不值当修。"师傅不等张兴发开口，转身走了。

　　张兴发是老顾客了，这个师傅可能是刚来的，不认识他。张兴发站在店门口，看了看店内，问道："小李在吗？"

　　这时，从店内跑出来一个小伙子，一看是他，立马站住了，很不情愿地说："张师傅，你这车我真给你弄不好，太老了，配件都没有，我们这有新车，你还是换一辆吧，你这车刹车不行，早晚会出事的。"

　　小李前两次都是这么说的，张兴发无奈地说："这不是手头紧嘛，要是手头宽裕的话，谁不想骑新车？你给修修，我再凑合着骑到月底，月底开工资了我就来你这里换辆新车。"

　　"你这都说了三次了，三个月底都过去了。"小李笑着说。

　　"再看看吧，叫我再凑合几天。"

"我真弄不好，关键是你这车太老了，没配件，根本就修不成。"

"真修不成？"

"真修不成。"

"那就算了，我再凑合几天吧。眼下实在是没钱换新车。"张兴发说着推着车走了。

"张师傅，见路口时，提前五十米刹车。"小李在后面吆喝了一句。

路口的红灯在浓雾中一闪一闪的，呈放射状往张兴发眼前喷射着，像是在往外喷洒红宝石。张兴发看不太清路口的状况，他下意识地腾出右手，想把头盔面罩掀开，可是头盔也太老旧了，固定面罩的销钉松了，面罩不能固定在打开状态，只能松松垮垮地罩着。他意识到了这一点，就迅速地擦一下，这一擦，面罩更加模糊不清了。就在他擦的同时，用左手刹了一下车，突然发现刹车没了，这时恍然想起来头天修车小李说的那句话："见路口时，提前五十米刹车。"

没了刹车，提前五十米也没用。他急忙采取最有效的"脚刹"制动——两只脚放地上趿地。无奈，地太滑了，地面上像是洒了一层油似的，平时最管用的"人工脚刹"，此时也不管用了。

张兴发迅速地往两边瞭了瞭，实际上他什么也看不清楚——光线太模糊了。他自个儿庆幸大清早路上没人，不带刹车地冲过了红灯。

刚过了路口，他心里居然轻松起来，心想，总算安全通过了。于是，他又把右手腾开，想再擦一把头盔面罩。就在这一闪念间，电动车滑了一下，向路边冲去。他下意识地赶忙扶正。天虽微亮，浓雾中，非机动车道上浓密的梧桐树荫下，光线依然非常暗淡。就在他扶正车把的同时，慌乱最易出错，由于慌张，本应松开电门却又错误地加了一下电门，就像开汽车错把油门当刹车一样，电动车又猛烈地抖动了一下，偏向了人行道。他感觉似乎撞到了什么东西，下意识地使劲儿正了一下方向，电动车又窜到了非机动车道上。他想停下来，本能地又刹了一下车，还是没能刹住。转念一想，那一刻没发现人行道上有人，或许什么也没撞到，只是电动车方向转动太猛，感觉有种阻力罢了。这样想着，他就没再想着停下来，一溜烟消失在了浓重的雾里了。

张兴发四十出头，是千千万万进城务工者中的一员。一家四口，进城已有十五个年头了。他长期跟着一个在建筑工地干小工程的施工队。他现在的家还是第一次进城干活时，在东郊工地附近租住的民房。当时儿子仅有三岁，女儿还不到一岁。施工队长年在大都市里四处找工程，哪里有活到哪里干，居无定所，四处游荡。但为了孩子上学，张兴发一直没有随施工队工地的转换而搬过家。当年的郊区，如今早已成了城中村，听说，他们住的那个村子马上也要被规划拆迁，他盘算着，下个工地在哪儿，就在哪儿租房。按照他自己的说法，尽管是进城务工的，但家还是要相对稳定，家不动，人动。工地再远，也是在一个城市里。上班远点儿，也比不停地搬家强，再说了，孩子上学不容易，不是哪个学校都能随随便便进的。说到底，进城务工最主要的目的，还不是为了孩子能上个好学，将来能考上大学，所以他就一直坚持着不搬家。眼下这个工地，恰在城市的大西郊，一东一西，相距近二十里，每天就得起得更早一些。

年轻力壮时，张兴发总是挑工钱最多的活干，如今年龄大了，力不从心，只能干一些轻体力活。这也是包工头对他的关照。以前，不管在哪个工地干活，他都是和妻子一起，天天早出晚归。前年，妻子生了一场病，身体一直不好，干不动重活了，只能在家干点儿家务活，全家的重担就落在他一个人身上。生活虽然艰辛，但也并不是日子苦得没法过。特别是儿子很争气，去年考上了大学，尽管不是什么响当当的名牌大学，但毕竟是本科大学，专业也是儿子最喜欢的计算机科学与技术专业。这是他们全家人梦寐以求的大喜事。女儿正在上高二，学习很好，考上大学应该是没有问题的。过不了几年，儿子女儿都大学毕业了，有了工作，他们家的境况就会天翻地覆，过上小康日子必是顺理成章的了。往后的生活会越来越好。

张兴发是个开朗的人，平日里在工地干活，再苦再累，没有抱怨过，都是乐呵呵的。照他自己的说法：日子是过的，不是叫人专门发愁的，好也罢坏也罢，总得过，愁也没用。

中午的时候，张兴发正在干活，包工头慌忙地找到他，说："兴发，赶快回去一趟吧，你媳妇来电话，说你父亲去家里找你，说你母亲一大早出去，一直没回家。你赶快回去一趟吧。"

包工头一句话说得拧拧巴巴的，又是媳妇，又是父亲，又是母亲的，张兴发先听得糊里糊涂，直愣愣地看着包工头。停了停，没头没脑地问："没回家？走丢了？"

"你媳妇没说恁多，赶快回去吧！"包工头说。

张兴发赶忙放下手里的活，骑上他那辆二手电动车，心急火燎地往家赶。

一路上，张兴发心里一直犯着嘀咕，似乎有一种不祥的预感。由于路上人多，电动车刹车不好，他只好一直用脚在地上趾，到家时，胶鞋底子都冒着青烟，脚底板烫得发疼，都钻心地疼。

他刚一到家，电动车还没扎稳，媳妇小跑着出来，说："别停了，赶快去爹那吧，看看啥情况。"

听媳妇这么一说，张兴发二话没说，跨上电动车，一转身，一溜烟，又窜走了。

到了父亲那里，父亲正一个人坐在屋里流泪。一看到兴发就哭着说："发啊，你妈走丢了，这都半天了，附近找遍了，都没找着。你赶快报警去吧，叫警察帮咱找找。"

"平时妈不走远的，咋能走丢呢？"张兴发也有点儿着急了。

"是啊，你妈从来不走远。今早雾大，我还说，今天不出去了。可你妈非要出去，说没事，就近转转就回来了。"

"妈走时带什么东西了吗？"

"手里拎个蛇皮袋，其他啥也没带。"

"那我去派出所问问。"

"去吧！快去吧！"父亲催着说。

张兴发到附近大福派出所，向值班民警说明情况时，门口站的一名警察突然走了进来，问："你母亲多大岁数？在什么地方住？"

"刚六十，就是前面另一条街上的玉都小区住，离这儿不远。"

"体貌特征如何？"

张兴发似乎没有明白警察的意思，看着警察，不知道如何回答。值班民警解释说："你母亲长啥样？"

"哦，瘦瘦的，个子不高，剪了头发。别的没什么。"张兴发回答说。

"出门穿什么样的衣服？"

"不知道，我们没在一起住。"

警察听了张兴发的话，小声对值班民警说："体貌特征有点儿一致，但距离有点儿远。"

张兴发不知道警察什么意思，问："什么距离远？"

警察说："早上，在大航路与福寿路口发生了一起交通事故，一辆电动车撞伤了一位老太太，体貌特征跟你说的比较一致。就是距离你母亲住的地方相对远一些。"

"你说的是大航路与福寿路路口？"张兴发声音颤抖着问。

"是的。那位老太太身上没有任何可提供寻找其地址和家人的信息，老人一直处在昏迷状态。正在医院抢救。"

张兴发感到了恐惧，他内心发忧，愣愣地坐在那儿，似乎在想着什么。

警察说："我带你去医院看一下吧。"

张兴发还在发愣。突然问道："撞人的那个人找到了吗？"

"我们正在全力查找。"警察说。

张兴发的腿直打颤，跟站不稳似的。似乎也没听明白警察叫他一起去医院，愣愣地站着。

警察又说："我带你去医院看一下吧。"

张兴发仍站在那里发呆。

警察轻轻地拍了一下他的肩膀，张兴发像触电似的一打颤，跳了起来，惊悚地问："咋了？"

警察又说："我带你去医院看一下吧。"

这时，张兴发才如梦初醒，声音颤抖着说："好好。"

走到院里，张兴发不自觉地去骑电动车。

警察说："走，坐我们的车。"

张兴发看了看警察，又看了看警车，问："我自己骑电动车过去吧？"

警察说："坐车吧，不耽误事。"

一路上，张兴发心里很不踏实，回想着自己早上在那个路口的经过，想到自己当时车子打滑冲到人行道上的情景，他开始怀疑自己应该是撞到人了，而且那个被自己撞的人极有可能就是自己的母亲。但他又极力否定自己的想法，因为他当时确实没有感觉到撞了人，而且母亲住的地方离那个路口有三里地，那么早，雾又那么大，母亲应该不会到那个地方。

到了医院，张兴发最不愿看到的结果还是看到了：那个被撞的老太太就是自己的妈妈。

医生向张兴发和警察介绍了老太太的情况：老太太是将近七点被救护车送到急诊室的。大脑受外力猛烈撞击，颅骨破裂，颅脑损伤严重。听急诊科出诊的医生说，老太太恰巧倒在了人行道旁边冬青树里面的草坪上了，加上今早雾大，视线不好，所以没能及时被发现。从伤情推断，离损伤已过去一个多小时，基本上已错过了最佳的手术时间。考虑到老太太年岁偏大，加之伤情严重，当即进行开颅手术，存在极大的风险，所以，只能保守治疗。

当时，出诊医生看了老太太的伤情，感觉不应该是倒在冬青树里边受的伤，因为她倒地的地方是很松软的草坪。于是，医生就报了警。警察出警后，简单做了笔录，就把老太太送到了急救中心。

警察说："真是奇巧，人行道旁边的冬青树有半米宽，老太太就是被撞了，也应该是倒在冬青树上，咋会倒在了冬青树带里面的草坪上呢？"

医生说："这不奇怪，我们接诊过类似病例：去年一个中年人被汽车突然的猛烈撞击后，自己还从地上爬起来，下意识地走了几步，然后想往一棵树上靠，没靠住，又倒地了。被送到医院后，发现他伤情非常严重，第二天就离世了。老太太被撞后，有可能是越过了冬青树带，又倒下的。"

警察点了点头。

从时间上推断，张兴发心里越发觉得那个撞伤母亲的人就是他自己了。他跪在母亲病床前伤心痛哭，在医生和警察的劝说下，才慢慢冷静下来。他想告诉警察，那个骑电动车的人就是自己，但看到病床上生命垂危的母亲，他放弃了。他想在母亲病好后再向警察自首。

第二天，两名警察到医院把正在护理母亲的张兴发叫到了走廊里，问道："好好想想，你那天早上经过那个路口没有？大概是几点经过的？"

听到警察这样问他，张兴发当即哭了起来，说："我五点多钟经过那里。是我，是我撞了我妈。"

一名警察说："你也不要太急，我们只是沿途追踪那辆可疑的电动车，追到了你所在的工地，你有嫌疑。我们还在追查。我们只是来核实一下你那天的行踪。你放心在医院伺候老人吧。"

张兴发含着泪点了点头，说："我确实是在那个路口闯了红灯，看不清路，刹不住车。过去路口后，车把拐了一下，我猛地打了一下方向，感觉有点儿沉，没感觉到撞人了。"

　　第三天，两名警察又到医院想要继续询问张兴发一些具体情况的时候，张兴发的母亲已因抢救无效而离世了。

　　处理了母亲的后事后，张兴发主动到派出所自首。他说就是他自己撞死了自己的母亲。

　　张兴发的自首，反倒使得警察不知道如何处理这个案件了。警察虽然调取了他所有经过路口的视频录像，仅能看到有辆没有尾灯的电动车闯红灯经过，而老太太倒地的位置又是个死角，所以不能提供任何有价值的信息。同时又没有直接的目击证人。鉴于这种情况，警察叫张兴发先回去，等候处理结果。

　　现实生活中，有些事发生得的确非常奇巧，奇巧得不可思议，奇巧得叫人无法相信。张兴发撞到母亲的事就是这样，他无论如何也不能相信，在那么个时间点，在那么个地方，自己竟撞死了自己的母亲。为什么母亲那么早就出现在了那个地方，更使他疑惑不解。

　　张兴发的父亲也说："我咋也想不到她咋会跑到那么远的地方。"

　　关于张兴发父母的情况，在这里有必要做一点儿补充说明：张兴发的父母都六十刚刚出头，身体硬朗，为减轻张兴发的生活压力，前不久，也从农村老家来到城里，在一个亲戚的说合下，父亲在一个老旧小区里看大门，母亲平日里没事，天天在附近拾些废品，补贴家用。

　　天有不测风云，人有旦夕祸福。

　　张兴发懊悔不已，他含着泪狠狠地搧了自己几个大嘴巴，自言自语地嘀咕着：要是头天把那辆破电动车换了，哪会有这档子事？

　　这时，他才想起来他那辆破二手电动车还停放在派出所的院子里。他希望警察能将那辆破旧的二手电动车作为证据把自己抓起来。

人 物

刚进入六月，天气可热起来了。

赵明武午觉醒来，光着膀子出门看太阳，右手搭在脑门上，睡眼惺忪地扬着头朝西边看了看。自言自语地嘀咕了一句："还太热，再凉快一会儿。"

正要转身往屋里走，突然赵天恩慌慌张张地跑了过来，站在院门外，上气不接下气地对赵明武说："叔，叔，快，快，村口桥头上站了个公安，站老半天了。"

赵天恩这一惊一乍的样子，一下子把赵明武的迷迷瞪瞪吓没了。他刚转脸问赵天恩啥情况，赵天恩已跑过院门了。边跑边说："叔，叔，你去看看。"

赵明武赶忙跑出院门，赵天恩可不见影了。

赵明武心里犯嘀咕：一辈子没见过公安进村，这还是"新媳妇上轿——头一回"的事。再说，这村里也没啥事呀？他猛然意识到了，赵天恩这小子刚才有点儿反常，会不会是他犯啥事了？

赵明武心里嘀咕着，回到屋里，从椅子背上抓起汗衫，顺手背到臂上，出门向村口的桥头走去。

赵明武是这个叫赵家庄村的村主任，尽管这是个只有二十来户人家的小山村，但也是个自然村，赵明武是这个村最大的官了。村里的一切事务都得他出面解决。

如今遇上这等大事，他更应该及时出面了。

桥头虽说叫"村口桥头"，实际离村口还有约一里距离，山里人距离感不强，两件东西，只要中间没有物体隔离，他们都叫"挨着"。他们这个小山村离后边的那座大山隔了几里地，但在村民的嘴里，都是说"后山"，好像两座山是紧挨着似的。赵明武刚走到村口，迷着眼往桥头一看，果然看见一个人戴着大盖帽站在那里。

快要走近时，站在桥头的公安突然快步向赵明武走了过去。边走还边从口袋里往外掏东西。赵明武心里咯噔一下，心想，不会是在掏"家伙"吧？

正在这时，公安笑着大声对赵明武说："叔，下地哩？"

赵明武停住脚步，愣怔了半天，待公安走近，把烟递到他眼前，这时，他才醒过劲儿来，说："五斤啊？我还以为是谁呢？你咋穿这样子？你站桥头干啥哩？怪吓人的。"

赵五斤边给赵明武递烟，边说："叔，单位放我三天假，回来帮家里收麦子。咱这山路，车进不来，我叫车走了。"

赵明武上下打量了赵五斤五六下，一脸蒙，连问都不知道该问啥好了。停了半天，才问："那你还站桥头干啥？"

赵五斤笑着说："带的东西多，歇歇。"

赵明武看了看地上放着的三样东西：一个背包，两个蛇皮袋子。他顺手拎起一个蛇皮袋子，说："走吧，回家吧。"

赵五斤赶忙背起背包，拎上另一个蛇皮袋子，跟着赵明武往村里走。

边走，赵五斤边问："叔，这都半晌了，咋没人出村下地干活呢？"

赵明武头也不回地说："过两天就割麦了，地里没啥活，都在家磨镰刀呢。"

赵五斤说："噢，我说呢，半天没见着一个人影。"

赵明武怀疑赵天恩可能犯事了，赵天恩其实啥事也没有，他慌慌张张地只是去挨家挨户报信儿呢。

俩人走到赵明武家时，几乎有一半村民都聚拢到赵明武家门前了。看到赵五斤忙不迭地给每个男人递烟，人们才把各自悬着的心放进了肚里。大伙纷纷议论着，都没想到站在桥头的那个公安竟然是他们村的赵五斤。

这个时候，村民们才恍然意识到，赵五斤的确很长时间都没在村里出现了，更令村民们不敢相信的是，赵五斤怎么一下子竟成了一名公安了！

村民们满心的疑虑，但也不好当面直问，手上一边接过赵五斤递上的纸烟，一边满面笑容地说："好烟，好烟。多久没见你了，一下子当上公安了？哈哈！"

赵五斤也是一边递烟，一边满脸笑容地说："可不是嘛，都好几个月了，这不，回来休假哩！"赵五斤的话听起来带点儿城里味。

赵五斤招呼大伙都到他家里坐坐。于是，大伙都跟着赵五斤往他家走。

二十来户的小山村，各家都因地势依山建房，东一户西一户的，散落在小山沟里，没有像平原那样房挨房、紧紧相邻的两家人。赵五斤家在半山坡上，上下左右都有人家，远远看过去，他家的位置相当于中心了。

他们这个村在山外的丘陵地带有几片相对大一点儿的地块儿。每家都有几分地，各家各户的前院后舍都开垦成小方块儿，星星点点地种上一些应季的蔬菜，如辣椒、茄子、黄瓜、豆角等。

虽然各家的地块儿都很小，每年的收成也都紧紧巴巴的，勉强度日，可村民们却能自得其乐，俗话说，靠山吃山，靠水吃水。这个村庄既靠山，又靠水，即使日子不紧张，村民们也会趁着时节进山采山货，如栗子、柿子、猕猴桃、香菇、木耳等，还有吃不完的山野菜。

一年当中，下地干活的日子，满打满算最多不过一百天的时间，其他闲时，村民们不是进山找野味，就是在村里串门子、拉家常。他们大都不愿出山，照老辈人说，他们都实诚，没心眼儿，山下的人都是属蜂窝煤的，心眼儿多，总是算计他们。

但是，也有在山里待不住的，特别是现如今的年轻人，对啥都好奇，山外花里胡哨的世界，早把新一代的年轻人们吸引走了。最初他们往城里背些山货，销路很好，于是，村里的男女老少，平日里，一得空就进山找货，一来二去的，各家各户都或多或少地挣了些钱。

就这样，村里的年轻人进进出出的，有的一年半载回来一趟，有的几年才回来一回，谁走了谁回来了，就跟平时下地干活一样，成了再平常不过的事了。

可是，这赵五斤的回来却大不一样，完全出乎人们的想象。因为，他是穿着公安的制服回来了，说穿了，他的身份变了，在村民心目中，赵五斤成了吃公家饭的人物了。

这不，赵五斤慢腾腾地走到家里没多久，有一半的村民都聚拢到赵五斤家了。大家七嘴八舌地和赵五斤说话，问一些城里的稀罕事儿，赵五斤本家堂弟赵满仓突然嚷嚷着晚上叫赵五斤摆酒席。于是，几个年轻人一起起哄着，要喝赵五斤的好酒。

赵五斤心里乐开了花，他是有准备的，就是本家堂弟不说，他今晚也是要请几个好友一起喝一场的。

和赵五斤年龄差不多、平日里能玩到一起的，也就五六个人。眼下除了赵

74

胖子，其他几个都在场。于是，赵五斤问赵胖子干啥去了，赵先有说："听说下河逮鱼去了。"说着，赵先有就起身往外走，说："我去叫胖子，正好叫他拿两条鱼过来。"

赵胖子的确是下河逮鱼去了。

说是河，其实也不大，是条小河，在另一个小山沟里，平常河水不大，逢上雨水多的年景，也会出现沟满河平的大景观。有一年，河水太大了，以至于河水改道，流到他们这个小山沟里来了，吓得住在靠近山沟底部的几户人家半夜里冒雨往山上跑。

赵胖子是个实诚人，实诚得叫人感觉他有点儿傻乎乎的，他很善良，从来不会对别人使坏心眼儿。他一年四季，除下河里逮鱼，到山里丘陵地里干活，从未走出过五里地，就连八里外的集镇他都从未去过。有时，年轻人结伴去赶集，起初看见赵胖子了，都会叫他也一块儿去，他总说："不买东西，又不卖东西的，跑那闲腿干啥？还不如下河逮鱼，兴许能逮几条，还能解解馋。"叫的次数多了，每次都是这几句，后来，也就没有人再叫赵胖子去赶集了。

赵胖子下河逮鱼，若是在夏天里，河水大一些的时候，他兴许能逮不少鱼，甚至还能逮几条大一点儿的，平时，十次得有七八次是空着手回来的。即便是空着手，赵胖子也照去不误，照他自己的话说："闲着也是闲着，说不定今儿能逮条大的呢。"

到了后半晌，赵先有领着赵胖子回来了，赵胖子手里还果真拎了几条小鱼。两条稍大一点儿的是草鱼，三条小白条，三条小黄鱼。这些鱼都是河里最常见的鱼种。

赵五斤看到赵胖子来了，赶紧迎上去给赵胖子递烟，赵胖子不会说客气话，只是憨憨地看着赵五斤笑着，由于他一手拎着鱼，一手还拿着逮鱼工具，他腾不开手，就直接张开着嘴，叫赵五斤把烟直接送到他嘴里。嘴里含住烟后，才嘟囔了一句："带把的，好烟好烟。"

赵五斤这是到县城上班后第一次回来，为了这次回来，他也是下了本钱的，除了几瓶好酒，还买了两只烧鸡。两条好烟其实是他们单位领导给他的，他平时不舍得吸，专为这次回来备着的。赵胖子所说的"带把的"，指的是带烟嘴的玉溪烟。

赵胖子把渔具顺手往地上一扔，拎着几条小鱼递给了正从厨房出来的赵五斤的媳妇，说："嫂，今天运气好，够一盘了。"

赵五斤媳妇接过鱼，说："留两条吧，回去给婶吃。"

她边说边把两条稍大一点儿的鱼分了出来。赵胖子说："不用了，嫂，昨个我逮过两条了，俺娘夜黑吃过了。咱人多，都吃了吧。明个我还逮呢。"

赵胖子说着，转身跟着赵五斤进了堂屋。

赵胖子是村里的活宝，所有人都喜欢赵胖子，这主要是因为赵胖子长得喜庆，和他开玩笑，他除了不停地憨憨地笑着，半天不一定能说出一句话来，而且，从来就没有生过气。

这不，赵胖子刚进屋，赵来水就从小方凳上站起来，拉住赵胖子就让他往小方凳上坐。这赵胖子身高体胖，二百多斤的体格，他根本就坐不了那么低矮且面积又小的方凳。赵胖子知道赵来水又逗他玩，只是憨憨地笑，不说话，也不动身子。大家也都知道赵来水是在逗赵胖子玩呢，赵胖子站着不动，跟个大石柱一样，任凭赵来水怎么使劲儿，赵胖子连动都不带动的。

赵五斤媳妇在厨房里吆喝着摆桌子的时候，几个妇女站起身，和赵五斤的媳妇打了个招呼走了，剩下的就是几个要好的年轻人了。赵五斤媳妇叫几个姐们都留下来一块儿吃，赵来水在屋里大声吆喝着："都回去吧，一家人哪有两人都在这儿'吃摊'的呢？"赵来水吆喝的同时，故意拿眼瞟着赵胖子。因为只有赵胖子没有媳妇。

要说，赵胖子没媳妇的事是不该开玩笑的，可赵胖子不介意，所以年轻人到一起，也总拿这事逗赵胖子玩。

几个人中，除了赵五斤的本家叔赵明武，其他几个都是平辈的，其中比赵五斤大几岁的有赵天恩、赵天才，他俩是堂兄弟；比赵五斤小几岁的有赵先有、赵先进，他俩也是堂兄弟；赵来水、赵胖子和赵五斤同年生。赵五斤只比赵胖子大六天。

菜可不简单，关键是有赵五斤从城里带回来的那只烧鸡。除了赵胖子抓来的那几条鱼油炸外，还有一盘生花生、一盘腊肉炒蕨菜、一盘辣椒炒鸡蛋、一盘烧白菜。当然，酒是最主要的，赵五斤从里屋拎出两瓶酒，往桌上一放，说："今儿咱就喝这个。"

大伙齐刷刷地伸长脖子看，然后都吃惊地看着赵五斤说："这么好的酒，咱们喝？"

赵五斤笑了笑说："要喝咱就喝好酒。"

赵胖子身体太胖了，他一人占了两个人的位子，而且还是一个高的长条凳，他不知道是什么酒，他也不管啥叫好酒啥叫孬酒，只要是辣的，只要是能喝晕，对他来说，都是好酒。

赵来水对赵胖子说："好酒，没喝过，不能多喝。"

赵胖子憨憨地笑笑，半天了，才说："好酒？好酒得多喝。"

赵胖子是个酒迷瞪，能喝，体格又大，一个人干一瓶不带晕的。不过，他有个毛病，一喝多，不管在哪儿倒头就睡。他这体格，几个人都抬不动他，平时大伙都不敢叫他喝多了。有一年过年，他喝多了，睡到半道上，天寒地冻的，要不是他娘叫人及时找到他，不定会出什么事呢。自那次以后，大伙都不敢再逗赵胖子多喝酒了。一般都是估摸着叫他喝个三四两，他自个儿还能走道，就不再叫他喝了。

不过，说实在的，这穷山沟里，一年到头能喝上几回酒？

赵胖子死盯盯地看着桌上的两瓶酒，问："啥好酒？"

赵五斤边开酒边说："保准你没喝过，好酒，大城市里的人也不一定常喝，是六潭大曲。"

"六潭大曲？哼哼，哼哼，没喝过。"赵胖子憨憨地笑着说。

赵胖子一般不说话，一说话，总是带着很重的"哼哼，哼哼"的鼻音，像是一口气说不完，在倒气的样子。

赵明武是长辈，主动坐到了上席的位子，其他几个按年龄依次就座。赵胖子坐在下席的长条凳上，不用动。赵五斤做东，挨着赵胖子坐到了长条凳上。

不逢年不过节，又不是因为什么大事专门摆的酒席，因此也就没什么过细的礼节，前三杯干完之后，赵明武作为长辈，接受了桌上各位的敬酒，每人三杯，还没吃几口菜，人就醉了。赵明武趁着还没迷瞪，站起身来，双手齐下，使劲儿撕下一条烧鸡腿，把椅子往旁边一拉，边啃着鸡腿，边说："不喝了，你们年轻人喝吧，我醉了。"

赵明武本来酒量就小，几个年轻人故意使坏，不让赵明武喘口气，连干了十几杯，很快就把赵明武干翻了。照几个年轻人的想法，赵明武是长辈，把他打发走了，他们几个就能放开喝了。

趁着酒劲儿，赵来水对赵五斤说："五斤哥，你连个招呼也不打，到县城干公安了，也不帮弟弟一把？给我也在县城安排个事儿干干。"

赵五斤正给赵天恩敬酒，听赵来水这么一说，赶忙回道："不急不急，回头说，回头说。来，天恩哥，喝。"

赵天恩端着酒杯，接上了来水的话茬儿，说："就是，来水说得对，我们都不知道咋回事呢，你这可穿上公安服，当上公家人了。得给我们也安排个活干干。"

赵五斤把酒杯放到桌子上，双手把帽子正了正，说："回头说，回头说，来，喝酒，喝酒。"

赵先有身体瘦小，外号"瘦猴"，还有个外号"三杯醉"，不胜酒力，什么时候都是第一个醉酒的人。不过今天，他不是第一个，赵明武是第一个，赵明武把鸡腿啃完，靠着后墙就迷糊起来了。此时，赵先有脸都发紫了，他趁赵五斤弯腰拿酒杯的机会，一把把赵五斤头上戴的大盖帽给扒了下来，顺手戴到自己的头上，说："叫我也戴戴这公安帽。"

赵先有突然来这一动作，着实令赵五斤没有防备。赵五斤长得人高马大的，和赵先有不是一个重量级的，赵先有把帽子戴到头上后，帽子明显大了许多，将他的半张脸都给遮上了。他还没来得及将帽子摆周正，赵五斤一把把帽子又抢了回去，有点儿不高兴地说："这帽子可不是随便戴的。"

赵五斤的媳妇站在赵五斤的身后，笑着对赵五斤说："在家里，就不要戴帽子了，来，把帽子给我，我给你放好。"

赵五斤有点儿生气地转过身，似乎想要说媳妇几句。媳妇突然把脸色一变，瞪了赵五斤一眼。赵五斤一看媳妇的脸色，赶快将帽子递给媳妇，说："就是就是，在家不用戴，你放好，你放好。"

媳妇接帽子的同时，脸上的笑容瞬间又恢复了。赵五斤媳妇脸上瞬间的变化，只有离得最近的赵胖子看到了。他感觉五斤是怕媳妇的。

赵五斤名字的来历，不用说大伙都能猜个八九不离十。五斤刚生下来，他爹把他放到秤盘里，一称，五斤，突然兴奋地大声吆喝道："五斤，五斤整。"

他这冷不丁儿地一吆喝，不仅把秤盘里的婴儿吓得大哭起来，更是把刚刚生完小孩儿还没缓过劲儿来的媳妇吓了一大跳。后来，给孩子起名时，一家人说来说去，都不太如意，最后，还是五斤爹说："干脆就叫五斤算了。"就这样，五斤就成了他真正的名字。

当时，五斤爹的那一声吆喝，也把在场的接生婆吓得打了个趔趄，差一点儿摔倒。接生婆狠狠地瞪了五斤爹一眼，说："你一惊一乍啥哩？把你媳妇吓没奶了，你喂孩子呀？"接生婆这么一说，吓得五斤爹赶紧从里屋跑了出来。

后来，五斤娘果真没有奶水了，不知是不是五斤爹当时那一声吓的，反正当时接生婆发了话了，五斤爹只能认账，不敢说一个"不"字。

婴儿没奶水吃可不是闹着玩的，好在五斤命好。恰好赵胖子晚他几天出生，赵胖子娘奶水好，天天能接济给五斤一个奶头的奶水吃。说起来，赵五斤也是吃着赵胖子娘的奶水长大的。也正由于这样的缘分，赵五斤和赵胖子从小到大从来就没拌过嘴，亲如兄弟。

人应该是啥样儿就是啥样儿，从小缺奶水，吃别人奶水长大的赵五斤，后来竟长得人高马大了。

赵五斤的媳妇也是山里的，而且比他们如今的山里还山里，可以说是深山老林。照赵五斤媳妇自己的话说，她这就叫嫁到山外了。平常，山里人家，也没什么大事，因而在一个家庭中也显示不出来谁当家谁不当家，谁厉害谁不厉害，谁听谁的谁不听谁的，从来都没有这一说。媳妇们凑到一块儿拉家常也从来不嘀咕说谁谁家谁谁谁厉害，谁谁谁听谁谁谁的。她们到一块儿除了说说自家的小孩儿，除了比比谁的针线活好，再没有别的话题了。

两瓶酒，除赵明武和赵先有不能喝，赵天恩、赵天才、赵先进、赵胖子都是能喝的主儿。两瓶酒对他们这几个人来说，还只是"湿湿地皮"，根本就过不了他们几个的酒瘾。

不过，过不过瘾的，也只有这两瓶了。赵五斤说："我刚上班，就这两瓶，下次回来再喝好酒。"

几个人趁着酒劲儿，一个劲儿地问赵五斤是如何突然发达的，赵五斤对此守口如瓶，一句话也不多说，只说："回头再说，回头再说。"

喝酒的人话很多，而且还反复地不停地重复着几句颠来倒去的话。要不是赵明武坐在椅子上一觉醒来腰酸腿疼地难受，站起来要回家，恐怕这几个人要往后半夜坐了。

赵胖子住在赵五斤家前边，两家前后院，离得最近，又因为胖子动作迟缓，他是最后一个走出赵五斤家院子的。当赵胖子转身向赵五斤打招呼时，他突然发现赵五斤又把帽子戴在头上了。赵胖子小声对赵五斤说："五斤哥，我也可想戴这公安帽了。神气。"

赵五斤双手正了正帽子，笑着对赵胖子说："不早了，跟婶捎句话，赶明儿，我去看婶。"

赵五斤对赵胖子的娘还是很有感情的，毕竟赵五斤小时候是吃着赵胖子娘的奶长大的。特别是几年前赵五斤的娘去世后，赵五斤对赵胖子的娘更亲近了。

第二天一大早，赵五斤刚进赵胖子家堂屋，赵胖子娘就笑着说："五斤啊，婶可高兴了。听胖子说你发达了。瞅机会给胖子也找个事儿干干，你看他那样，连个家也成不了，我死了咋办啊？"说着说着，刚还满脸笑容的，一下子就哭了起来。

赵五斤忙走近，说："婶，我知道啦，放心，有我吃的，就有胖子吃的，放心，有机会，我一定帮胖子谋个事干干。"

听赵五斤这么一说，胖子娘又高兴起来了，说："唉，也算胖子有个盼头了。你说，胖子都这么大了，不成个家，香火都要断了。有你帮他，我就放心了。"

赵胖子和他娘两人相依为命，赵胖子的父亲是在赵胖子五岁那年，和赵明武他们几个村民一起到平原贩卖木耳，回来的路上遇上几个蒙面抢道的，大伙都慌不择路地四散逃跑，赵胖子的父亲不小心掉进山沟摔死了。自此，赵胖子再也没出过山村，这可能也与他父亲的死有关。

赵五斤回来的第三天一大早，大伙都早早地起床，准备下地割麦，这时，赵五斤对正在磨镰刀的媳妇说："我得走了，我只有三天假，晚上轮到我值班呢。"

媳妇突然站了起来，非常吃惊地看着赵五斤，说："你不是回来帮我们割麦的呀？你咋不早说呢？我还以为你回来，等割完麦再走呢？"

赵五斤双手把帽子正了正，说："政府部门，跟咱农村可不一样，天天上班，照时照点的，三天假就三天假，多歇半天都不成。"

赵五斤媳妇无奈地看着准备要走的赵五斤，说："这可咋弄哩？你不干，我一个人咋能割完恁多麦子呀？"

赵五斤父亲六十来岁，本来干活是没问题的。可自从得上了类风湿性关节炎后，别说干活了，连走路都成问题。关节疼起来的时候，老人直流眼泪。除不了根儿的病，家里又没钱，也就只好干挺着。他所能干的，也只有在家帮助儿媳妇做个饭。

赵五斤笑笑，说："别担心，胖子会帮你的。"

"胖子？胖子腰都弯不下来，他家的麦子哪一年不是婶自己割的？再说了，焦麦炸豆的时候，各家都忙各家的，谁还能有空来帮你割麦子？"

"我总不能为了这几分地的麦子把工作扔了？你不知道我这工作是咋来的？我有工资了，不比地里的几斤麦子值钱？"

赵五斤媳妇听赵五斤这么一说，想了想，也在理。于是，就转身回屋，把背包递给赵五斤，说："那你走吧。我一个人干吧。"

"会有人来帮你的，放心。"赵五斤笑着对媳妇说。

赵五斤本想着挨家挨户打个招呼，这样，可能大伙都一齐把他送到村口或桥头。可他走了几家后，发现大人们都下地了，于是，他只好自个儿往村外走。走出村口，再到桥头，他走走停停，四处张望着，除了远远地看着远处的地头上有人在弯腰割麦，再就是几个在路边玩尿泥的光屁股小孩了。看到这些，赵五斤脸上的兴奋一下子全没了，心里跟丢了东西一样地惆怅。

村民们割麦中午一般是不回家的，午饭大都是早上下地时就带到地头的，家里劳动力多的，或谁家的小女孩会做饭的，一般会在家做午饭再送到地头。

赵五斤媳妇也是带着午饭来的。他家地头和赵明武家地头挨着。赵明武割了两垄麦，回到地头时才发现，赵五斤家只有他媳妇一个人在割麦，就问："五斤呢？咋不来割麦呢？"

赵五斤媳妇说："五斤上班去了，他只有三天假！"

"噢，我还以为他是回来一起割麦呢，你一个人可够累的了，回头我叫大伙一块儿帮帮你吧。"

"没事，叔，我一个人多干几天没事，只要天不下雨，晚两天也没啥。"

"你先慢慢干着吧。"赵明武说着，又开始割下一垄了。

山地收割麦子不像平原那样，割好的麦子只能用架子车往家拉。山地村民都是一直割到天黑后，再一捆捆地往家背，或是用大背笼一次次地往家背。

赵五斤媳妇累得腰酸背疼，晚上回到家里，幸好赵五斤父亲帮忙把晚饭做好了。

趁吃饭的时候，赵五斤父亲说："刚才你明武叔说了，明天大伙一齐先把咱家的麦子收完，然后再各家收各家的，他给天恩、天才、先有、先进，还有来水他们都说好的。"

赵五斤媳妇听了一句话没说，竟哭了起来。赵五斤父亲不知所措，也不知道如何劝说儿媳妇，自个儿端着饭碗出了院门。

赵五斤媳妇是被感动哭的，她一个人干了一天，实在是太累了，腰板像木板一样硬，她担心明天自己能不能再弯下腰来割麦了，心里正为这事发愁，突然听到一个天大的好事，她一下子没能忍住，竟哭出声来了。

的确是人多力量大，只半天工夫，赵五斤家三块儿地头八分地的麦子就全收割完了，壮劳力们每人背一大捆，一次性地就全都收到打麦场了。

赵五斤媳妇眼看快要收割完的时候，想早点儿回家为大伙做捞面，赵明武说："不用，五斤不在家，大伙帮把手应该的。各回各家吃饭吧。"

大伙也都说："五斤有工作了，我们帮把手，应该的，用不着再去家里吃顿饭了。"

最后，赵来水说："等五斤哥再回来了，还喝好酒。"

麦子收完了，玉米也种上了，庄稼地里的农活也告一段落了。

自从五斤上次回来后，五斤家就成了全村人们聚集的地方，特别是到了晚上，人们吃完饭就会不自觉地聚集到五斤家院里一边凉快，一边"拍瞎话"。来晚了，没椅子坐的，干脆就盘腿直接坐到地上。柴米油盐几分几厘的，东家长西家短的，没什么主题，你一句他一句地就这么瞎聊着，大伙都说得没话说了，只要有一个说一声："回家睡了。"大伙就不约而同地起身离开。有瞌睡了的，说着说着，靠着墙根儿都能睡着。赵胖子十次得有八次睡着。不过，他说："听大伙说话，睡觉香。"

说来也真是一件怪事，大伙几乎每天晚上都聚在一起"拍瞎话"，竟然每天还都有话说，似乎还都不重样。真是怪了。

若是遇上雨天，山路不好走，住得远一点儿的都不会再来了，住得近的来水夫妻俩、先有夫妻俩会来，还有就是每天晚上都会有赵胖子在，一来赵胖子和赵五斤家是前后院，来着方便；二来赵胖子光棍一个，有人说话听，遇上有人说笑话的，他还能跟着笑笑，也乐呵乐呵，心里快乐一阵子。赵胖子是人堆里唯一一个从来都不说一句话的人，而且一般情况下，也都是最先来和最后走的一个。

不过，也有例外，有几次赵胖子没能挺到最后。

一次是来水两口子，非要叫赵胖子先走，来水媳妇说："胖子，你先走吧，我和嫂子说点儿女人话。"

赵胖子"噢"一声，转了个身，双手撑地使劲儿地爬起来走了。

待赵胖子走远了，来水媳妇小声对五斤媳妇说："嫂子，咱这两家跟一家人似的，也没外人，看五斤哥能不能给来水也找个工作干干，庄稼活不多，整天闲着，有个工作干了，多好！"

赵五斤媳妇早就预料到来水媳妇会说这话，而且，心里也早就有所准备。因此，来水媳妇一说，五斤媳妇就说："咱两家还有啥说的，就跟一家人似的，等五斤再回来了，我跟五斤说说，叫他上上心，有机会给来水也找个工作。"

来水媳妇没想到五斤媳妇答应得这么爽快，立马儿高兴得合不拢嘴，连连说："谢谢嫂子，谢谢嫂子，等来水也到县城工作了，咱两家合一家，地里的活咱俩一起干。"

坐在一旁的来水心里也跟大夏天吃了根冰棍似的清爽，赶快站起身来，对媳妇说："走，不早了，咱回家，叫嫂子也早点儿睡吧。"

还有一次是先有夫妻俩，和来水夫妻俩的情况如出一辙。

天恩、天才和先进也都说过这个话茬儿，不过他们都是在大伙"拍瞎话"时，似真似假捎带着说的。就像天才说的："嫂子，五斤弟再回来了，跟咱吹吹风，叫五斤弟也给我找个工作干干。"

听了天才这话，先进接腔了："你这叫啥话？叫着嫂子，又叫弟的，四不挨的，净瞎扯。"

天才笑着说："你不懂，叫嫂子亲，叫弟媳不好听，不亲。"

先进说："那也不能叫，是哥就叫哥，是嫂就叫嫂，不能乱叫。"说着，他转向五斤媳妇，说："嫂子，你说我说得对不对？"

五斤媳妇听着几个男子打着嘴仗，心里乐呵呵地有一句没一句地支应着，笑着说："对对，先进说得对，该叫啥就是啥，不能乱叫。"

　　闲聊中，几个人把话题转到五斤会不会回来的问题上，五斤媳妇说："我也说不准，五斤也没捎信回来。"

　　五斤媳妇这话是对的，谁会捎信呢？就连她自己也只知道五斤在县政府上班，至于县政府在哪儿？门朝哪儿？她也不知道，她甚至连县城都没去过，咋会知道呢？

　　几个人中，唯一去过县城一次的来水也不知道县政府在哪儿。他说："我一下车就转向，连东西南北都分不清，根本就没往城里走，站在汽车站门前看了看就又坐车回来了。"

　　而几个人中，唯一没有说要五斤帮忙找工作的是胖子。

　　也正是这个一声不吭的赵胖子，突然有一天跑到县城去了。

　　那天，赵胖子是中午到县城的。天气炎热难耐。他出了车站，一路打听着，很轻松地找到了县政府。他站在县政府大门外很远的一棵大树荫下，将手里拎着的蛇皮袋子往地上顺手一扔，像个大石柱似的站着，眼睛死盯盯地看着县政府的大门。足足半个时辰后，他才看到一个人影从大门旁边的一个很窄的小门里出来。那人走后，小门随即又关上了。

　　太阳火辣辣的，天上好像在下火，街上的行人也很少。胖子将脚上趿拉的解放鞋摔到一边，光着脚在太阳底下试了试，烫得他蹦了起来。地上太热了。身上的汗褂子也全湿透了。他将汗褂子脱下来，麻花状地使劲儿拧了拧，还真拧出了不少水分。他抬头看了看太阳，刚过晌午，"估计都在午睡，应该是还没上班吧。"胖子自个儿思索着，又四下看了看，这才感觉到自己饿了。他弯了一下腰，想把地上的蛇皮袋子拿起来，腰弯不下去，他慢慢地站直腰，用那只光脚的大拇脚指头把蛇皮袋子夹了起来，可他伸着手还是够不着。于是，他将蛇皮袋子踢到大树根儿下，一只胳膊撑着树，一只手伸下去，试了好几次，终于将蛇皮袋子够到手里。他手伸到蛇皮袋子里，摸了半天，摸出来两个花卷馍。一手一个，用嘴在馍上吹了两下，直接塞嘴里吃了起来。边吃边远远地盯着县政府的大门。

　　农村人都是有午睡习惯的，特别是夏天，午饭后都是要睡上一觉的。常言

84

说，"吃饱饭，饭饱瘫"。胖子刚把两个大花卷啃完，饱嗝还没打出来呢，小眼睛就不想睁开了。他迷迷糊糊地把刚才摔出来的那只解放鞋踢到树根儿下，又将蛇皮袋子往下踩了踩，一手扶着树枝，一手将搭在臂上的褂子拉了下来。他转身坐到那只解放鞋上，把汗褂子往大肚子上一搭，在最后一个动作结束的同时，鼾声响了起来。这就是胖子的本事，只要说睡，不出一分钟准能入睡。

不知是树荫太小，还是胖子的一觉睡得太长，反正胖子是被火辣辣的太阳晒醒的。胖子费了很长时间才从地上爬了起来。他把地上的蛇皮袋子和那只解放鞋又往树荫下踢了踢。身子似乎站不稳地晃悠着，他身子不动，只用头部的动作转了个大半圆，四处张望着，满脸的疑问，似乎还没明白自己身在何处的样子。

大概是有一个时辰后，胖子才真正清醒过来，他开始专注地看着县政府的大门了。大门、小门依然关着。令他不解的是，太阳都偏西了，怎么县政府里还没见人呢？"怎么是五斤哥还没睡醒？"胖子开始认真琢磨起事来了。

胖子是跟着树荫移动的，现在树荫离树有三丈多远了，胖子估摸着，这个时候，若是在家里，也该下地干活了。

街上的行人多了起来，有骑自行车的，但不多，多数是走路的，而且大都是慌慌张张的样子。胖子又朝县政府的大门看了看，还是一个人影都没有。慢慢地，胖子心里发虚了，"这是怎么回事呢？怎么一个人影也没有呢？人都不来上班了？"他用汗褂子不停地擦着脸上、身上豆大的汗珠子。后背流下来的汗水把他的大裤衩子洇湿了一大片。

胖子似乎有点儿害怕了，自言自语地嘀咕着："见不着五斤哥，可咋弄呀？"

此时，树荫落到一座房子的墙上了。胖子不能再跟着树荫跑了。他慢慢地把那只解放鞋穿上，拎着蛇皮袋子，企鹅般地晃动着身子，走到马路对面一座房子的阴影下。他刚想找个墙根儿，准备坐下，突然看到县政府的小门开了，还走出一个人来。他看不清那人的样子，但他总算看见有人了。于是，他又企鹅般地往县政府大门方向晃动着。

说起来，胖子这趟来县城可真是不容易。天不亮就起来了，他娘给他往蛇皮袋里装了六个馍，再三叮嘱他路上不能睡觉，睡着了就找不着五斤，也找不着家了。胖子说："清楚，干正事哩，哪能不操心？"

从家里到公路边有五里地，他一直到天大亮了才晃悠到地方。好在他运气还好，刚到公路边不多时，长途汽车就来了。汽车见村庄就停，路上见人就停，只要路上有行人，不管人家招手不招手，它都要停下来，售票员每次都要把头伸到窗外问人家："坐不坐？到县城。"

车里跟个蒸笼似的，热得人们都不停地扇动着手里的东西，有扇毛巾的，有扇衣襟的，有扇书本的，有扇纸片的，也有直接扇手掌的，总之，只要是能弄出点儿风的，都在不停地晃动着。胖子实在是太胖了，座位小得坐不下，售票员指着司机旁边的一个高台子，说："来，你坐这。别处你也坐不进去。"

胖子看了看，感觉那个位子挺宽敞的，就晃悠着坐了上去。刚坐下，他就站了起来，这个动作非常快，胖子从来就没站这么快过。他边用手拍打着屁股，边对售票员嚷嚷着："什么东西，怎热，烫屁股。"

售票员是个女的，有三十多岁，黑黑的、瘦瘦的，手里拿个半圆形的小纸扇不停地扇着，脑门上的一缕头发被扇出来的风吹着一直飘在头顶上，像一株枯草似的。长相看上去还挺和善。她看着胖子狼狈的样子，忍不住笑了笑说："那下面是机器，能不热吗？"

胖子生气地说："热？热，你还叫我坐上去？"

售票员看了看胖子，又指了指车门口的台阶，说："你只能坐这儿了。"

就这样，胖子到了县城。

胖子对距离没有概念。他只是听五斤他们聊天时说县城很远。其实，他家离县城只有三十里地，只是汽车在路上停的次数太多了，就感觉距离太远了。

就像胖子眼前的这段距离，其实只有几十米远，只是由于胖子太胖了，一步只挪四指远，这样晃着，就感觉远了。

胖子走近小门，没敢往里进，站在外面等着，他是想等到对面出来人了再问问。

胖子就站在小门外树荫下等着。

终于，小门开了，一个看上去五十出头的人走了出来，他上身穿件纯白背心，背心束在裤腰里，下身是条长裤，就是五斤回家穿的那种公安裤。那人右手拿把蒲扇，不停地扇着，四下里张望了一下，最后把目光全投在了胖子身子。那人足足看了胖子有小半个时辰，看得胖子也不自觉地自个儿低头看自己的脚。

也就在胖子不知所措时，那人扇着蒲扇向胖子走了过来。

胖子站在那儿一动不动，心里又惊又喜，惊的是自己不知道该说什么，喜的是终于见到政府里的人了，他终于可以问问五斤哥的情况了。

那人走近胖子时，还一直盯着胖子，那眼神就跟看贼似的。胖子憨憨地笑了两下，见那人一脸严肃的样子，胖子立马止住了笑。

"干啥哩？"

胖子又憨憨地笑了两下，说："找五斤，找，找我五斤哥。"胖子说话有点结巴了。

"五斤？你找赵五斤？赵五斤是你哥？"那人说着，脸上的表情变得温和了一些。

"是是是，五斤，五斤是我哥。"胖子不由自主地往前挪了一步。

那人看着胖子笑了笑，说："那，彩儿叫你来的？彩儿没叫你捎啥话吧？"

听了那人的话，胖子一头雾水，不明白那人说的彩儿是谁，心里怯怯地问："彩儿？彩儿是谁？"

"嘿，彩儿是谁你都不知道？那你咋能是五斤的弟弟呢？"那人显然有点儿不高兴了。

胖子很尴尬地笑了笑，说："我真是五斤的兄弟，我真不知道彩儿是谁？"

那人说："五斤家屋里叫王彩儿，我是王彩儿本家叔。你连王彩儿都不知道，你从哪儿听来个五斤呢？"

听那人这么一说，胖子明白过来了，原来赵五斤的媳妇名字叫王彩儿。于是，胖子笑着说："嘿，王叔好！我真是五斤的兄弟，在家里，都是叫嫂子嫂子的，哪儿会知道她叫王彩儿？我是五斤家前院的胖子，五斤哥小时候还是吃我娘的奶长大的。"

"这么说，你还真是'胖子'了。"那人说着哈哈大笑起来。

胖子也不知所措地跟着那人笑了起来。

"来吧，先来屋里坐坐，待会儿五斤就来了，他接我的班，他值夜班。"那人说着用蒲扇比划着，叫胖子拎上蛇皮袋子跟着他进了政府的小门。

小门口挨着是一个小屋子，对着小门口开了个大窗户，正对着小门。

屋子很小，临窗户下摆了一张旧桌子，后墙根儿放了张小床，床与桌子间的距离很窄，胖子侧着身才能进去。桌子上放了个小电扇吱吱吱地响着，吹出来的风把床上放着的几张报纸吹得上下跳着，一起一落的。尽管有电扇吹着，屋里仍跟蒸笼似的，胖子热得受不了了，说："叔，太热了，我还是站外边吧。" 说着，胖子又侧身走了出去。

大门不远处就是政府办公楼，楼前有一排高大的杨树，树荫很密很大，一阵风吹过，树叶哗啦啦响过一会儿后静了下来，又一阵风吹过，树叶照例哗啦啦响过一会儿后静了下来。

胖子一小步一小步把晃荡到那排杨树的树荫下后，又一阵风吹过来，虽然风还带着热气，但稍稍能感觉出有点儿凉意了。

胖子突然想起什么似的，问："今儿咋没人来上班呢？"

那人看着胖子，笑着说："今天是周日，都不上班的。明天都来上班了。"

"周日？周日是弄啥哩？为啥周日都不上班了？"胖子显然真不知道啥叫"周日"。

那人也走到树荫下，使劲儿扇了几下手里的蒲扇，说："周日就是大家都在家休息，不来上班。"

胖子似有不解，但还是点了点头，小声"嗯"了两下。

正在这时，从小门外进来了一个人，王师傅一看来人，又看了一眼胖子，青着脸向那人迎了过去。

"王主任好，您咋不休息？这时候还来单位呀？"王师傅弯着腰，点着头，手里的蒲扇也扇了过去。

"那人是谁？咋进院里来了？"

王师傅笑着说："我家亲戚，刚刚来，刚刚进来。"说着，对着正在发怔的胖子喊道："胖子，赶快出去，这是政府大院，外人不能随便进来。"

胖子嘴里"噢噢"着加快步子往小门外晃动着。

胖子刚走出小门，听身后的那个人对王师傅说："不能随便叫人进来，这是政府部门。叫你们看门就是看着不让外人进来的。"

王师傅小声说："是是是，知道啦，主任，再也不叫他们进来了。"

胖子回头看时，王主任走进了办公楼。王师傅还在后边跟着。待胖子又走回到刚才那个小树荫时，王师傅快步从小门走了出来，小声对胖子说："刚才那位是办公室主任，是个大官。你不能再进去了。就在这儿等一会儿吧，天一黑，五斤就会过来的。"

胖子看着王师傅一脸难为情的样子，心里像做错了事似的，说："我今晚有地方睡吗？"

胖子这一说，把王师傅又逗乐了，王师傅笑着说："五斤来会给你找地方睡的，放心。你在这儿等着吧。"

王师傅说着，转身进了小门。

不知不觉地，树荫没了，胖子看了看脚下，又抬头看了看天，周围都成阴凉了，眼前只有几缕长长的光影，长长地往县政府门前的大马路上延展过去，然后又变成了一大片晃眼的光亮。

胖子粗大如牛的大腿也实在是不能长久地支撑他那巨大的体格。他站了一会儿，脚麻得厉害，于是，他晃悠到路边的路牙子上，找了个比较高的地方，把蛇皮袋子摊在那儿，一屁股坐了上去。

地皮还是热的，还有点儿烫屁股，但胖子只能忍着，烫屁股也比他站着强。他不停地扭动着屁股，巨大屁股的每个部位都能"享受"到地皮的热度。

搭在他肩膀上的汗褂子一直就没干过。胖子一边晃动着屁股，一边把褂子从肩膀上拉下来，搭到手臂上，不停地转动着，扇出的风能让他好受一点儿。

路上的行人渐渐多了起来，风也一阵紧跟一阵地刮了起来，天气也明显地有了傍晚的凉意。胖子也因这渐渐的凉风有了些许的睡意，也正在他似睡非睡的时候，突然听见有人在叫他。

"胖子，胖子，你咋来了？"胖子打了个机灵，愣怔了一下，马上清醒了过来。他看见五斤向他走了过来。

胖子像受了多大委屈的小孩子似的，叫了一声："五斤哥。"那声音里似乎带了点儿哭腔。他想起身，可他晃了晃身子，竟然没能站起来。

五斤走到他跟前，说："坐，坐，坐，不用起来。"

五斤挨着胖子坐了下来，"你咋来了？""五斤哥，我娘说，我要是在城里有个工作，我就能找个媳妇了。我娘说，我要是找不来媳妇，我家就绝种了。我娘还说，你能帮我，你肯定能帮我。"胖子一口气了说这么多话，五斤这还是第一次听到。

"我知道了，你等着，我去跟王叔说一下。"五斤说着又向政府院里走去。

没过多久，五斤又回来了，对胖子说："走，去我住处。"

胖子说："你不上班吗？"

"王叔今晚替我，我明晚替他，都一样。"

五斤说着，一手拎起蛇皮袋子，另一只手扶了胖子一把，胖子站了起来，摇晃着身子，说："脚麻了，得歇歇。"

五斤没说话，手扶着胖子，就那么站着。

过了一会儿，五斤看着胖子的脸，说："能走不能？试试。"

胖子晃了晃腿，试了试，说："能走。"

于是，五斤就一手扶着胖子，拎着蛇皮袋子的手抬了抬，说："往那走。"

五斤住的地方就在县政府后边的一个小胡同里，那个胡同是县政府工作人员的住宅区，在县政府大院里工作的大部分人员都在那个胡同里住。跟县政府大院只隔了一堵墙，以前，为方便工作人员上下班，在那堵墙上开了个小门，后米，胡同里住的人员杂了，从政府调走的陆陆续续都搬走了，房子就租给了外来人员，如今这个胡同里住的，几乎没有在县政府上班的人了。人一杂，事就出来了，前年，出了次盗窃事件后，那个小门就被封上了。现在从县政府去那个胡同，要绕过东边那条街，然后再穿过一个胡同才能进入那个胡同。本来是一堵墙的距离，这一绕就绕出来将近二里地。再加上胖子走得慢，花费的时间长，感觉上就显得更加远了。

刚走进胡同口，胖子将身子倒在胡同口的墙角上，喘着粗气，说："五斤哥，不中了，走不动了，腿疼，歇歇。"

走在前面的五斤，回头看了看胖子，又回走了几步，说："你歇歇，不远了，没几步远了。"说着，他指了指胡同中间的那排平房，说："看见没，就那排房子。"

胖子说："五斤哥，你先回去，我再歇一会儿，待一会儿我自个过去。丢不了。"

"那好，我把东西放下再过来接你。"五斤说着，转身走了。

五斤从住处出来向胡同口走时，远远看着胖子粗大的身子在晃动，两条腿又得比肩膀还宽，那样子实在是可笑极了。五斤想，胖子大腿根儿肯定又磨出泡了，每年夏天，胖子只要走上一里地，大腿根儿部位一准儿磨出血泡来。

"不急，胖子，歇歇再走。"五斤老远就对胖子说着。

胖子往前晃一下其实也只有他一脚掌那么长的距离，而且还是全身一起晃动，像个木偶似的。晃的时候，两只脚根本就没离地面，是在地面上趿着走的，每晃动一下，脚底下便发出"嗞"的声音。

五斤走近胖子时，说："你慢点儿，我去给你弄点儿红汞抹抹。"

胖子使劲儿地对五斤笑了笑，没说话。

五斤所说的"红汞"，其实就是医院常用的碘酒，抹小伤口用的，城市乡村都很普遍，小药店小诊所都有，人若在现场的话，医生随手用棉球在碘酒瓶里蘸一下，在伤口上抹几下就好了。

胡同口有个小诊所，五斤天天经过，也常和诊所的医生打招呼，虽然不太熟知，但也脸熟，五斤曾去要过碘酒，诊所医生待人很好，一般小毛病，举手之劳的事，他连钱都不收，经常有摔伤擦伤的大人小孩到他诊所抹碘酒，从来都不要钱的。

五斤折回来时，胖子还没走到地方。五斤说："可够你有罪受了。天气炎热，你咋说来就来了呢？这要是在家里，你准躺在河沟里凉快呢！"

胖子喘着粗气，没有说话，只是凑着喘气的机会顺便"哼哼"了两声。

五斤是和那个王师傅住一个屋的，他们住的这排房子是后来临时搭建的，后墙就是原来和县政府大院中间隔的那堵墙。这一排共有十间房，全是在县政府大院里干临时工住的。五斤他们住在第三间，房间倒是挺宽大的，就是窗户太小，房顶是水泥板的。胖子往门口一站，肚皮上立马感觉到有一股热气从屋里往外窜，肚皮上热辣辣的。胖子站了一小会儿，说："五斤哥，屋里太热，还是站外头吧。"

五斤把手里用塑料纸包着的两个碘酒棉球放到窗台上，说："热是热，你进来，坐着不动，等一会儿就感觉不热了。关键是还得给你抹药哩。"

胖子又站了一会儿才晃进去。屋里乱糟糟的，靠东西墙边各有一张小床，床上是一样的苇席，除了木头做的枕头，还有两把蒲扇。靠后墙处放了张两斗桌。床头的地上有两个小方凳。靠窗台的地上摆满了锅碗瓢盆。墙上连幅画都没贴。

五斤扶着胖子，说："来，坐这张床上，这是我的床。"

胖子晃到靠东墙的那张床上，侧着身，半个屁股跨着床板坐了下来，说："五斤哥，你这床结实不结实？"

五斤笑笑，说："结实，随便坐，两头是砖砌的，床板都是三指厚的木板。你躺下，我给你抹抹。"

胖子侧着身斜躺在床上，床板"吱吱吱"响个不停。胖子慢慢晃动着身子，尽量平躺到床上去。

胖子的大裤衩全湿透了，贴在身子了，五斤费了半天劲儿才把胖子的大裤衩脱下来，胖子两条大粗腿叉着，腿根儿处还在往外沁血。五斤小心地往伤口处擦碘酒时，胖子疼得大腿上的大块儿肌肉直打颤。

胖子就那么仰八叉躺着。

五斤忙活一阵后，坐到西边那张床上，说："你咋突然自个儿找来了？你嫂子知道不知道你来？"

胖子两眼直直地看着天花板，过了好长一阵，才说："都不知，我本不想来，可俺娘非叫我来不可，娘说她快不中了，她不想看我一个人孤单，她还想看到有个孙子。"胖子说的时候，声音是沙哑的。五斤看见胖子眼角有个亮晶晶的小水珠。

以前，胖子在五斤、甚至在全村人的眼里只是个啥心也不操的人，天天下河逮鱼，没有过多的话，见面只是笑笑，整天乐呵呵的样子。没想到胖子的心事还这么重。

"我这儿情况你也看到了，我其实只是个看门的保安，不是什么公安，我不想和你们解释，是怕你们不相信，以为我不说实话。一个月就三百来块钱，吃吃喝喝也就剩不了几个。"

过了许久，胖子才说："那也比在咱家里强，说起来是在县城上班的，面上好听。"

"说得也是，不用出死力干活了，平时也有个零花钱。"五斤顿了顿，接着说："可也不牢靠，我前面走的那个人，是因为年龄大了。看门的需要年轻勤快、眼里有活的。再说，像你这身板，自己动弹着都难，咋给人家看门开门呢？就你那一步挪四指的样子，哪个贼也不会怕你。"

"那，你是咋干上的？"

"你没见那个王师傅吗？他是你嫂子娘家堂叔，都看十几年了。那个年纪大的离开后，王叔和管事的人随便说了一句：'我家有个亲戚，可勤快啦，叫他来，我们搭帮，更方便'。没想到，他就这么随便一说，管事的人说：'好哇，叫他来吧'。就这么着，我来了。"

又过了一阵儿，胖子说："还是你运气好。嫂子也好。"

五斤笑笑说："我这工作是靠着你嫂子娘家关系得来的，你嫂子现在厉害着哩，在家里我都不敢吭声。她不叫我说这些事情。"

过了很久，胖子也没再说话，两眼还是直盯盯地看着天花板。

五斤说："我去弄点儿吃的，晚上咱俩喝两杯。"

大概一个时辰的工夫，五斤双手拎着袋子回来了。胖子穿着大裤衩，坐在靠墙的两斗桌旁，半个屁股在外悬着。看着五斤手里拎着吃的，笑着说："真香。"

"鼻子真尖。半斤猪头肉，一盘花生米，够咱俩吃了。"

五斤边说边将手里的袋子往地上的两个空碗里放。五斤把两个碗放到胖子面前，又转身趴到床底下，从床底下摸出一瓶酒来，在胖子面前晃了晃，说："好酒，剑南春，我也没喝过，是管我们事的那个领导送我们的，我和王叔每人一瓶。今儿咱喝了。"

夏天黑得晚，天刚擦黑，他俩就把一瓶酒喝完了，胖子胃口好，他打着饱嗝，张嘴一笑，两眼真是成了两条缝了，说："五斤哥，过年都没有这样吃啊。"

五斤有点儿醉意了，也打了俩饱嗝，说："是比咱家好，隔三岔五地能吃个荤菜。就是你这样可不行，一个月三百块钱还不够你一个人吃呢。"

"我会省着吃哩。俺娘说了，得为我找媳妇攒几个钱，还得准备聘礼呢。"胖子显然是借着酒劲儿在想好事了。

五斤内心确实很同情胖子，俩人从小到大亲如兄弟，胖子成不了家，他家就断了香火，这是胖子娘最挂心的事了。可他咋能帮上忙呢？五斤思忖着，若一口回绝胖子，胖子肯定是受不了的，胖子把一切都寄希望于我了，我就是帮不了他，也得暂且叫他安全地回去再说。

五斤说："是啊，可得准备聘礼了，不定喜事什么时候就落到你头上了。你的事，我会好好琢磨的。我也让王叔给你想想法儿。趁着酒劲儿睡吧，明天好好说。"

这要是在平时，胖子早就鼾声大起了，说到自己的喜事，他竟也没了睡意，兴奋地对五斤说："五斤哥，我要是能来县城上班，今年过年我能说上媳妇不？"

这个时候的五斤倒是没有兴致，打着哈欠，说："能、能，说不定现在正有个新媳妇在等着你呢。睡吧。"

"五斤哥，天还没黑透呢，早着呢，再说说话吧。"

五斤看着胖子高兴的样子，心里更加不是滋味。为了能叫胖子赶快睡觉，对胖子说："你先睡，我这就去找王叔，叫他现在就操心给你找工作。"五斤说着，不等胖子反应，就直接走出了屋子。

五斤的确是去见王师傅了。

门卫室不允许做饭，他们值班时若没替班的话，都是吃干馍喝开水。王师傅刚把一个干馍吃完，去拿保温瓶倒水时，才发现瓶里没水了，刚出来，恰好五斤走了过来。五斤顺手接过保温瓶，说："叔，我去给你打水。"

县政府大院里有专用的开水房，在办公楼后边的那排平房的最西头。

五斤打水回来后，坐在门卫室门口，把胖子的情况和王师傅说了。

听了五斤的介绍，王师傅说："他太胖了，路都走不动了，哪个单位会叫他去看大门？别说看大门了，干啥都不会有人叫他干的。你说是不是？"

五斤说："可不是嘛，不过，我也不敢一下子回绝他。要是不回绝他，把他的事应承下来，最后弄不成，那不是糊弄他吗？"

"你说得也是。看来，眼下只应承一定帮他找工作，叫他先回去等信儿，也不答应一定成，也不马上说一定不成。"接着，王师傅又说："明天上午我还值班，你得先叫他回去。就咱俩值班，弄不好把咱俩也撵走，可咋办？"

五斤说："好吧，我明天一早就叫他先回去。"

五斤往回走时，心想着胖子一定是睡着了。不承想，他进屋时，胖子还是那样坐着。看到五斤进屋，胖子兴奋地说："五斤哥，回来了？咋说哩？"

五斤笑着说："王师傅答应一定帮你找找，不过呢，这找工作也得讲机遇，不是说找一下子就能找到的。"

"是是是，不好找。我知，我知。"胖子听说王师傅答应帮他找工作，更加兴奋了。

"王师傅说，你明天得先回去，不然的话，耽误他帮你找工作的事。"五斤一边找床上的蒲扇，一边对胖子说。

"好好，我明儿一早就回。"说完，胖子侧个身儿斜躺到床上。五斤刚转身，还想对胖子说话，胖子的鼾声可响起来了。

第二天一大早，五斤去给胖子买了两根油条和一碗胡辣汤。这是胖子从来都没有吃过的，甚至"胡辣汤"这名字胖子之前听都没听说过。

胖子边吃边兴奋地说："真好吃，城市真好。"

三下五去二，眨眼工夫，胖子可把两根油条和一碗胡辣汤消化了。

此时，五斤的心事倒是上来了。他一脸忧愁地对正在吃得起劲儿的胖子说："你回去了，千万不要对任何人说你来过县城，更不要说你见过我。"

听了五斤的话，胖子吃惊地问："为啥？"

五斤看胖子不解的样子，笑了笑说："不为啥，你想，都知道你来见我，还叫我给你找工作，他们都来了，他们的身体条件都比你好，到时候，就是有个工作，还能轮上你了？是不是？"

听五斤这么一说，胖子一下子明白过来了，心想五斤说得的确在理，于是，脸上又露出了笑容，说："我知道，我才不跟别人说。"停了停，他问道："和嫂子说不说？"

五斤看着胖子，说："不能说，万一她跟来水媳妇她们在一起时，一不小心说漏嘴了，咋办？"

"那，俺娘要是问我见你没有，我咋说？"

"对娘要说实话，不过，也要她别说出去了，说出去了，最后还是坏你自己的事。你说是不是？"

"知知知，我这就走，就走。"胖子笑起来，眼睛跟闭上了一样，只剩一条细缝了。

去往长途汽车站的路上，五斤再三地、反复地叮嘱胖子，叫他千万千万记住，不要把他来县城的事说给任何人。

胖子说："五斤哥，你都说一路了，我知道，打死我也不会说的。放心吧！"

在车站等车的时候，五斤塞给胖子十块钱，说："我也没攒住钱，这十块钱给婶，叫婶别操心。"

胖子说啥都不要，五斤说："不是给你的，是我孝敬婶的。"

这时，恰好长途汽车过来，停在了他俩跟前的同时，门了开了，胖子似乎还想说什么，五斤示意售票员帮助，售票员好像认识胖子似的，微笑着伸手拉胖子，同时，五斤在后边使劲儿推着胖子的大屁股，才把胖子推上了车。

还是胖子昨天坐的那辆车。汽车几乎就没停稳，胖子还站在门口晃荡着，车可就加速开走了。

无 愧

刘志强上高三那年，他的母亲突然去世了，这对全力备战高考的刘志强来说是个不小的打击。然而，祸不单行，临近高考的前一个月，他父亲得了中风，虽然抢救及时，生活勉强能自理，但是劳动能力完全丧失了。

在这种情况下，刘志强高考失利已是预料中的事了。

面对家庭的突然变故，刘志强对高考似乎也失去了兴趣，应付差事似的参加完高考，背上被褥，连书本都不要，回到了农村老家。

刘志强本来有一个非常和睦的家庭，姐弟四个，志强是老小，上面三个姐姐都已出嫁。说来也怪，三个姐姐一个比一个嫁得远，像是比着往远嫁似的。大姐刘惠的婆家本来不远，离他们村也就十来里地，结婚不久就跟老公一起去新疆伊犁垦荒种地，种出了名堂，自此扎根在了边疆。二姐刘艳高中毕业跟亲戚去云南卖玉货，结识了一个早年过去经商的老乡，两人婚后在云南边城安了家。三姐刘娇初中毕业就去广东东莞打工，后来处了个对象，男朋友家是汕头的，婚后也就跟老公一起回汕头老家了。

三个姐姐家都是普通家庭。虽然离家都很远，但每隔一年，三个姐姐都会相约回老家看望父母，一起在老家热热闹闹地过个团圆年。

母亲去世，父亲生病，三个姐姐每年清明、春节都是要回来的。

刘志强没能考上大学，也没想着要复读，于是，在三个姐姐的张罗下，第二年，刘志强就和邻村的一个姑娘结了婚。

自此以后，三个姐姐像商量好似的，都不怎么回来了。每逢清明，志强打电话叫她们回来给母亲上坟，结果都因各种无可辩驳的原因无法回来。再后来，志强也就不再打电话了。

不过，三个姐姐约定每月每人给父亲五百元的赡养费。而且，还允诺并共同承担了父亲生病治疗的一切开支。

养儿防老，赡养父亲也是做儿女应尽的义务，志强细心照顾父亲也是应该的。三个姐姐家也都不是大富大贵的家庭，能够这样关照家里，志强内心也是很满足的。

民间有种说法，叫"久病床前无孝子"，这话说得扎心，最起码在志强身上，这句话是不对的。刘志强的父亲在之后的十几年里，屡次犯病，而且一次比一次重，后来，竟成了植物人。随后这两年，刘志强的父亲一直是在县医院度过的。在侍奉父亲的这十几年里，刘志强从来没有一句怨言，有邻居问他会不会怨恨三个姐姐，志强总是笑着说："三个姐姐对我家这么好，我为什么会怨恨我姐姐呢？再说了，我照顾父亲也是我自己分内的事，有什么怨气呢？"

为了更好地照顾父亲，刘志强把家里的地转包给了别人耕种，并且他还叫刚刚初中毕业的儿子，跟着他舅舅跑运输。刘志强两口子天天守在医院里，细心侍候着已成植物人的父亲。

虽说是在医院，可护理全都靠刘志强一个人，爱人也只能是帮个下手，替志强打个饭，在不需要护理时，替志强看护着，叫志强能有个休息的时候。

刘志强个子一米八上下，长得很壮实。几年下来，瘦得不成样子，变了个人似的。

刘志强高三时的同桌叫赵胜利，当年考上了重点大学，毕业后在省城工作。两人关系特别好。赵胜利再次专程从省城回来看望志强父亲，当他看到志强瘦弱的样子，对志强说："你也太辛苦了，悠着点儿，身体要紧。"

志强苦笑了一下，说："唉，辛苦受累无所谓，我就是这命，关键是天天看着父亲痛苦的样子，心里揪得慌。"

"生病住院治疗，这是常事，这说明人活着是件不容易的事。你也得注意身体，这两年你瘦得不成样子了，你可不能垮了。"

"我没事，能撑得住。"志强说。

"仨姐都离家远，回来一趟也真不是件容易的事。她们最近回来没有？"

"那都是记忆里的事了，早些年还时不时地回来一趟，住上几天，陪陪父亲，最近两年就没回来过。家家都有一本难念的经。她们也有一大家子人，也有老人，也需要她们照顾。"志强无奈地笑着说。

"那你家里的地咋办？"

"那几分地早就包给人家了。我一个人照顾不过来，俺两口子都在医院里泡着。"

"这样下来，一年的费用可不是个小数目。"

"那是的。"

"儿子现在干啥？"

"我们两个天天泡在医院里，没时间照顾儿子，他学习不好，初中毕业就不想上了。眼下跟着他舅在外跑生意，常年不在家，一年下来赚的钱也只够他自己生活开支，我们指望不上他。"

志强说完，对赵胜利笑了笑，指了指病床上的父亲，说："你先坐，我得给父亲翻身擦洗了。"

志强掀开父亲身子盖着的单子，用热毛巾轻轻地擦拭着父亲的身体。志强父亲全身瘦得只剩下皮包骨头，没了人样。因为太瘦，吸氧罩快把整个面部覆盖住了，食管从吸氧面罩下穿出来，管头上用一个夹子夹着；床头墙上的氧气阀呼噜呼噜地响着；床头两边各挂着一个液体袋。

赵胜利静静地看着志强熟练的动作，又好奇地看了看病床的两边。

志强顺手指了指床边的袋子，说："这边是营养液，那边是抗生素。两个袋子，一条人命。"

赵胜利走到志强父亲的病床前，弯腰看着骨骸般的志强父亲，说："老人也受罪。"

"是啊。两年多了，一直就这样。医生说，只能这样耗下去吧。若想叫老人走，管子一拔，老人马上就平安地走了。"

"是啊，可谁会忍心去拔管子呢？"

"两年了，尽管国家有新农合医保，但自己毕竟还得承担将近三分之一的费用，好在三个姐姐在费用上支持，不然的话，一年将近十万的花费，谁能负担得起？"

"是啊，这种情况，一般家庭是很难负担的。"

"其实我三姐家也不是太富裕，我照医生的意思和三个姐姐都说了，看她们是否同意放弃治疗。三个姐姐一致要求继续治疗，我也只好按她们的意思办。"志强很平静地说，"其实她们没在跟前看过，叫她们来伺候几天，她们就能感同身受了。"

99

"这是件非常无奈的事，搁谁都不会那样做的。医生面前只有病人，他们见得多了，似乎在情分上少了一些。"

　　"其实，我倒认为医生说的是比较权威的，正因为他们的职业性，在这个问题上，他们的建议是站在公正的立场上的。否则的话，哪个医生不想有更多的病人？只是他们见得多了，对人性看得更透了，更开放了。人总会死的，谁也逃不开。痛苦地活，还不如没有痛苦地离开。"

　　刘志强正和赵胜利说着话，刘志强叔进来了。进门后，什么也没说，径直走到病床前，趴到志强父亲面前，带着哭腔，说："哥呀，我的亲哥呀，你咋这样子啊，弟想跟你说个话都说不成了，今后弟还能找谁说说心里话呀，哥啊，我可怜的亲哥啊！"

　　刘志强站在一旁，小声说："叔，他听不见了。你坐，你坐。"

　　刘志强转脸看着赵胜利，接着刚才的话题说："这两年来，我也看了不少书。我觉得，人啊，最后都得死。寿终正寝应该是无病无痛的自然死亡，这才是人生的完满。记得有位名人晚年立遗嘱说，自己将要死去的时候，决不允许家人把他送到医院抢救，即使送到医院抢救，也决不允许在他身上插任何管子。他认为，这种叫人摆布、痛苦而无尊严地活着，不如叫他早点儿安息。我也认为，这样满身管子，靠体外呼吸机维持生命，不叫人生。我也不认为我天天这样尽心尽力地侍候父亲就叫什么孝顺，这是我应尽的义务。我感觉父亲这个样子才叫故意折磨人，折磨他也折磨我，我们都是在遭罪。我认真琢磨了，什么叫生不如死？我爸这个样子就叫生不如死。"

　　赵胜利说："理是这个理，可到了自己头上，总感觉是不应该的。总认为应该尽心尽力才对。"

　　刘志强笑着，点点头，说："是，是，摆脱不了的伦理道德及复杂的人性使然。"

　　志强叔说："不管咋说，自己的亲人，谁也不会故意叫人去死。养儿防老，养儿防老，为的就是这个，不然，养儿干什么？你说是不是？"说这话时，他一直看着志强，似乎也是专门在跟志强说话。

　　"是啊，谁也不会眼睁睁地看着亲人不救。不过，我反复琢磨，医生的建议也不无道理。特别是像我父亲这样的。天天在跟前看着被病魔折磨得要死不活的。看着叫人揪心。作为儿子，真不知道咋办才好。"

赵胜利说："有些事就是这样，不知道什么样才算好，什么样才算不好。"

赵胜利走的时候，志强把他送到楼下，赵胜利说："我感觉你叔话里有话，好像你们之间不太和谐。"

刘志强无奈地笑笑，说："叔是我父亲的亲弟弟，可我们两家打我记事起都不怎么来往了，都几十年了。听父亲偶然说过，当时分家时和我父亲因宅基地的事，心里闹了点儿别扭，都是陈年老账了。两家也没吵架打架，平时从不来往，只在逢年过节时，象征性地到对方家里问候一声。估计他听说我父亲快不行了，这才主动来医院看望，也就两次，上次恰好你也在。唉，能说话的时候，跟仇人似的，从来都不说话，不会说话了，如今又成亲人了。唉，我真弄不懂。不过，我爹和他毕竟是打断骨头还连着筋的亲兄弟。"

赵胜利说："噢，我说呢，刚才听他说话的意思，有点儿主持正义的味道。"

志强的父亲是在志强叔去看望后的第二天去世的。志强说："父亲走的时候很平静，身子一动不动的，不带一点儿响动，吸氧机还照常"呼噜呼噜地"冒着泡。根本看不出有什么异样，半夜给他翻身时，发现他身子已经凉了。医生推断应该是在夜里十二点左右的样子。"

志强父亲的丧事是由志强叔主持。志强的三个姐姐都回来了。

志强叔始终没有给志强好脸色，私下很是责怪他，话里话外似乎认为父亲的死是志强故意的行为，因为志强不止一次说过叫父亲早走的话，而且当晚他就在父亲床边，竟没发现父亲走了。志强叔甚至还怀疑是志强偷偷地把父亲的氧气管拔了。志强极为恼火，可有口难辩，为这事，志强甚至找医院出面解释，他叔仍然不信，一口咬定就是志强故意的。为息事宁人，志强忍气吞声，没有和他叔争辩过一次。只求得父亲能顺顺当当地入土为安。

看着刘志强痛苦伤心的样子，赵胜利劝说道："被人误解是难免的，也没必要无谓地争辩，问心无愧就好。"

处理完父亲的后事，刘志强带着爱人，跟着大姐去了新疆伊犁。临走时，他把家门钥匙留给了志强叔，并说他不要这个家了，今后，每年只在清明节回来给父母上坟烧纸。志强叔拿到钥匙后，笑着对志强说："路途太远了，回来一趟得花不少钱，不得空的话，就不用回来了，我逢年过节，照时照晌地去给他们上上坟，送些钱都中了。"

刘志强到伊犁安顿下来，给赵胜利打电话，说："我不想因为父亲的死而使自己变成罪人，我问心无愧。叔拿这事对我发难，无非是想报他一辈子的私仇恩怨，冤冤相报何时了，更何况不是什么深仇大恨。他总认为我父亲是老大，什么事都得让着他，分家时，他提出要老宅，还说自己困难，不养老人，这种无理要求，父亲当然没有答应他。由此，他和我父亲结下了怨恨。我把老宅给他，就是想叫他不要再拿我父亲的事来构陷我，更不想叫外人因此看我家的笑话。想想看，他一口咬定是我故意害了父亲，我心里会好受吗？"志强在电话里哭了起来。

赵胜利理解刘志强的内心苦痛，说："老人已走了，剩下的就只有自己的生活了，凡事往好处想，过去的就过去吧，日子是往前过的，不要去想过去那些不开心的事了。"

过了一会儿，刘志强说："到这里后，我一下子觉察到我成了一个无家可归的人了，突然间我成了一个没有家的流浪汉了。我已不想再回那个伤心地了，我与那个村庄可能就此断绝，我将来就真成了一个孤魂野鬼。"停了停，又说："我真不想离开那个家，那是我的根，我不想离开，可我又不得不离开。"志强又大哭起来。

"咱们这些离开家乡的人，其实最后的归宿都是一样的，我们的后代也不可能把我们埋回到那个我们出生的地方了。我们将来都是飘荡在外的孤魂野鬼，说不定我们在那边飘着飘着还能相遇呢。"赵胜利说这话的时候，内心也是极度煎熬的。心想：自己何尝不是像志强那样的离乡人？

刘志强突然唱起了《故乡的云》

天边飘过故乡的云，它不停地向我召唤

当身边的微风轻轻吹起，有个声音在对我呼唤

归来吧 归来哟，浪迹天涯的游子

归来吧 归来哟，别再四处漂泊

踏着沉重的脚步，归乡路是那么的漫长

当身边的微风轻轻吹起，吹来故乡泥土的芬芳

归来吧 归来哟，浪迹天涯的游子

归来吧 归来哟，我已厌倦漂泊

我已是满怀疲惫，眼里是酸楚的泪

那故乡的风和故乡的云，为我抹去创痕

我曾经豪情万丈，归来却空空的行囊

那故乡的风和故乡的云，为我抚平创伤

这是一首 20 世纪 80 年代非常流行的歌曲。那时，刘志强和赵胜利还在上高中，在校园里，几乎无人不会，无人不唱。如今想来，当时他们的哼唱，充其量是一种随大流的感觉，并没能真正体会到歌曲所传达的深刻含义。现在，刘志强突然在电话里唱起，声音因抽泣而悲凉、沧桑，那声音如来自空灵的天际，那不是歌声，是思念的呼唤，是无助的哀求，是痛苦的诉说！此时此刻，无论是在哭声中唱的刘志强，还是在流着泪听的赵胜利，一下子对这首歌曲有了深刻的领悟：故乡的那片云是多么的令人依恋、令人向往、令人陶醉、而又令人难以割舍。

赵胜利默默地流着泪，听着。志强泣不成声，没唱完就直接挂掉了电话。

在后来的一次通话中，志强说他叔专门给他打电话，说他们家搬回到他家老宅了，并在电话里反复夸赞志强是个孝顺的孩子。

赵胜利不知道如何劝说志强，想了很久，给志强发了一条微信：自古至今，社会的文明与进步，无不与人类的迁徙有关。生活中诸多的无奈、不理解，以及不可思议的巧合才是生活的本真。凡是过往，皆为序章。我们都是蒲公英的种子，无论在哪个地方生根发芽，我们永远是蒲公英。

行　尸

世界之大，无奇不有。

我有个发小叫刘兴业，也是我未出五服的本家兄弟。在街坊邻居的眼里，他就是个怪人。

刘兴业的父亲叫刘耀先，我叫他刘叔，七十多岁了。

我大学毕业在外地工作，每每回去，刘叔总要叫我去他家劝说刘兴业，想叫他成为一个健全的人。

前不久，我回去给父母上坟，刘叔听说后，又要求我去他家劝说刘兴业。说实在的，我也很难为情。我知道我劝说没有任何意义，可我不去的话，刘叔心里必定很难受。看着刘叔近乎哀求的样子，我只好再次勉强答应了，说："叔，我知道我劝说没用，但我还是会去的，您老放心！"

刘叔听我这么一说，擦了擦泪，笑笑说："你们是发小，他听你的。"刘叔脸上挂着笑，但眼泪却不停地往外涌。

刘叔走后，站在我身边的大哥说："你不常在家，不知道情况，如今叔的心思不是指望兴业干活自己养活自己，而是他想叫兴业找个媳妇，给他生个孙子。这么多年了，他家亲戚朋友都劝说无数次了，没啥用，有用的话，早不这样了。"

嫂子插话说："这人也太不像话了，几十岁的人了，连手指甲脚趾甲都还是他妈给他剪的。就没见过这样懒的人。"

我说："以前，我一直以为刘叔是为了叫兴业会干活，将来能自食其力。我还真没想到他是为了抱孙子的事。再说，兴业都五十多了，哪还会再结婚给他生个后代呢？叔这想法更不太现实了。"我家和刘兴业家是前后院。

我往刘兴业家走的时候，想到刚才刘叔说的"你们是发小，他听你的"这句话，我无奈地笑了笑，心想，他要是真听我的话，早不是这个样子了。

我在庄上是同龄人中最幸运的一个，考上了大学，刘兴业初中未毕业就不上学了。

说起来，我们庄上最有能耐的要属刘兴业的姐姐刘英了，她从小学习就特别优秀，高中毕业那年高考是全县理科状元，被重点大学录取，轰动全县，这对刘家来说的确是光宗耀祖的大事，为此，刘叔还在家门口放了一挂一万响的鞭炮，噼里啪啦响了很长一阵才结束，最后还带了六个冲天炮。中午还在家摆了酒，村主任高兴地说："英子为咱庄争光了！"

　　我们庄也因为出了个高考状元，名声在外了。十里八乡的，只要说起我们庄，没有不知道出了个高考状元的。后来，刘英大学毕业以优异的成绩被公派去美国留学，自此再没回来过。听说，刘英后来结婚成家了。虽然她不回来，可她每年都给家里寄不少钱，这也许是刘兴业懒惰的原因。有人猜想，刘兴业之所以成为如今这个样子，完全是因为他家有钱造成的。我倒不这样认为，因为，刘兴业从小就不干活，是他父母对他娇生惯养造成的，再说了，刘英出国之前，刘兴业就已是这个样子了。只不过是他恰好遇上了一个有钱的姐姐罢了。

　　刘英为家里带来的荣光的确使她的父亲骄傲了很多年，每每说起女儿的成就，作为父亲他是多么的幸福与自豪；可每每说起儿子刘兴业，他却有无限的感慨与无奈，他不知道这是为什么？

　　刘兴业家有钱像他姐姐出国一样出名，尽管家里的房子还是老土坯房，可当年说媒的人排队来给刘兴业提亲，刘兴业对结婚这事似乎不太感兴趣，他说他不想结婚，这种想法也是非常令人不解的。后来，有个媒婆说那女孩长得确实非常漂亮，"像一朵花儿一样，娇滴滴的"。刘兴业听后没有像以前一样明确表示不见，于是，第二天就见了面，半个月后就风风火火地成了亲。可结婚没几个月，媳妇就不辞而别，离家出走了。刘兴业父亲问刘兴业为啥媳妇跑了，刘兴业一句话也不说，被问急了，他就不紧不慢地说："我咋知道为啥？腿在人家身上长着，我咋知道？"刘兴业父亲去亲家家里找人，亲家毫不客气地反过来问他要人，吓得他再也不敢去亲家家要人了。刘兴业媳妇离家出走后，娘家人一次也没来要过人，据说当时给的彩礼有十万元，十万在那时可是个天文数字呀，双方谁也不找谁的事，两清。也由于当时农村结婚以吃酒席为证，连个正规手续都没有，因此在法律上等同于没有结婚。后来，又有几个提亲的，刘兴业都坚定地拒绝了。再后来，就没有人再给他提亲了。兴业父亲也曾托人说过，后来也都不了了之。这么一晃三十年就过去了。刘兴业今年也五十出头了。

在农村，要说一个五十多岁的男人一辈子没下地干过活，你信吗？肯定不信，若我只是听别人说，不是亲眼所见，我也不信。自古以来，农民下地干活，天经地意，哪有农民不干农活的道理。这干活不干活倒在其次，最令人无法理解的是他根本就不打算结婚成家，生儿育女。这真是林子大了什么鸟都有，世界大了什么人都有。

我时常听家人说起刘兴业的一些事。刘兴业的手除了吃饭时拿筷子、端碗，再没别的用处。记得我刚结婚那年回来过年，刘叔哭着对我说："他不干活可咋办呀？庄稼人不干活，我们死了，他不得饿死？"大过年的，刘叔一把鼻涕一把泪地说着不吉利话，说着说着，实在是生气了，说："他那双手除了拿筷子端碗，洗脸擦屁股，别的什么用处都没有。"以前，我还真没见过刘叔说过难听话。我赶忙说："好了好了，大过年的，咱不说不痛快的事，回头我再去劝劝兴业。"这句话说到了刘叔心窝里了，听我这么一说，刘叔破涕为笑，说："好好，你再去说说，你们是发小，他听你的。"说实在的，我心里很同情刘叔，上岁数的老人了，为儿子的事，四处求人，也真难为他了。

不过，说来也怪，刘兴业除了不干活，从他身上却也找不出什么毛病来。他从来不打骂父母，甚至连顶嘴的事都不曾发生过，从来不抽烟喝酒，也从来不在外面找事打架。有人怀疑他精神有问题，可兴业精神上一点儿毛病都没有，正常得很。他也时不时地在村里走走，见人也客客气气地打招呼，对街坊邻居的长辈们也很尊敬。

兴业家的房子目前是我们庄上最破旧的、也是唯一存在的老土坯房，以前还有个院墙院门，如今，院墙倒了，院门也塌了，残垣断壁，破败不堪，房坡上东西两边瓦槽里长满了杂草，看上去更是有荒芜之感，远远看过来，若不知道实情，不会有人相信这样的院子里如今还住着人家。在周围所有新房子的包围中，这样破败的房舍，格外显眼。他家不是穷得盖不起房子，相反，他家是我们庄上最有钱的人家。为翻修房子的事，刘兴业的父亲找过村主任，村主任也找过刘兴业几次，说："兴业啊，眼下，除了你家，庄上再没这么破的房子了，就不说你这房子不符合咱新农村建设的要求，那你就不怕下大雨房子塌了？"面对村主任的劝说，兴业态度始终非常坚决，慢吞吞地说："谁说也不中，天王老子说也没用，塌了更省心，只要我活着，就决不在房子上枉费钱。"

兴业不叫翻新，他父亲拿他也没办法。

刘叔站在门口，他是在等我。

我跟着刘叔走进兴业家院子。婶在厨房忙着刷碗洗锅，我跟婶打了个招呼，叔说："你去堂屋吧。"刘叔说着也进到厨房了。

走进院子，我突然有种穿越的感觉，仿佛回到了20世纪70年代。之前也进来过，没有这么强烈的感觉。日常生活中，司空见惯的事，人们往往不会有特别的感觉，一旦特别强调、特别在意的时候，就会产生巨大的反差。由于老土坯房太低，又由于新房的地基都加高了很多，站在兴业家院子里往四周看看，全是新盖起的二层小楼。兴业家的房子被包围着，显得极不相衬。

一进堂屋，一股陈腐的味道扑鼻而来，那是老屋子特有的味道，以前我家老房子里也有这样的味道，多年没闻到这种特别的味道了，突然闻一下，还真有亲切的感觉，仿佛一下子又回到了那个贫苦的年代。堂屋两边的墙上还是兴业姐姐刘英上中学时得的奖状，上面的字都已褪色，仅剩模糊不清的一张张陈旧的黄纸样。中堂上什么也没贴，墙皮斑驳，脱落了一大块儿，条几上还留着一小堆脱落下来的墙皮。

兴业只穿了个大裤衩，正躺在堂屋靠西墙地上铺的芦苇席上午休，一把烂蒲扇盖着大半个白花花的肚皮。兴业身上白得出奇，我感觉是一种病态，这与他常待在家里不晒太阳有关。特别是脸，本来清瘦，再加上不正常的白，像是得了白癜风病，也可能是没事睡觉多的原因，他的眼泡常年红肿着。他头发很长，蓬松着，远看上去，若不是胡子拉碴的样子，真像个疯女人。他听到我说话，侧了一下身子，蒲扇滑落到席子上。他扭身盘腿坐了起来，双手搭在弯曲的膝盖上。不知怎的，看到这种姿势，我一下子想到了道士打坐，心想，此时兴业手里若握把拂尘，俨然就是一个很像样的道士了。他双手白净得像小女孩的手，但长在兴业身上，用纤细形容，感觉实在是有辱"纤细"这个词，也更是对女性的不敬。刚出门时，嫂子说他手指甲很长，此时我便下意识地看兴业的手，他的手指甲的确长得出奇，呈弯曲状。我感觉这指甲得有二公分长，心想：这不影响吃饭吗？

兴业仰着脸，笑着说："兴佳回来了？"

我笑笑，应道："回来了。刚吃了午饭要午休呀？"

兴业左手指了指旁边的一把椅子，说："坐，坐。"

我侧身去搬椅子时，突然发现兴业身后有几本书，我很好奇，笑着说："行啊，兴业，还没忘记看看书，都什么书？"

兴业右手拿着蒲扇在自己面前晃了几下，笑笑，说："杂书，有些书是姐给寄来的，也有咱小时候的书，无聊时随便看看，看不懂，当枕头。"他说着，将蒲扇放在膝盖上，像是要故意遮盖什么似的。

我不想耽误时间，刚坐下就开门见山地说："兴业啊，咱都快成老年人了，父母都是七十多岁的人了，干不动活，将来你咋生活？父母肯定要走到你前头，父母走了，谁来伺候你吃喝？你得干点儿活，起码得学会做做饭吧，起码得有生活自理能力吧。将来也不至于自己把自己饿死，不说别的，人活着最起码要对得起自己的命。"

我说话时，兴业专心致志地看着我，但他那眼神飘忽不定，像是没睡醒，六神无主的样子。他下意识地用左手小拇指甲挖耳朵，这时，我才发现，他小拇指甲更长一些。看着他那长长的指甲，我心里很是别扭，我不知道该说什么了，大脑走神地盯着他压在大腿下面的脚，想看看他脚趾甲是否也是很长。

兴业似乎看出了我的异样，故意扭动了一下身子，把露出来的脚往里埋了埋，有些不自在地说："兴佳，你这都是老生常谈，陈词滥调。一切顺其自然，饿不死的，放心，只要有钱，就饿不死人。再说，你们大城市不是有养老院吗？我打听到了，如今咱镇上，还有县城里也有，到时候我就去那里住，听说在里边给伺候得可好啦，连指甲都有人给帮着剪，多省心！"

听兴业自己主动说起剪指甲，我反倒有些不自在了。我不想跟他谈什么人生道理，我说："父母老得不会动了咋办？不还得靠你养活？你这个样子，父母咋办？"

兴业动了动身子，屁股往后挪了挪，背靠着墙，找了个舒服的姿势，说："这就是我不能理解的问题，在这方面，我始终认为父母是最自私的，他们生我的目的不是为了别的，就是在他们爬不动的时候叫我养他们，最后还得为他们养老送终。"

我非常吃惊，苦笑着，说："难道不是这样吗？自古以来，或者说有人类文明以来，生儿育女、薪火相传，目的不就是为了老有所养、养老送终吗？这是天经地义的事，是不需要我们争论的事，有什么不能理解的呢？"

兴业笑笑，说："你还没明白我的意思，我现在甚至有点儿痛恨他们了，他们为了自己老了有人养活，把我生出来，我是无辜的，我为什么要养活他们？他们不生我，我也不至于每天为了吃饭喝水犯愁。你说是不是这个道理？"

我似乎被他绕晕了。我捋了捋思绪，说："你这不符合中华民族的传统美德，是歪理邪说，是不讲道理，是胡搅蛮缠。人啊，来到这个世上不容易，但最起码应该遵守人生规则，这才不枉一生。"

我苦笑着看着眼前的刘兴业，心头突然生出一份怨恨，甚至有要打他一巴掌才解恨的感觉。

"我不认可你说的这些。"兴业说着，从席子上站了起来。这时我真真切切地看到了他的脚趾甲，和他的手指甲一样长。我心头猛然生出一丝恨意，说："做人，自食其力是本分、是作为，孝敬父母是责任、是义务，更是道义。失去这些，就失去了最起码的做人的底线。说难听点儿，就不能称作人了。"

不知为什么，我又下意识地看了看他的脚趾甲。他没说话，转脸看着门外，似乎是在往厨房的方向看着什么，很专注的样子。

"我记得你是结过一次婚的，既然你有这想法，为什么还要结婚？"我搜肠刮肚地找寻着反驳他的机会。

"当初年轻，一是父母威胁，二是所有亲朋好友相劝，为了给他们个面子，同时也为了向大家证明我的决心。"兴业不假思索地说，他这话似乎是在专门等着我似的。

"给人面子？兴业，我真的无法理解你的想法和你的所作所为，你结婚怎么就是证明你的决心呢？"我追问道。

"从结婚那天起，到她离家出走，我没动她一指头。我断定，只要我不动她，她迟早是会离开的，又不是我逼走了她，我已满足了他们叫我结婚的心愿，也是对他们有一个交代，但我绝不会违背自己的准则，我不像他们（父母），我不会为了有人将来养活我而生儿育女。这就是我的决心。"兴业一脸严肃地看着我说。

这样的人究竟还有什么做人的准则？我真的无法理解，我真的无言以对了，大脑一片空白，我非常尴尬地坐着。

我下意识地站起来往门口走，边走边说："你这是故意叫你父母断子绝孙。"

"你说错了，绝孙了，但没断子，我还活着。"兴业故意提高了嗓门，"至于绝孙的事，那其实是我的事，隔代了，与他们无关。"

我知道，他这话是故意叫他父母听的。

我如芒在背。

刘叔和刘婶确实听到了我和兴业的交谈，他们的心情必定是不好受的。我走到厨房门口，想把话题岔开，就没话找话地说："叔，婶，英姐来信没？"婶转身用围裙擦着眼泪，叔哽咽着说："来了，来了，还是两个月来一封。"我本来是给自己找台阶的，可兴业站在堂屋门里，接上了话茬儿，说："唯一没有忘祖的就是还知道来个信，寄点儿钱。这就够了。指望不上一个外国人的。"

我走到院墙外，转身对刘叔说："别送了，我走了。"

我以为兴业会送送我，但他没有，应该是又回房间睡觉了。

我万万没有想到，兴业竟会有这样不可思议的想法。今天我可真算领教这个千年一遇的"神人"了。

回想起来，兴业小的时候与我们并没什么异样。只不过，我们放学回家或放暑假里，每天都是要帮父母干些力所能及的家务活的，比如下地给家里养的猪割草，或拉着羊到河渠上放羊，或帮母亲去井上打水，而这些活兴业从来是不干的。兴业的确也是像他姐姐一样聪明的，上小学时，虽然他学习上并不刻苦，但每次他能考到前几名，但由于整天贪玩，到了四年级，他产生了厌学情绪，甚至连考试都不愿参加了，以至于初中毕业，他就辍学了。他不上学，父母也拿他没办法，就这样，他天天待在家里，无聊得整天坐在房檐下看蚂蚁搬家。我想，他之所以成了如今这个样子，很有可能就是他小时候父母太溺爱造成的。人的习惯一旦养成，就很难改变了，养成好的习惯需要日积月累持之以恒的坚持，慵懒是最省劲儿的，脑筋都不需要动一下就能养成，这种习惯一旦养成，一个人就废了。兴业就是这样了。

生活不能假设，假设当初兴业不辍学的话，凭他的聪明劲儿，应该是能考上大学的，即使考不上大学，应该也不至于会变成眼下这个样子。

我准备离开老家时，刘叔走到我跟前，脸上露出愧疚的表情，说："日子好过了，人为啥都变成这个样子了？我一辈子没干过缺德的事，为啥就叫我断子绝孙呢？"

　　我看着刘叔，笑笑说："叔，别想太多，日子好过了，自己多享受享受，别再为别人操心了。一代人是一代人的事，一代人操一代人的心，你和婶身体好，安享晚年是你们的福。"

　　"是啊，看来，想也是没用的，我也快入土了，就这样吧。"刘叔真的很无奈了。

　　回到城里后，我有很长一段时间总是不由自主地想到刘叔和刘兴业，他们将来会是个什么样子呢？

　　谁知道呢？

差 距

时令已过立秋，天气依然燥热，知了的叫声似乎比前几日要稀疏许多。

午后半晌，公路上一辆由北向南的白色小轿车向西拐进通往集户村的道路，屁股后面立马扬起一股灰尘，像是扬麦机吹起的一股股麦糠，灰蒙蒙的一团，紧跟着小轿车的屁股。

"这是去谁家呢？不会是又走错道了吧？"光着膀子、只穿个大裤头的宋老汉，坐在村口杨树下的一块儿半截苇席上，左手拿着蒲扇扇着，右手里的旱烟锅使劲儿在地上磕着，心里嘀咕着。

一阵风从不远处的玉米地里吹过来，卷曲着的玉米叶子发出"倏倏"的声响，风吹到脸上感觉依然是热乎乎的。宋老汉转脸望着玉米地，自言自语道："今年雨水不多，秋老虎不走，干旱是跑不了了，收成恐怕是要受影响的。"

不过，这年景，影响也倒不大，人们都富裕了，吃穿不用发愁了。就连公路上跑的车也都多了起来。早些年，一天也看不到一辆车路过，可如今，路上的车一辆接一辆地驶过。但来集户村的小轿车却并不多，能来一辆，准是稀罕事，不定是谁家有钱的亲戚来串门的。

宋老汉之所以断定这是来他村上的车，主要是因为这个道是他们村上唯一进出的道，村子就是路的尽头，以前经常有小轿车走错道，以为穿过村子往西是到镇上的近道，等到了村子西头才发现没了路，只好再掉头回来。

"这辆小白车若不是走错道，就准是谁家的亲戚。"宋老汉仍在嘀咕着这辆快要开到他跟前的小轿车。

宋老汉所在的这个村子叫集户村，是豫西南一个极为普通的小村庄，总共九十八户人家。仅从"集户村"这个名字上判断，就基本能猜得出来这个村子是一个杂姓聚集的村落。村子的位置非常特殊，以前就是一个易守难攻的城堡，城堡的主人是远近闻名的大地主冯世财。后来，这里解放了，冯世财家的土地分给了贫下中农，家产充公，冯世财不得不带着一家老小偷偷逃离了集户村。

眨眼功夫，小轿车开到了宋老汉跟前停了下来。宋老汉并不稀罕，因为他无亲无故，肯定不会是找他的。从车上下来了一个年轻人，个头得有一米八以上，大圆脸，头发蓬松得像个鸡窝似的，戴个墨镜，远看像两个深深的黑眼窝，上身穿一件短袖花衬衫，衬衫束在腰带上，下身裤缝棱刀似的竖着，脚上的黑皮鞋反射着光，有点儿晃眼。宋老汉正看得着迷，年轻人走到宋老汉面前，顺手把黑眼镜摘下，笑着问："大爷，乘凉呢，问您个人，咱村上沈实成家咋走？"

　　宋老汉看了看年轻人，说："你是实成家亲戚呀？来走亲戚的吧？"

　　宋老汉边说边站起来，绕过年轻人，径直走到小轿车跟前，边打量着小轿车，边用手里的旱烟锅顺着路往西指了指，说："就这一个道，往前开，村当中路北有个水坑，绕过水坑，后面那排老房子就是实成家。"

　　年轻人给宋老汉递了支香烟，宋老汉接过香烟后，又说："那排房子的东户是实成家，西户是来福家。"

　　宋老汉仍在打量着小轿车，年轻人笑着说："大爷，这叫桑塔纳，'有了桑塔纳，走遍天下都不怕'。"

　　宋老汉听不明白年轻说的什么意思，一个劲儿地说："好好，小卧车，小卧车跑得快，屁股冒烟真厉害。好好。"

　　听着宋老汉说的顺口溜，年轻人笑笑，说："大爷真幽默。"接着，又说了声"谢谢"，转身上了车，临走时还把车窗摇下来，对宋老汉说："谢谢大爷，您乘凉吧。"

　　宋老汉仍在小声嘀咕着："小卧车，跑得快，真好！"

　　宋老汉说的实成姓沈叫沈实成，说的来福姓韩叫韩来福。这两家人眼下住的老房子就是旧社会时大地主冯世财家的老房子。

　　如今，村上经历过那个苦难时代的人都已过世，而村上唯一留存下来承载着那个时代记忆的就只有沈、韩两家住着的这排连在一起的六间青砖灰瓦、坐北朝南的老房子了。虽已经历近百年，但厚实的青砖墙体依然坚固，连一个裂缝都没有。据老辈人说，这排房子还不是冯家主房，而是日常长工们睡觉的工房，位于冯家主房后面，与地主冯世财家人住的主房之间有一堵高大的墙隔开，长工们平时是从后门进来睡觉的。临路边的那个水坑以前是冯家院里一个景观池塘，可以想见当时冯家住宅得有多么豪华、那么气派。冯家的主房在中华人

113

民共和国成立后曾被新政府当作临时驻地用过几年，后来被扒了，据说从主房子宽厚的墙体中扒出来很多金银财宝。而这排房子之所以留存下来，主要是当时里面已住上了贫下中农。政府安排无家可归的贫农沈长有家住东边三间，同样无家可归的韩新社家住西边三间。听说，政府处理冯世财家家产的时候，冯世财把主房腾了出来，一家人在这排房子住过一段时间，再后来，冯世财带着一家老小偷偷逃走后，政府才安排沈家和韩家入住的，他们两家入住的时候，里面的老家具一应俱全。

沈实成是沈长有的孙子，韩来福是韩新社的孙子，他们还住着这些房子，两家家里的家具也都还是以前的老家具。

小轿车要找的沈实成在村上可算是个名人了，他出名是因为他经常喝醉酒，经常出洋相。

沈实成今年五十六岁，在农村，这个岁数还不能算是老年人，可他却有个最大的毛病，就是嗜酒如命，而几乎每次嗜酒都十拿九稳地醉酒，而几乎每次醉酒都不可避免地出一次洋相，而且洋相出得离奇古怪，被人骂过，被人打过，被人抬着送回来过，还被人抬着扔到茅房里过，总之，洋相出得叫一家人都跟着他丢人现眼。这还不是最重要的，最重要的是嗜酒把他的身体彻底弄垮了。关于沈实成喝酒的事，他本人也想不通，为什么在喝酒上就管不住自己呢？世世代代穷得叮当响，旧社会时，一家人连住的地方都没有，整天吃都吃不饱，哪会有钱买酒喝？中华人民共和国成立后，进入了新社会，因为他家最穷，才分得了地主家的房子住，一年四季，除了年下家里备几瓶酒招待客人，平时是见不着酒的，哪有如今十天半月的就能喝上一场酒。为此，沈实成抱怨说他这是祖辈积攒的酒瘾都传到他一个人身上了，不然的话，他咋能这般迷酒，简直就是一个酒鬼。平时，沈实成清醒的时候也常说，喝酒是他本意，可后边的事，的确不是他本意，他也不想出洋相，只是那个时候，他自己不当他自己的家，甚至说他自己都不知道自己在干什么，像是夜游症人一样，做过什么事，自己大脑里一概不知，事后也回忆不起来，脑子处于断片状态。每次家人和他述说他丢人的事，他也后悔得使劲儿扇自己耳光——脸得扇成猴屁股了，并使劲儿跺着脚——脚都跺麻了、发着咒——牙根儿都咬出声来了，说："谁再喝酒是龟孙王八蛋。"

沈实成的喝酒和赌咒是两回事，该赌咒赌咒，该喝酒喝酒，互不影响。

沈实成有一双儿女，老大是儿子，叫沈朝阳，不到二十岁，高中毕业，没考上大学，在家务农，沈实成想叫儿子复读一年再考，可儿子说什么也不复读。小的是女儿，叫沈雪，还在上初中。在父亲喝酒问题上，儿女们也是极其无奈，儿子沈朝阳非常生气地说："劝他不喝酒，等于放屁，没用。"女儿沈雪说："我在学校都不敢说我是沈实成的女儿，同学们都说他是一个醉鬼，可难听了。"

但凡家人知道他要去喝酒，都再三叮嘱，千万千万别再丢人了，要丢人回来再丢人吧，别在别人面前丢人。每次沈实成都斩钉截铁地答应道："决不会，决不会，几十岁的人了，这次只喝三杯，决不喝醉。"家人对他的表态只当是放屁，因为他只要有酒场，就从来没清醒着回来过，哪怕是一次半醉的状态都没有过。

只要手沾上酒瓶，跟见到多年没见过的亲爹似的亲热，魂就丢了，不管三七二十一，先过过酒瘾再说吧。结果，不出所料地又出洋相了。

他出的洋相太多了，最丢人的是他老表结婚那天晚上闹洞房，闹洞房的规矩是不论辈分，无论大小，都可无条件地随便开玩笑。沈实成喝多了，跟跟跄跄地挤到新娘跟前，抱住新娘就亲上了，新郎老表见状，使大劲儿把他推开。事后，他多年都没敢去老表家走亲戚，老表当然是不再与他来往了。

一次邻居家白事，作为邻居，沈实成忙前忙后是应该的，忙完吃饭喝酒也是应该的，邻居们当然都知道沈实成的情况，所以吃饭的时候都躲着他，都不愿跟他坐一桌，可沈实成一般不喝独酒，喝酒要有人陪，喝酒要有气氛，没人主动和他坐一桌，他手里拎着酒瓶到别的桌上凑，主家和他自己的家人看着不叫他喝，可手里有了酒，谁说都不好使了，没有人能管得了他，也只好由着他了。不出所料，他又醉了，不过，这次还好，醉酒后他跪在人家的灵堂前哭爹喊娘的，哭得死去活来的，谁也劝不住，邻居们说，这个"司令"也够奇特的了，他亲爹亲娘死的时候也没见他这样哭过，不过，也有人说："那是他没喝酒，你叫他喝酒试试，肯定也是这样哭的。"主家和他的家人都没办法，只好找几个人把他当死猪似的抬了回去。

一次，他鼻青脸肿地在他家门口睡了一夜，第二天媳妇开门时才发现他的。家人不知道发生了什么，其实，家人对这种状况也习以为常了，也根本就不问

115

他发生了什么。没过几天，就有人传了出来，结果是沈实成喝多了，光着身子在村口的旱茅房里睡着了，他睡在了女茅房里了，有妇女上茅房撞见了，人家说他趁喝醉了酒故意耍流氓，找人把不省人事的沈实成狠狠地揍了一顿，人家又担心他出人命事，就像死猪一样把他扔在了他家门口。

起初，只要沈实成出去有酒场，家人常常提心吊胆的，生怕他出事，时间晚了还没回家，家人就四处找寻，在村外的干河沟里都找到过他无数次。后来，就由着他的，媳妇说："他自己都不把自己当回事，我管他有什么用？"所以，后来，家人就再也不出门找他了。

邻居韩来福，年龄比沈实成小三岁。他有两个儿子，老大叫韩进步，正上高中，老二叫韩进举，正上初中。韩来福个子不高，因为很瘦，看上去要比沈实成还显老。韩来福平日里沉默寡言，很少与邻居们来往，除了下地干活，就是在家吃饭、睡觉。在村上是出了名的怪人。遇上村里人家的红白事，他也只是去递个礼、吊个孝，甚至连主家的饭都不吃。从这一点看，韩来福与沈实成完全是两条道上的人。而韩来福的聪明和沈实成的醉酒一样，在村上也是出了名的，就连下地干农活儿他也会使巧劲儿，比如割麦，在早些年还没有机械化收割机的时候，他自己设计了个图纸，找镇上的铁匠照着他的图纸打制了个收割装置加装到手扶拖拉机头上，实现机械化割麦，人们看着机器收割小麦，都感觉很稀奇。为此，镇上还表扬韩来福是新型农民，县农机站还大力推广韩来福发明的自制收割机。韩来福也由此成了远近闻名的能人；他还会看天气，就拿每年晒红薯干来说，他看天气刨红薯，因此他家的红薯干从来就没被雨水淋过，这是全村人都不得不佩服的事。韩来福平常不与别人来往，但他在家也不闲着，天天在家看书，关于这一点，村民们也是有些不理解的。有人就说："一个天天下地干活的农民，天天看啥书呢？看书能当饭吃吗？"

看书的确不能当饭吃，可人家韩来福就是喜欢，别人闲的时候凑到一块儿说闲话、打麻将，韩来福闲的时候就是看书。

说来也怪，沈实成和韩来福都是独苗，而且两家的老人都过世得早，有人据此传说，这是地主做缺德事太多，宅子太阴。沈实成和韩来福心里也是有些别扭，可别扭归别扭，不住这里还能住哪里？

他们不想住也得住，这是他们自己没办法的事。世界之大，无奇不有，沈实成和韩来福没办法的事，可偏偏有人正在替他们惦记着。

那辆开进村里的小轿车，按宋老汉指的道径直开到了沈实成家门口，年轻人下车后，先绕着这排老房子转了一圈，然后走进沈实成家院子，沈实成站在院子里心里正犯嘀咕："这是谁呀？走错道了吧？我家没有有钱的亲戚，也没听说哪家亲戚有小轿车。"

正在这时，年轻人对沈实成说："叔，您是实成叔吧？我叫冯怀德，这老房子是我家祖上的，几十年了，想回来看看。"

沈实成似乎是昨天又喝醉了，酒劲儿还没过去，迷瞪着眼，迷茫地看着这个自称冯怀德的年轻人。

冯怀德走到沈实成跟前，递给沈实成一支香烟，沈实成接过烟，愣愣地问："我是沈实成，你找谁？"

冯怀德笑着说："叔，找您，我专门来看看您。"

沈实成依然迷瞪着，也忘了让客人进屋坐坐，两人就站在院子里说话。

冯怀德说："这房子以前是我家祖宅，几十年了，我想回来看看。"

沈实成说："看看吧，还是老样子，老房子就是结实，你上屋里看看吧。"这时，沈实成才想起来叫客人进屋。

冯怀德进屋后，低头看着地上铺的大青砖，虽然当堂中间有几个地方有些坑洼不平，但整体上还算规整。

沈实成说："我小时候就这样，几十年了，没咋变。"

冯怀德笑笑，说："以前的料不掺假，结实。"说着，他指了指里屋，问："我想进里屋看看老家具，中不中？"

沈实成犹豫了一下，心想，看就看吧，也没什么好看的，就说："中，咋不中，进去看吧。"

西屋光线不好，冯怀德显然是有备而来，他从裤兜里掏出一个小手电筒，很仔细地看着靠西山墙摆放着的一组雕花大立柜。后山墙摆放的架子床，虽然床的两头和后面的雕花围栏、前面的雕花横楣板以及上面的承尘都已缺失，仅留有床上四角上的四根柱子，但整个床身还是以前的老样子。冯怀德弯下腰，轻轻敲了一下粗大的床脚，发出一声闷响。接着，他转身走到窗台前，看了看窗台下摆放着的一个老式两斗桌，桌面有被烧糊的痕迹。他用手摸了摸，说：

117

"点蜡烛了。"

沈实成说:"孩子学习,在上面点蜡烛烧的。"

冯怀德又回头看了看后墙根儿的那张老式架子床,点了点头,说:"好东西,真是好东西,老物件了,还是这么好。"

沈实成说:"床上以前可多雕花,我小时候常在床上玩,后来把雕花都弄掉了,成个空架子了。就成眼下这个样子了。"

这种床在古代就叫架子床,明清两代最为流行,只有大户人家才会有这豪华的家具,沈实成他们不懂,可冯怀德心里有数,他不但懂,而且还知道其中的一些不为人知的秘密。

冯怀德从西屋走到堂屋,说:"太好了,你们也很仔细,家具都还好好的,说明你们很爱惜家具。"

沈实成说:"也说不上爱惜,平时也就是使使,床嘛,也就是在上面睡个觉。"

冯怀德说:"隔壁韩家咋样? 是不是也和你家一样?"

"一个样子,小时候我常到他家玩,和我家一样,家具都是一个样子的。"沈实成说,"不过,他家的那个大床上还带着花格子呢,可好看了。

冯怀德走到院子里,说:"我也想去他家看看,你给说说话吧。"

沈实成没有回答冯怀德的话,转个身对着韩来福家的院子,隔着墙喊道:"来福,来福,在家吗?"

没听到来福的回话,两人来到韩来福家门口时才发现来福家门上着锁。沈实成说:"下地干活了,这两口子勤快得很,天天下地干活,也不嫌累。"

冯怀德笑笑,说:"勤快好,勤快能致富。"冯怀德边说边走到小轿车跟前,从车上取了两条带过滤嘴的香烟,递给沈实成,说:"咱们上辈的老人都是好邻居,今后还得常来常往的。"

沈实成接过香烟,笑得合不拢嘴,连连说:"是啊,是啊,常来常往。"

冯怀德走了以后,沈实成才想起来,他还没问冯怀德家是哪儿的。

过了大概一个星期的样子,冯怀德又来了,这次他把车直接停在了沈实成家门口,并且像走亲戚一样,给沈实成家带了很多礼物,还有一整箱好酒。一回生二回熟,沈实成像见到失散多年的亲人一样,热情地手舞足蹈,一边招呼媳妇帮忙往屋里拿东西,一边招呼冯怀德到屋里坐,说:"哎呀,看看,来就来吧，还拿这么多东西，太见外了，来来来，上屋里坐，屋里坐。"

显然这次冯怀德是有备而来，并且也是做了功课的。他投了沈实成的喜好，送来了一箱好酒。沈实成哪有这样尊贵的亲戚？一下子送来这么多好东西，媳妇楚相梅更是激动得笑得合不拢嘴，拿完东西后，俩手都不知道该放哪儿好了，只好不停地使劲儿搓着手，站在门口一个劲儿地笑。

冯怀德和沈实成只说了几句客套话后，便说："我想去隔壁看看。"

沈实成说："好好，他在家，我刚还听见他在院子里说话呢。走，我带你过去。"说着，沈实成领着冯怀德去了韩来福家。

冯怀德在仔仔细细地看那些老式家具的时候，韩来福一直站在旁边静静地看着冯怀德。韩来福话少，从来不主动与生人说话，更别说态度热情了。冯怀德仔细看过家具后与韩来福说了几句客套话，就和沈实成一起去沈实成家了。

又过了大概一星期的样子，冯怀德派人开着小轿车把沈实成接走了，说是请沈实成到城里吃饭。经过两次的交往，沈实成也不再拘束，听说请他到城里吃饭，就大大方方地坐上小轿车进城了。下午天快要黑的时候，小轿车把沈实成送了回来，当然，这次又是不出意外地喝了个烂醉。第二天，媳妇问沈实成："姓冯的光叫你吃喝，就没说有什么事？"沈实成想了想，说："啥事没有，在大饭店吃的，什么虾啊鱼啊，咱见都没见过，听都没听过。还有好酒，真好喝！"沈实成说着，还下意识地用舌头在嘴上舔了一圈儿，而且还咂了咂嘴，似乎还真舔出了头天中午吃的鱼虾的味道来。

第三天的半晌午，冯怀德自个儿开着小轿车又来了，一进沈实成家，就问："实成叔，前天给你说的事，咋样了？想好没有？"

冯怀德的突然问话，把站在面前的沈实成问得一头雾水，沈实成看着一脸微笑的冯怀德，愣了半天，才说："啥事？"

听沈实成这么一说，冯怀德脸上顿时没了笑容，一脸严肃地说："你一点儿也不记得了？喝完酒，我给你说的事，你拍着胸脯说，没事，包在你身上。现在你说你不知道？"

沈实成还在想着，这时，他媳妇楚相梅从屋里走了出来，说："他侄啊，你是不知道你叔那怂样，酒是他亲爹，见酒就迷，你要想跟他说事，千万不能叫他喝酒，喝完酒再跟他说事，等于没说。"

听沈实成媳妇这么一说，冯怀德看着一脸迷茫的沈实成，笑了笑说："噢，我光听说实成叔能喝、好醉。好好好，咱现在当面说。"

冯怀德说着，像到自己家一样，直趄趄进了沈实成家堂屋，刚刚坐下，就说："这些老房子是我家祖上的，我父亲过世前一再对我说，叫我一定想法把家里的祖宅买下来，不为别的，只为对祖上有个交代，这也是爷爷对父亲的临终交代。买下祖宅就等于是对祖上的敬重，更重要的是对家族先人的纪念。"

冯怀德一口气说了这一大段话，沈实成听明白了，说："你想买下这些房子？那我们住哪儿？"

冯怀德笑笑，说："我出很高的价钱，你们可以到县城买房子，并且还可以把户口买成城市户口，你们成了城里人，就不用回来种地了。"

这事有点儿突然，沈实成一时半会儿还转不过弯来，一直愣愣地看着面带微笑的冯怀德，似乎是在确认他说的是不是事实，他自己听到的是不是真的。他媳妇楚相梅也一脸漠然的样子。过了一会儿，沈实成似乎醒过劲儿来了，小声地问："多少钱？"

冯怀德笑笑，说："多少钱？你根本就想不到，肯定高得叫你们八辈子也想不到，只要你家和邻居韩来福家一块儿答应卖了，我才能告诉你们多少钱。"停了停，又说："我敢保证，你们听到这个价钱是会非常满意的。"

沈实成看了看站在一旁的媳妇，连连说："好好好，一看你就是个大方人，也是个重感情的人，我家同意。"

冯怀德说："光你家同意还不行，韩来福家也得同意才行。这六间房子是一体的，我光买你家，买不了他家，那就没意思了，还不如我不买。上次我去他家，感觉他很不热情，很不待见我，听说韩来福不好打交道。你私下问问韩来福家的想法。若他家也同意，我再跟你说价钱。"

冯怀德说着，站了起来，边往门外走边说："你得空赶快去问问韩来福，我想尽快得到答复。他若不卖，你家我也没法买了。"

世世代代的老农民，突然一下子能变成城里人，这是沈实成无论如何也想不到的，甚至做梦也想不到的。他送走冯怀德后，直接去了邻居韩来福家。

刚才冯怀德去沈实成家，韩来福是知道的。小轿车呜呜地开到家门口，别说韩来福知道，差不多全村人都会知道的。再说了，就这么大个村庄，隔三岔五地有辆小轿车停到家门口，谁会不知道？这段时间，村民们都在猜着冯怀德来村上找沈实成可能会有什么事，开始时，大伙都还真以为是沈实成家发了财的亲戚，后来听说冯怀德就是大地主冯世财的重孙，就有村民议论说冯怀德可能要买回他家祖上的老房子。韩来福也听到了这些议论。其实，从冯怀德到韩来福家看家具那次起，韩来福就断定冯怀德肯定是有这种想法的。此时，沈实成语无伦次地把冯怀德想要把他家祖上留下的这些老房子买回去的这事给韩来福说着，韩来福只当没听见的，脸上没有一丝兴奋的表情。沈实成说完后，韩来福说："真有这好事？他想把祖宅买回去，情理上是应该的，我想想再说吧。"

这事说起来还真有点儿离奇的意外。

意外地令沈实成更加迷糊，晚上吃饭的时候，手还在微微发抖，一脸傻笑就没停过，晚上更是激动得一夜没睡觉。第二天一大早，跑到村里的小商店里，对正在打扫卫生的店主陈老五说："给我弄箱老窖。"

陈老五一脸迷茫，说："实成，没睡醒吧？你是夜黑喝醉了呢，还是今早喝醉了？谁大清早的来买酒，还张口要一箱老窖？你家有喜事了？我这小店啥时候进过成箱的老窖？你啥时候舍得喝十块钱以上的好酒？再说了，我听说你家有个有钱的亲戚，前几天还给你家送一箱剑南春哩，你咋还来买酒？"

沈实成的确是一脸没睡醒的样子，可他兴奋，笑着说："我这酒瘾，一下子要一箱，你还不信？亲戚送那箱酒多贵啊，媳妇藏起来了，不叫我喝，再说，好酒能是咱庄稼人喝的？那是招待客人的。"

陈老五说："单说你有酒瘾，我信，可你不是手头宽裕得随便喝酒的主呀！行个情凑个摊还行，平日没来历的，你会喝酒？"

沈实成说："不跟你说恁多，反正我马上就有钱了，先记上账，过几天一准还你。"

陈老五说："实成啊，咱都乡里乡亲的，都是街坊邻居，我这小店小本生意，从来是不赊账的，这么多年了，你也是知道的，要是都像你这样，我这小店过不了一天都得关门了。"

沈实成说："老五啊，我今天没钱，明天没钱，说不定我后天就有很多钱了，说不定你这店我都能买下来。"

听了沈实成的话，陈老五心里很是不痛快，大清早的，这生意还没开张呢，就来了个要买下小店的主儿，真叫人心里堵得慌。于是，陈老五不高兴地说："有钱是你的，但这赊账的事，咱不能开这个头，今天我叫你赊了，明天别人也来赊，后天全村都来赊，我还能开这小店吗？"

沈实成也有点儿不高兴了，说："你信不信我过几天把你这店买下来？"陈老五吃惊地看着沈实成，过了一会儿说："大清早的，你没喝多吧？你是醉了还是疯？大清早的，你来找事啊？你想买，那还得看我愿不愿意卖？"

陈老五转身回到屋里，不再搭理沈实成了。

沈实成心里很窝火，非常生气，心想：村上人整天看我家笑话，天天盼着我喝醉了出洋相。等我有钱了，把店盘下来，看你们谁还看我笑话。但此时，他还没钱，因此他也只能很无奈地看着货架上摆放着的酒，一个人很无趣地站了一会儿，灰溜溜地走了。

吃过早饭，沈实成急得像热锅上的蚂蚁，隔着墙就喊："来福，来福，吃了吗？那事想好了吗？"

那天冯怀德在韩来福家看那些老家具的时候，韩来福细心地观察着冯怀德的一举一动，感觉着冯怀德的异样，特别是冯怀德在抚摸那个老式大立柜的时候，明显表现出不舍的样子，韩来福断定这里面必定有什么秘密。

接下来的几天里，冯怀德又多次派人来接沈实成到城里吃喝，而每次回来，沈实成都要到韩来福家里催韩来福赶快决定。沈实成说："人家虽没说到底给出多少钱，但人家说了，给咱的钱至少能在县城买两套房子，咱还能把全家人都买成城市户口，你想想，咱八辈子农民，啥时候能有机会当上城里人？这么好的事，为什么不卖呢？"

突然一下子能变成富翁，能成为城里人，韩来福并不是没有动心，听沈实成五次三番地劝说，倒也真有要卖的想法，他也想当城里人，起码他的孩子们能当上城里人，再也不像他们一样辛苦地劳作了。可韩来福毕竟是个顶聪明的人，心想，尽管冯怀德说他们只是要个念想，这些仅剩下的老房子也毕竟是他们的先人们创下的家业，他们能继承下来，也是对先人的纪念。这样说来，也是情理之中的事。可韩来福又感觉有点儿不对劲儿，他明显感觉到那天冯怀德在他家看家具时的异样，心里一直在盘算着，冯怀德突然要出高价钱买回老宅应该还有别的想法。他想在卖出之前弄清楚冯怀德的目的，于是对沈实成说：

122

"叫我再想想。你想啊，咱这穷乡僻壤的，他就是买下，也不会来住，他不来住，买下又要干什么呢？"

沈实成一心想着那一大笔钱，说："你想多了，人家正是因为眼下有钱了，把老宅再买回去，对他们的先人也是个交待。"

韩来福说："理是这个理，也能说通，也能理解，可眼下我们卖了，就没地方住了。你给他回个话，等我们先找好了住处，再考虑卖的事。"

沈实成倒真没想太多，他是一门心思要当上城里人。

这辈子若能当上城里人，对沈实成来说，是想都是不敢想的事，天上哪会掉馅饼？就是掉馅饼也不可能会砸到自己。然而，这次天上真的掉下来一个大馅饼，不仅掉下来了，而且还结结实实地砸到了沈实成的头上，不仅砸到了他自己的头上，还同时砸到了邻居韩来福的头上。"天上不会掉馅饼"这句话，以前沈实成喝醉酒的时候是信的，特别是在他喝醉酒摔跤的时候，每次都想着能在摔跤的地方捡到一个大金元宝，可每次都是鼻青脸肿的，什么也没捡到。而这次他真信了，他狠着劲儿说："谁说天上不会掉馅饼，简直就是胡说八道，我不是被馅饼砸着了吗？"从来在家不一个人喝酒的沈实成中午饭时，突然打开一瓶老窖，媳妇不叫他喝，他说："这酒得喝，庆祝一下，我们马上就能当上城里人了，你说不该喝吗？"媳妇也知道他想喝的时候，谁也劝不住他，于是，就不再管他了。

沈实成又不出所料地把自个儿弄醉了，他喝醉后，对着媳妇说着醉话："肯定咱家祖坟上冒青烟了，我得去看看。"

媳妇气得也懒得管他，没接他的话茬儿。于是，沈实成一个人跌跌撞撞地跑到他父母的坟上，跪在坟头连磕了九个头，每个头都带响声，脑门上都流血了，嘴里还像和尚念经似的，不停地念叨着：感谢父母，感谢祖辈。他在坟头瞪着眼看是否冒青烟，青烟他倒是没看着，自个倒是倒在坟头睡着了。

要说这沈实成喝多了能跑到他父母坟上磕头，说明他心里还是不糊涂的。

说来也怪，沈实成越是着急，韩来福就越是不当回事，天天早出晚归地下地干活。

常言说：心急吃不了热豆腐。几天后，沈实成在村上吃酒席，喝多以后，他当着村主任卫保国的面，把冯怀德来村上要买他家和韩来福家房子的事说了个底掉。说者无心，听者有意，这一下子，他可又惹出了个大麻烦。

村主任卫保国对这事并没在意，心想，这事在法律上没有被禁止，再说了，那是人家祖上的房子，掏钱买回去也是情有可原的。可有心人还是有的，事情传开以后，一些心眼儿多的人就也打上了主意，村民蒋庆喜就是其中的一位，他找到，说："主任啊，要说，早前那房子应该是集体的，沈家和韩家其实也只是在里面住着，按说要卖的话，还得咱村上出面才是，不应该是他们两家自己的事。你说是不是这个理？"

听了蒋庆喜的话，村主任想了半天，说："要说，你说得也在理，当初没有明文规定说那房子就是他们两家的，既然当初没有明确，那如今还应该是咱村集体的。有道理。"

蒋庆喜听村主任这样表态，高兴地说："那村上就该出面，卖不卖村上说了算，就是卖了，村上每人都应得一份。你说是不是，主任？"

村主任说："庆喜啊，既然你先提出来了，那你就领个头，挨家挨户地了解一下，看谁家有这想法，若大伙都有这想法，那村上就出面处理这事。你说中不中？"

蒋庆喜高兴地说："中中中，我这就去办。"

蒋庆喜走了以后，卫保国认真想了想，认为这事是两可的事，当初虽然没明文规定，可人家两家在里面住了三代了，如今咋说也该是人家的家产了。可话又说回来，那房子毕竟是有原主人的，假若他们还这样住着，一点儿事都没有，既然要卖，蒋庆喜说的也不是一点儿理都不占，多少还在点儿理。反正理都是人说的，多数人说有理，那就是有理，少数服从多数。

蒋庆喜的工作效率还是很高的，第二天晚上，他到村长家，很坚定地对村长说："全村除了沈家和韩家，没有一家不同意我这想法的。"

村主任说："那就好，回头我找沈实成和韩来福说说这事。你在家等信吧。"

过了一天，村主任把沈实成和韩来福叫到村部，把蒋庆喜的意思说了，当然他不会提蒋庆喜的名字。说："这事吧，说在理也在理，说不在理吧也不在理。理都是人说的，再说了，一个庄上住几辈人了，抬头不见低头见的，你家有好吃的好喝的，不请大伙吃一口，也说不过去，你们说是不是这个理？"

沈实成看着村主任，一句话也说不出来，他知道这都是他喝酒喝多时，嘴

124

不把门惹的祸。

韩来福想了想，说："村长说得在理，本来嘛，我们祖上能住上这房子也是政府的恩惠，房子呢，虽然当年没个手续啥的，可我们住了三代人了，这是事实。话又说回来，这房子也的确不能完全说就是我们自家的了。但说成是集体的吧，似乎也说不过去。这是历史遗留下来的新问题。村主任说得在理，我们回去再想想，我们沾光，也不能叫大伙吃亏，你说是不是？"

听了韩来福的话，村主任笑着说："有来福这句话，我就放心了，再有村民来找我，我就有话可说了。你们回来再想想，想好了，给我回个话，我要给村民一个交代。"

韩来福对还在迷瞪的沈实成说："走吧，咱回去好好合计合计，再给村主任个回话。"

韩来福说回去再想想，其实也是他的缓兵之计，他也有心要卖了，但卖之前他想要弄个清楚，弄个明白，这老房子里到底有没有什么为人不知的秘密。于是，韩来福日常趁沈实成家没人的时候，叫媳妇杨花枝站在门口放风，有人路过或沈家人回来，他都会停止寻找，以避免产生响声，引起外人或沈实成家人的注意。在他家里翻箱倒柜、掏墙挖地地寻找着可能藏着的宝物。他把家里所有的老家具都大卸八块，果然不出韩来福所料，在靠东山墙的老式大衣柜的后挡板里，有一个夹层，从柜子里面看不出来，这个夹层是从里面贴进去的一个夹板。里面藏了整整一百枚银元，个个都是袁大头。韩来福寻找的方法就是用小锤子轻轻地敲家具的各个部位，听到有异样的声音，他就想法把它弄开，找到柜子里藏的银元后，他又在四根床腿里找出来了四个大金锭，每个金锭都是足量的五斤重。

地上的家具找完了，他还得想办法把家具处理掉，不能留下证据。于是，他将柜子和床劈成小段，当成柴火烧锅做饭用了。在地上的找寻颇费了些周折，找了几天也没找出个所以然来，于是，他根据自己的猜想，在里屋原先放床的后墙根与东山墙的位置往下挖，果然挖出了一个小木匣子。小木匣子非常厚实，有十公分厚，也很重，他估摸着得有几十斤重，似乎是专门做的，几十年了，有些腐朽，但仍很结实。韩来福费了两天功夫才把小木匣子弄开，里面整整齐齐码放着二十根大金条。再往东挖，感觉应该还有东西，但东山墙隔壁就是沈实成家西屋的西山墙，这是他们两家共有的一堵墙。为安全起见，韩来福决定不再挖了，再者，他还真得给冯怀德留下一些，不然的话，人家掏一大笔钱把房子买下来了，宝物全没了，人家一生气，把这事抖露出去，到头来，说不定自己什么也得不到了，让冯怀德得到一些，他心里平衡，这样，他就是发现这边的宝物被挖走了，他也是不会声张的。于是，韩来福把挖的坑填平了。

之后的几天里，韩来福的媳妇杨花枝天天回娘家，早上天不亮就走，半晌就回来；有时候吃过晚饭还要再回去一趟。每次似乎都带有什么东西。

为避免节外生枝，同时又能各方都满意，韩来福主动叫沈实成把冯怀德叫了过来，在沈实成家，韩来福对冯怀德和沈实成说："咱这事要想弄成，咱三方就得一致对外说我们两家被你寻祖的诚心感动了，只象征性地收了几个钱，把房子让给你了。"

沈实成疑惑地说："这样说，谁信？"

韩来福说："肯定没人信，这我也知道，但我们必须这么着，不然的话，我们就卖不成了，全村人都盯着这事呢，我们说我们得了多少钱，村民们会愿意？我们说我们没收钱，虽然他们不信，可他们也拿我们没办法，你说是不是？"

冯怀德想了想，说："来福叔说得在理，不管村民们信不信，我们只要一口咬定价钱很低就是了，都没真凭实据的，谁也拿咱没办法。"

沈实成仍疑惑地说："我没意见，照来福的意思办吧。"

韩来福说："这事还得成，还得叫别人没话可说。"停了停，又说："我得主动出击，先找村主任说说，村主任只要同意，咱也就好办了。"

韩来福让冯怀德在沈实成家等着，他马上去找村主任了。

韩来福对村主任卫保国说："我和实成也合计了，村民们的想法也不是没有道理的，可陈年老账，谁能查得清、说得明？这个账我认，不过，不给村民好处，村民们也是不答应的，我们心里也是过意不去的，毕竟当年我们最穷的时候沾了政府的光，叫我们两家人住了进去，这个情我们是会还的。"

村主任卫保国听了韩来福的话，说："还是来福会来事，说得我无话可说了。"

村主任认可了韩来福的想法，韩来福心里就有数了。他回到沈实成家，对沈实成和冯怀德说："我找村主任商量了，假如我们不给村民一点儿好处，就是我们搬走，冯家也别想进来，因为这房子中华人民共和国成立后就成集体的了。

这话在理，我想啊，冯老板，你家大业大的，也不在乎仨核桃俩枣，在你出价的基础上，再出一部分，我们两家也出一部分，给全村每户人家五百块钱，你说咋样？"

沈实成吃惊地说："来福啊，全村上百户人家，每家五百块，就是五万块呀，这可不是个小数，我家八辈子挣的钱加起来也没五万块呀。"

韩来福说："实成啊，人心不足蛇吞象。我们不能太贪了，毕竟我们得到的比这要多。再说了，我们当初若不被安排在这房子里，我们哪来这笔意外之财？我们不管得多得少，都是意外之财。我认真想了，这是最好的办法，也是我们能成交的唯一办法，不然的话，这个交易就成不了。"

冯怀德和沈实成都没说话，韩来福对着沈实成说："实成呀，你想想，虽然他们每家得了五百块，可咱得多少你心里没数吗？"

冯怀德想想，说："来福叔说得在理，本来我们这桩买卖就是私下进行的，但房子是个大物件，放在那里搬不走藏不住的，大家都得到了好处，心里都舒坦了，谁也不会再说什么了，我看这个办法好。"

听冯怀德这么一说，实成也说："那就听你俩的吧。"

为稳妥起见，韩来福又把村长也叫到了沈实成家。韩来福说："咱当着村长的面把话说清楚，我们村一共九十八户人家，除了我们两家，还有九十六户，我们三方各出三十一户每户五百块钱的费用，我们各自将这部分钱一同交到村主任手上，手续一完结，我们当天就交钥匙搬家。绝不拖沓一天。"

村长看看韩来福，说："这么快就说定了？说搬就搬，那你们住哪儿？"

韩来福笑笑说："钱一交，房子就不是自己的了，就得搬，我和花枝商量好了，先去她娘家住几天，然后我们就进城买房。"

沈实成似乎还没想到这一步，一脸茫然地看着韩来福，又看看冯怀德，说："能宽限我几天不？我还没和媳妇商量呢。"

冯怀德四下看了看，问："你媳妇不在家？"

"不在家，回娘家了。"沈实成说。

冯怀德没有再接沈实成的话茬儿，对村主任说："来福想得周全，就按来福说的办。我这就回去准备，明天我一定准时来，早成交早安生。"

当天晚上，蒋庆喜到村主任家问情况，没等蒋庆喜开口，村主任就直截了当地说："庆喜啊,其实吧,那房子人家都住三代人了,经历过那个年代的人都去世了,如今就应该是人家两家的了,人家私下交易,咱谁也不知道,人家韩来福沈实成念起咱几辈人是一个村上的,远亲不如近邻,抬头不见低头见的,就主动答应给每家五百块钱,也是人家的大方,人家就是不给,咱又能咋人家?所以呀,人家两家也是顾全大局的,也没白同村生活过几十年,多少都是情分,你说是不是这个理?"

蒋庆喜笑笑,说:"村主任啊,这韩来福就是个猴精,他这一说,等于把我们的口封住了,就是再有啥想法也不好意思提了,每家都有份,谁还会再提非分要求?说实在的,当初我也就是顺口和你说了一下,人家主动给每家五百块钱,也确实是意外收入,是人家两家人大度,也是咱村上人本分。咱咋能不满意呢?满意。"

第二天的交易分三次进行,冯怀德先是在沈实成家成交,后到韩来福家成交,谁家得多少,互不打听,自己心里有数。然后三人来到村主任家,各自拿出一万五千五百块交给村主任。当着村主任的面,韩来福把房门钥匙交给了冯怀德。

走出村主任的家门,韩来福媳妇杨花枝手里拎了个包在路边等着,韩来福和村主任等打招呼准备走,冯怀德说:"远不远?我开车送送你们吧。"

韩来福边走边说:"不远,临庄的,几里地,我们走几步就到了,不用送了。"走出去几步后,韩来福回过头,又说:"顺着这条道往东,过公路,再走几里就是杨庄了,就这一条道。"说着,还往东指了指。

沈实成对冯怀德说:"我这就回去叫我媳妇也走,我们也回娘家住几天。"

冯怀德对沈实成说:"我跟村主任说说话,你回去收拾一下,我就在这儿等你过来。"

没过多久,沈实成和媳妇一起过来,把家门钥匙交给了冯怀德,冯怀德买回祖宅的心愿完成了。他拿着已属于自己房子的钥匙,满心欢喜地去看房子,先到沈实成家看了看,老家具都在,心里有说不出的兴奋,可当他打开韩来福家的门后,却傻了眼,屋里空荡荡的,这时他才想起韩来福之前说过的一句话:"成交前是我家,你不能随便进进出出的,叫别人看见,好像咱俩私下有什么瓜葛。成交以后,是你家了,我决不会再进来一趟。"当时,冯怀德认为韩来福说得在理，所以，成交前就一直没来过韩来福家，再说了，那么大那么重的家具，韩来福也不会往哪儿搬，况且韩来福也不会想到几十年前的老物件里会有什么秘密。

冯怀德心里很不是滋味，他想他不能就这样吃哑巴亏，于是，他开着车去追韩来福，韩来福媳妇杨花枝听到后面的汽车喇叭声，对韩来福说："冯怀德肯定是追咱来了。"韩来福头也不回地说："我想着他会追咱们的，你只装什么也不知道，别吭声就是了。"

冯怀德把车停到韩来福和他媳妇前面，下车后，迎着韩来福，吃惊地问："那满屋老家具你都弄哪儿了？"

韩来福早预料到冯怀德会来问他，他不动声色地说："啊，你说那老物件呀，你只说你要房子，没说过家具也要，那都是老东西了，我觉着你嫌碍事，就把它们当柴火烧了。那木头还挺结实，劈都劈不开，我就大块儿大块儿地烧火了。"

韩来福像没什么事似的，就这么轻描淡写地说着。听韩来福这一说，冯怀德一脸铁青色，不知道如何接韩来福的话茬儿，他想了想，他从头到尾的确从来没说一句连房子里的家具也要的话。但他还是不死心，问道："那么多家具，够你烧好几天呢，没烧出什么东西来吧？"

韩来福说："木头很干，烧着可旺了，除了冒小烟，没看见烧出什么东西，柴灰我都洒猪圈里了，前天卖猪，我到猪圈里逮猪，没见着地上有什么东西。没烧完的还在猪圈里堆着呢，你没看见？"

冯怀德这一下真算是领教了韩来福的能耐了，他也知道韩来福一定早就把宝物转走了，于是，一脸无奈地说："没看见猪圈里有东西啊。唉，那都是几十年，上百年的老古董了，可值钱了，烧了真是太可惜了。不过，可惜也没用了，烧了就烧了吧。"

冯怀德很不高兴地上车，调头回来时，跟韩来福连个招呼都没打，一脚油门，车"呜"地一下走了，车屁股后扬起的灰尘把韩来福夫妇包裹得没了影。

半个月后的一天，韩来福来到村主任家，还带上了县人民政府两名工作人员，把自己如何找到银元和金锭，如何通过自己媳妇转运到娘家的事情，一五一十地都说了出来，惊得村主任像在做梦。韩来福对村主任说："我猜着冯怀德是冲着这些财宝来的，但是这些财宝应该归国家所有，岂能给他个人？但是我也想改变自己居住环境，不能提前把财宝之事透露出来，如果冯怀德知道财宝都捐献给国家了，他肯定舍不得花那么高的价钱买那房子。所以，我就只有这样偷偷进行，等把房子卖掉顺利拿到了钱，我就主动到县人民政府说明情况，把财宝全部交给政府，政府为此奖励我一万块钱。通过高价卖房子，我现在也过上了好日子，我这有钱的命其实也是沾了村上的光，要不是那三间老房子，我肯定不会有这福命。如今听说村上小学有危房需要改造，我决定把政府奖励给我的一万块钱全部捐给村里，也算是尽一份村民的心意。"

县政府两名工作人员证实了韩来福所说，村主任激动地说："来福，我没有看错你啊，一直以来我就认为你是一位非常正直的通同志啊。你很快就不是这村里的人了，你还回来把奖金都捐给村小学，我都不知道说什么好啊。"

韩来福笑笑，说："谁说我不是村上的人了？我又没把户口迁走，我咋不是村上的人了？"

村主任说："人家沈实成行动可快啦，听说前几天已在县城买了房，都是装修过的，直接就能住，还两套呢，儿子闺女各一套，还把全家人都办成城市户口了，听说过几天就回镇上迁户口。你咋不弄个城市户口，当当城里人？"

韩来福说："咱没那个命，虽说手里有几个钱了，可咱是农村人，是农民，在城里没工作，靠啥吃饭？钱花完了咋办？天天喝西北风啊？我没太多钱，我计划着只把孩子的房子买了，我们老两口还回来当农民，咱当一辈子老农民了，有地心里才踏实，孩子在城里日子不好过了，起码家里还有一亩三分地，费点儿力气干活，有吃的，饿不着。"

听韩来福这么一说，村主任明白了，说："你想留在村里，要一块宅基地盖三间房子？"

韩来福笑笑，说："我是咱村村民，如今没了住处，要一块儿宅基地也是应当的，你说是吧？主任。"接着，又说："不过，我发现财宝和捐献财宝的事，可不能对外说啊，否则冯怀德会找我麻烦的。"

村主任说："这肯定要保密啊，有县里的同志在，你放心，我保证，就是连我媳妇都不会说的。你还是咱村村民，眼下是没地方住，也可以说是无房户，按说给你批一块儿宅基地也是应该的。你别急，心急吃不了热豆腐，我回头找村委会几个人议议，有结果了给你个信。你说中不？"

韩来福笑笑，说："中中中，听主任的，回头我再给村小学捐五千块。为咱村教育事业做点事，这也是你主任的功劳，换人当主任，我还得考虑捐不捐呢，你说是不是？主任。"

村主任笑着说："来福啊，你真是个能人啊。"

后来韩来福如愿在村子里要了一处宅基地，盖了三正两偏五间房子，在城里为两个儿子各买了一套商品房，把两个儿子办成城市户口，他和媳妇依然是农村户口，平时也依然住在农村。

沈实成刚当上城里人，心里舒畅，村民们到城里办事或闲逛，沈实成总是很大方地招待，更主要的是他本人嗜酒如命，几乎天天没清醒过，不到一年，一大笔钱基本上花完了。在城里没工作，又没手艺，日子开始艰难起来，两口子吵架成了家常便饭，而沈实成的脾气也越来越坏，喝多了的时候甚至还打媳妇，这在以前是绝不会发生的。打媳妇也像以前醉酒以后出的洋相一样，醒来后他是一丁点儿记忆都没有，他也决不承认他打了媳妇，后来，他儿子在家装了个记录仪，把他喝醉后回来打媳妇的场面全录了下来，他清醒后看了，还是一点儿记忆都没有，他看过录像后，嘴上承认他打了，可他说："你们也知道，我喝醉后什么都不知道，我不是故意要打人的。"

后来，可能是没钱的原因，沈实成打媳妇的次数越来越频繁，下手也越来越狠，派出所都出面调解了很多次。最后，媳妇坚决要求离婚，儿子和女儿也支持妈妈跟父亲离婚，可沈实成死活不离，最后，儿子私下给母亲出主意，请了个律师，律师能耐大门路多，只找沈实成一回，可把婚离了。儿子闺女都不愿跟父亲生活，但律师还是做通了儿子的思想工作，说："不管你愿不愿意，你都有责任和义务赡养父亲。"儿子沈朝阳说："我不是不赡养，只是不愿跟他住在一起，受不了他天天喝醉以后的生活。"律师说："这不是法律意义上的理由，更何况他醉酒后更需要有人在他身边，这样你父亲的生命才会有安全保障。至于他喝酒的事，那是另一回事了，你们只能尽量叫他少醉酒。醉酒已使他家庭破裂了，我想他应该会改的，你们应该给他改过的机会。"

沈实成和媳妇离婚半年后，精神上出了问题，成了连家人都不认识的疯子了，天天像小孩子一样，在街上的饭店里哭着闹着要喝酒，喝完酒沿街打人砸东西，沈朝阳实在没办法了，只好把沈实成送到了精神病院。

甘　来

德兴是家里的顶梁柱。他突然病倒，住进了县医院。家里的日子一下子陷入了困境。在外地上大学的弟弟德法也失去了生活来源。

寒假放假，德法回家后陪着父亲去县医院看望哥哥德兴。

德兴得的是肺病，呼吸困难，吸着氧气，呼吸还很吃力，瘦得不成样子了。

看着躺在病床上的哥哥，德法默默地流着泪。德兴侧脸看着正在帮他擦拭身子的媳妇，下巴往下点了两下，这是想坐起来的意思。媳妇赶忙把床摇起来。

德兴伸着手，看着弟弟，德法明白哥哥的意思，赶忙走到床前，拉住了哥哥的手。

嫂子爱莲说："这几天天冷，病又重了。医生说，估计还得住上一段时间，过年是出不了院了。"

父亲擦了把泪，说："都成这样子了，还过啥年？"

德兴看着弟弟，脸上露出了久违的微笑，很吃力，但他笑了，还发出了轻微的笑声。

到了中午，爱莲叫父亲和弟弟一起下去吃饭。德法说："你和爹下去吃吧，我不饿，我陪陪哥哥。"

父亲也不下去吃，说："你自己去吃吧，你回来后，我们就回去，到家再吃。"

爱莲知道这是父亲和弟弟想省点儿钱，也就没再说话，下去吃饭了。

德法坐在哥哥病床前，说："哥，我的事你不用操心，我在学校得了特等奖学金，一年六千元，学费和生活费都够了。你放心！"

听德法这么说，德兴脸上乐开了花。坐在一旁的父亲也微微地笑了。

同病房的另一位病人听德法这么一说，不停地夸奖，说："这孩子学习好，懂事，争气，当哥哥的有福，你们家将来肯定能过上好日子。"

德法哪来的六千块钱奖学金呀！他是为了安慰家人，闪念间萌发出的善意谎言。

爱莲吃饭回来后，德法和父亲准备回家。爱莲难过地对父亲说："爹，你再想想法儿，钱又花完了。"

　　父亲犹豫了一下，点了点头。

　　回家的路上，父子俩几乎没说一句话。

　　快到家时，父亲说："你先回去吧，我去你姑家看看。"

　　德法知道父亲这次又是去姑姑家借钱。可姑姑家也不富裕，况且，家里已经借姑姑家一大笔钱了。

　　"姑姑年龄也大了，一大家子人，她家也没钱。"德法说。

　　"街坊邻居都借遍了，咱家也就你姑姑这一家亲戚。"父亲说着，抹了抹眼，"我只是去看看，叫你姑姑帮咱借点儿也行。"

　　德法无语，默默地看着年迈的父亲。

　　"医院里没钱可不行。"父亲说着，转身走了。

　　德兴一家四口，母亲去世早，父亲把他和弟弟拉扯大，很不容易，眼看着日子好过了，又得上了重病，弟弟德法还在外地上大学。父亲唯一的妹妹家里也并不宽裕。

　　父亲一到姑姑家，姑姑就明白是咋回事。没等父亲说话，姑姑就犯愁地说："眼下啥日子呢？腊月正月不借钱。谁家还借给咱？咱家也没个富家亲戚，真犯难啊！"

　　父亲看着姑姑，没说话，只是苦笑。

　　姑姑叫父亲在家等着，说："我去借借试试。"

　　半响姑姑才回来，从腰兜里掏出一把零钱，递给父亲，说："总共一百五十五块。一家一家十块八块地借，小钱不算借，人家不忌讳。"

　　父亲接过钱，紧紧地攥在手里，说："我得赶快走了，医院里急用。"

　　"医院急用也不在这一会儿半会儿的，吃完饭再走吧。"

　　"不了，我得走了。"父亲说着出了姑姑家的门。

　　日子再难，年还是要过的。

　　大年初五，德法去医院看望哥哥。德兴的病情有所好转。

　　临走，德法对哥哥说："学校给我一个勤工助学岗位，我明天就得返校。"

　　德兴吃力地笑着，点着头，说："去这么早？还没开学呢，也别累着了！"

德法说："大学里有很多勤工助学岗位，有些工作需要提前去做，比如学校值班、打扫卫生等。我提早去就能多干几天活。"

站在旁边的爱莲小声对德法说："你哥这样子，小宝还在上学，今后咱家这日子可咋过？"

的确，眼下是很困难的。小宝马上初中毕业，高中还得三年，考上大学还得几年，需要花钱的地方很多，可挣钱的门路却没有。真是个问题。

正月初六，一大早，德法跟父亲说："我走了，你得照顾好自己的身体，我哥病成那个样子了，我也得想想办法才行。"

父亲说："我身子骨还硬朗着呢，还能干活，你只管好好学习就是了。"

父亲眼里噙着泪。

其实，德法在学校根本就没有勤工助学。在年节这几天里，他已联系好了一份工作，就是偷偷跟着一个朋友去了南方。在朋友的介绍下，德法进了一家针织厂当工人，计件工资，织出一件给一件的钱。德法刚入行，从头开始学，他很吃苦，常常通宵达旦。好在德法脑子活，学东西快，半个月就出师了，而且织出来的毛衣质量很好。德法第一个月仅拿到两百元的酬金，他留下四十元，其余寄给他大学同学，叫他同学以他的名义寄给了父亲。

德法想请长假，学校没同意，他只好退了学。

三月底，德兴病情稍稍稳定下来了。德兴非要出院，医生建议他继续治一段时间，好好巩固巩固。德兴不听医生建议，坚持出了院。在家休养期间，走路都喘得缓不过来劲儿，更别说干活了。地里的活都是父亲和爱莲在干，他在家做做饭，喂喂猪、喂喂鸡等。

日子就这么一天天地过着。

随着德法手艺变得娴熟，加上他日夜不停地加班劳作，每个月他都能拿到一千五百多元，这在一个不大的私人作坊式的工厂里，算是相当高的了。一些进厂两三年的工人，还没有德法拿得多。德法也相当满意。

进了厂，就不像学校每年都有个暑假、寒假。为了多挣些钱，德法给哥哥写信说他在学校勤工俭学，还要值班，就不回去过暑假，也不回去过年了。

德法不但不要家里的钱，还能往家里寄钱。一家人的生活发生了巨大的变化。因为每个月德法都能往家里寄一千二百元，为不引起家里人怀疑，德法又在信中说，他在外面还兼职做了家教，每个月能挣八百元。

家里有了钱，德兴的病也治得基本上能干些轻体力活了，欠的外债也一点儿一点儿地还着。

可谁知，天有不测风云，人有旦夕祸福。一天晚上，德法因劳累过度，半夜下班回宿舍，走着走着迷迷糊糊地走到了路边，掉进了路边的一个深坑里，左小腿粉碎性骨折。俗话说：伤筋动骨一百天。可仅仅过去一个月，德法可着急了，他下地试了试，感觉能走路，于是，就又回工厂上班了。结果，落下了后遗症——左腿比右腿短了一公分，走起路来稍稍有些跛。不过，他走得慢的话，外人是看不出来的。

一晃四年过去了。为不引起家人的怀疑，德法给家里写信说，他刚一毕业就被南方城市的一个工厂聘用了，他得马上去上班，因此，也回不了家了。

而实际上，在这近五年里，德法的刻苦与努力，赢得了工厂老板的称赞，并且老板几次动员他当车间主任，他都拒绝了，他说他要当工人。因为当工人是计件工资，只要吃苦耐劳，就能挣更多的钱。

同时，在这近五年里，德兴的病彻底治好了；小宝也考上了南方的大学；家里欠的外债也全部还清了。

在过去的几年里，工厂老板一直劝德法回家一趟，他都找各种借口不回去。一来他还想再多挣些钱，二来，他不想叫家人看出他那条残疾的腿。

可是，最近老板又对他说："你还是回去一趟吧，这么多年了，你不回去，家里人肯定会怀疑你的，并且他们也肯定想你的。"

德法笑笑，说："我还是先不回吧。我之前已给家人写信说我大学已毕业，并告诉了他们我在这里上班的情况。等我攒些钱了再回。再说了，我侄子很快就会来见我了。"

"为啥？"

"侄子考上了南方的大学，他说他提前几天过来，一定要先来看看我。"

"哦，太好了！恭喜恭喜！你侄子来了告诉我一声，我请你们吃个饭。祝贺一下！"

"谢谢老板！"德法兴奋地说。

在小宝和他的叔叔德法相处的几天，他通过德法的工友得知了他叔叔已在工厂干了五年了,这使得本来就对德法这么多年来一直不回家产生怀疑的小宝,认定了叔叔德法辍学打工的事实。在小宝的一再追问下,德法不得不将这几年来的一切都告诉了小宝。

听完叔叔的述说,小宝伤心地抱着叔叔痛哭起来。

德法再三要求小宝不要把他这几年的真实情况告诉家人,可小宝却认为,这事应该告诉家人。因为,正是由于叔叔德法的这种行为,才使得他们家渡过了难关,也正是由于叔叔的资助,小宝才能得以在学校安心学习,并考上自己理想的大学。

小宝到大学报到安顿下来以后,第一时间把叔叔德法这几年在南方打工为家里挣钱的事告诉了家人。

又一个新年将要到来的时候,德法心里既激动又害怕,激动的是他终于可以回家了;害怕的是他见了父亲、哥哥和嫂子后,不知道该如何向他们解释。

然而,终归是要面对的。

当德法和侄子小宝一起出现在家人面前时,所有的人都失声痛哭起来。

平静下来以后,每个人的脸上都洋溢着无比幸福和快乐的笑容!

德法很坦然地把这几年的情况告诉了家人。当然,他说的都是叫人高兴的事,那些吃苦和委屈的事,他只字不提。

这注定是他们多年来过得最和谐、最美满的一个新年。

团圆的时光总是过得飞快,眨眼就到了离开的时候。

大年初五晚上,一家人高高兴兴地都喝了酒,饭后,德兴满脸喜悦地看着弟弟,说:"法,咱不去南方了吧!就在家吧,让你嫂子给你介绍个媳妇,成个家。你也该考虑成家的事了。"

父亲笑着,说:"是啊,法,你哥说得对,不去了,你哥身体好了,在县上打个工,一家人过得去。你也老大不小了,赶快说个人,成个家,我的心事就算了了。"

小宝也说:"叔,就是,别去南方了。就在家吧。"

爱莲微笑着,看着小宝,说:"你叔叔为你爹,为这个家,大学没上成,你可要好好学习,将来报答你叔叔。"

德法笑着说:"一家人,啥报答不报答的,都是应该的。我现在是厂里的技

136

术总监了，工资高，趁年轻多挣些钱。再说，小宝上大学还需要钱呢。"

停了停，德法抚摸着小宝的头，说："宝，你不想叫我跟你一起去南方？"

"想！"小宝笑着说。

社会发展日新月异。后来，德法在南方城市买了房，成了家，成了城里人，生活甜蜜美满。并且，德法每年冬季都接父亲到南方过冬。

这是之前所不曾想到的。

另 类

　　所谓另类，一般是指日常生活中与众不同的一类人。对这类人的说法有很多种，文气一点儿的说法是特立独行；土一点儿的说法是不识人间烟火；难听的说法就是阁僚；更难听的说法就是二蛋货，这是一种骂人的说法。

　　平常就是这样的人。他爹叫平坦。

　　平常从小就与众不同，三岁时才学会说话，会说话前也不会笑。大人们都怀疑这孩子脑子有毛病，他父母也感觉怪怪的，不正常。长大一点儿后，除了不好说话，不好笑之外，其他都很正常，也没什么特别的地方，饿了也知道要吃的，渴了也知道喝水，瞌睡了也知道睡。于是，父母也就放心了：平常是一个正常的孩子。

　　上学的时候他就又和别的孩子不一样了。街坊邻居的孩子们上学放学都是结伴而行，路上还有说有笑的，而且还时常做游戏玩，快快乐乐的。而平常却从来都是一个人。起初小伙伴们都约平常和他们结伴一起上下学，平常都闷不吭声地拒绝了，约过多次，平常都爱答不理地回绝了。后来，小伙伴们也就不再约他了。因此，每天平常都是独来独往的，而且不管上学还是放学，他总是走在最后，不紧不慢的，就那么随性走着。就是下雨，也从来没见他快步跑过。每每遇到下雨，恰好遇到一棵树的话，他才会慢慢地走到树下避雨，若是遇不到树，那就是雨该下时下，不影响他慢慢地走路。

　　做父亲的，天天见儿子总是一个人，怪孤单的，就对平常说："孩儿呀，和小伙伴们一起多好！有说有笑的，还能玩游戏。"平常不理会他爹的话。父亲说多了，平常不耐烦地说："有说有笑，有什么意思？我不愿意和他们一起玩。我路上还要想事儿呢！"

　　"想事儿？想啥事儿？"平坦疑惑地问。

　　"老师讲的知识我在放学的路上想一遍，上学的路上再想一遍，这样，我就全会了。"听儿子这么一说，平坦不再说什么了。

站在一旁的母亲说："那，下雨你也该跑快一点儿呀。天一下雨，人家都是撒欢儿往家跑，可你跟不知道下雨似的。跑快一点儿，不就少淋雨了吗？"

平常还是不理会他妈妈的话。他妈妈说得多了，他也是不耐烦地说："前边就不下雨了吗？你看看那些跑得快的，他们衣服照样都是湿透的。再说了，那些跑得快的，哪一个没摔过跤？摔一跤，不但衣服全湿，而且还一身泥。"

他妈妈听他这么一说，想了想，还真有理，于是，从此以后，父母也就不再管他上学、放学的事了。

平常走路不但慢，而且走路的时候总是低着头，看地，只看他脚前面的那么一丁点儿地方，不往前看。老师教的走路要抬头挺胸，昂首阔步，他一概不予理睬，任何时候，走起路来，依旧是独来独往，我行我素，从不抬头看天，永远低头看地。

平坦有几次都看见他走路时低着头，快要撞到树上了，他才扭个身把树躲过去。于是，平坦就说："走路时要向前看，不然就碰到树上了。"

平常慢慢地说："我啥时候碰到树上了？"

平坦说："有好几次我都看见你快碰上了。"

"快碰上不等于碰上。我走得慢，是不会碰上的。"

听了平常的话，平坦想了想，也在理，于是也就不再管了。

后来，平坦有意识地跟着儿子平常走路，结果发现他不但走路慢，而且走路时还不停地踢地上的石子儿、砖头蛋子。不管大小，他看见就踢，而且一定要把它们踢到路边的小沟里去。但凡他走过的路上很少能再见到石子儿、砖头蛋子。也正因如此，他一年得比别的孩子多穿坏五双鞋。邻居们对平常的这种古怪行为都不理解，说这孩子是个阁僚货（方言，古怪的意思），是个二蛋子。偶尔路边的人们看到他了，议论着说他的坏话，他没任何反应，好像不是说他的一样，只当耳旁风，跟没听见似的。

起初，他妈妈并不知道他走路还有踢地上的石子儿、砖头蛋子的毛病，心里总是纳闷："走路慢费鞋吗？"后来，知道情况后，很生气，对儿子抱怨说："一年下来得多给你做五双鞋，这容易吗？每天晚上纳鞋底都得纳到后半夜。走路就好好走路吧，踢那些石头蛋子干啥？"

平常对妈妈的指责也以沉默应对。

到了后来，平常放学回家，隔三岔五地会给妈妈交一分、二分或五分钱，一年中还交过三次一毛、二次二毛、一次五毛、一次一块。他妈妈平时买油盐酱醋、针线扣子等都是用家里的鸡蛋换的，平常交的钱她都存起来，到了年底，过年时拿出来一数，还真不少，三块多钱呢。这都是平常一年来在路上踢出来的。这一下妈妈高兴了，笑着说："踢，好好踢，妈给你做鞋。"

听妈妈这么一说，平常似乎有点儿急了，眼珠子快要蹦出来了，瞪着妈妈，说："我是为拾钱吗？我是不想让那些石头蛋子硌了别人的脚。"

听儿子这么一说，妈妈竟半天没说出话来，不停地咕咕咽吐沫，好像被吐沫噎住了似的。

再大一些，平常该上初中了，看起来也成了个半大的成人了。每每上学出门前，妈妈总要站在门口，手里拿着木梳给平常梳头。开始几天，平常还比较配合，后来，他坚决不让妈妈再给他梳头了。妈妈说："你看你这头发，跟鸡窝似的，多难看。"平常说："你没看外边刮风吗？梳得再好，出门被风一刮，不是一样乱吗？梳梳有啥用？"说着，头一撅，鼻子一哼，走了。

平常的父亲平坦是个暴脾气。平常挨打就跟他的名字一样平常了。不过，每次他爹打了他以后，不是他生气，而是他爹更生气，以至于到了后来，他爹说："我服你娃子了，老子不打你了。"

这是为什么呢？还得从平常的阁僚说起。小孩子犯事挨打是常有的事，平常也不例外。不过，平常每每要挨打的时候，他都是先站到堂屋门口，他爹脱鞋，弯腰捡鞋，举鞋，嘴里一边骂一边往门口追。其实也不用急着追，平常就在门口等着呢。从父亲把鞋底子打到平常屁股上的第一次算起，每打一次，平常就往院门口走一步，每打一次就往前走一步，这个过程中，他一步也不多走，他是按鞋底子打到屁股上的次数走的。总共十步，每次只挨十鞋底子。只要平常站到了院门外，他爹就停下来不打了。这是多年来养成的习惯。平常出了院门后，仍不紧不慢地往大路上走，他又看到大路上有石头蛋子了，他要把那些石头蛋子踢走。他爹站在院门口，喘着粗气，把手里的鞋往地上一扔，眼睛恶狠狠地看着走远的平常，脚自个儿在地上划着圈儿地找鞋，不用看就能很麻利地把鞋穿上。同时，还下意识地甩甩有点儿发麻的胳膊，气哼哼地转身回到屋

140

里。该到吃饭的时候，平常非常准时地回家吃饭，好像他就在院门外等着做好饭再回来似的。关键是他对父亲的打从来就不抱怨，表情像是铜铸的，始终不变，而且和父亲说话也不带刺，依然不温不火的。平坦打过几年之后，感觉打对平常来说根本就是隔靴搔痒，甚至成了平常享受的一种游戏。平坦真是服了，他不再打平常了。

　　不过，凡事都有例外。对于平常来说，也就那么一次，他爹整整多打了他十鞋底子。事情是这样的：一次放学回家，他爹叫他去放羊，他正拉着羊往草坡上走，突然发现路边一棵树旁有个蚂蚁洞，一群蚂蚁正要把一个巨大的蚂蚱往洞里拉，洞口那么小怎么能拉得进去呢？平常很好奇，为了弄清楚蚂蚁是如何将巨大的蚂蚱弄进洞的，他就顺手把羊拴在了沟渠边上的一棵树上。他趴到那棵树边专心地看蚂蚁搬蚂蚱。旁边的羊这下可急坏了，它很饿，它是出来吃草的，可把它往这没草的地方一拴，看着不远处的青草没法吃，羊急得绕着树一圈儿一圈儿地直打转，而且还咩咩咩地直叫，但叫也没用，主人正在看蚂蚁干活呢。天都快黑了，蚂蚁还没能将蚂蚱弄进洞里，平常不急，他只看，不帮忙。若他伸手把蚂蚱撕碎，蚂蚁就能轻易完成任务，可平常就是不愿帮蚂蚁。天黑了，他实在是看不清了，于是，他站起身来，转头才发现羊在沟沿上吊着，竟被吊死了。平常也并不害怕，最多又是十鞋底子。他把死羊背回了家，往院里一扔，进屋去找了一盒火柴，他要拐回去接着看蚂蚁干活。就在这时，平坦看见了院里的死羊，气得脸都不是脸了，脱鞋的同时又多加了一个动作，就是把巴掌伸到嘴前，"呸"的一声，使劲儿往手心里吐了口唾沫。此时，平常在堂屋门口已站好了，一切准备就绪，于是，按照惯例，平坦开始打了起来。本来平常都出了院门了，已经数够十下了，但他爹还没停下来的意思，平常只好继续往前走着，他爹仍然在后边打着。可能是天黑了，平坦不再怕别人看见，也可能是太过生气了，一只大绵羊，就这么眼睁睁地在身边吊死了，谁不生气？平常一直数着数，走到大路上时，他爹不打了。平常正好数到第二十下。

　　平坦照例生着气回家了。平常又去看那群蚂蚁了。不过，这次多出这十鞋底子，可不一样，在随后的几天里，平常睡觉总得趴着睡，屁股又肿又疼，非常难受。

　　后来，平常曾非常懊恨地说，他过去时，蚂蚁窝被破坏了，不知道是谁把

141

蚂蚁窝踩平了，蚂蚁们都四散走开了。那只被蚂蚁逮到的蚂蚱也不见了。平常想：说不定是什么其他动物趁天黑把蚂蚁的食物抢走了。想到这里，他更加恼恨自己了，自己若不把死羊送回去，一直在这儿看着，说不定蚂蚁们不会遭此厄运。

平常日常的表现的确令人费解。不过，更加令人吃惊的是，在学习上，他的成绩特别地好。好到什么程度呢？教他语文、数学、地理、历史的老师都说："这孩子有特异功能，我们都教不了他。"

事实也确实如此。老师教的他都会，老师没教的他也会，有些他会的，老师都不一定会，常常把老师问得面红耳赤的。

为此，校长家访找到平常的父亲平坦，问他是如何教育孩子的，平坦一头雾水，说："我教孩子？我能教他吗？他还不如我家养的一头猪，喂饱了它还哼一声。这孩子从来就不和我们说话。"

校长对平坦的回答很是吃惊，又问："那他平时在家都看什么书？"

平坦更吃惊了，说："在家看书？太阳从西边出来了吧？他看书？他回家后，除了看蚂蚁上树，就没干过第二件事。"

平坦又想起来他家羊被吊死的事儿了。

校长把他家访的事向各位老师一说，大家一致认定，平常这孩子不平常，是个神童。

果不其然，平常初中毕业，几乎以满分考上了县重点高中。所谓的几乎满分，其实是校长要求不能给他满分，免得这孩子将来骄傲。数学、地理、历史全都是对的，没法扣分，最后，语文老师从他的作文中找出了几个错别字，扣了他三分。

到了县城上学，平常仍然如前，不过，城市人的素质就是高，没人再说平常阁僚，也没人说他二蛋子，更没人说他二蛋货了，而是一致说他另类。其实就是那个意思。

平常在学习上的成绩，一下子把他之前所谓的缺点全覆盖了，所有人都夸平常这孩子是个奇才，他小时候之所以与众不同，就是因为他是个奇才。

当父母的高兴自不必说，平坦天天高兴得嘴就没合住过，他媳妇见人就说："老东西睡着了还张着嘴笑哩。"

平坦兴奋的时候，还把平常的这一成就归结为他那只鞋底子，说："棍棒出孝子，鞋底出神童。"大家除了笑着赞赏，都没什么可说的了。

自此以后，亲戚邻居们教育孩子的时候常拿平常比较，说："看看人家平常，你都是猪脑子，两科成绩加起来还不够一百分。"

平常成了别人教育孩子的标准。

离家远了，平坦就给儿子平常买了辆自行车，方便平常周末回家。

平常对于自行车的态度依然是倒了不扶。一次，他从学校到家后，自行车没支好，倒了，平常看了看，转身走了。站在一旁的父亲说："举手之劳，扶一把不就中了？能费多大事？"

平常边走边说："它倒说明它不愿站着，倒就倒吧。再骑时再扶，一个动作就中了，现在扶，还得把它支好，多一个动作，再说，若支不好，又倒了。何必自找麻烦。"

平坦本想过去扶起来的，听儿子这么一说，心想："嘿，还真在理，不扶就不扶，让它躺在地上更稳当，何必多此一举呢？"

于是，自行车一直在地上躺到平常第三天返校时才被扶了起来。

生活上的另类，学习上也的确是另类。那些天天努力学习，累得头晕眼花的人，一个个地落榜了，平常却轻轻松松地考上了全国重点大学。这真是人比人气死人。

世界之大，无奇不有。另类是常人所认为的不一样。而常人在那些另类的人的眼里，何尝不也是一种另类？由此看来，所谓的另类，其实并不另类，只是他们的生活行为与众不同而已。

平常在他的一篇日记中写道：平时看不惯我，说我另类的人，他们在我的眼里何尝不是一种另类？

难　看

　　我长得的确不怎么好看，小孩子们看到我的模样就会哭。有人说我这是凶相，还有人说我的照片贴门上就是门神，避灾。这不怪我，我不生气。因为我自信我要比《巴黎圣母院》里的卡西莫多好看得多。

　　当然并不是我拿卡西莫多比，就说明我在故意表明自己心地善良。其实，我想说的是，心地善良与长相无关。

　　然而，生活中我却遇到了因我长相难看而不被信任的人和事。

　　事情是这样的：

　　城市公交系统很发达。我家门口到我单位之间恰好有公交环线。我家门口的站点叫幸福路站，我单位门口的站点叫金城路站。上下班方便极了。

　　为避免乘车拥挤，还能有座位坐，我每天搭六点半的头班车。因此养成了习惯。

　　有个周六，我需要加班，早上我仍习惯性地搭乘头班车。

　　已是秋末，天阴沉沉的，感觉有些微寒。

　　我上车后，发现车上只有一个年轻人，坐在后门口前边靠右的座位上。

　　车上的人少得让我有点儿不适应。看着几乎是满车的空位，我竟然不知道该坐哪儿好了。这要是在平时人多的时候，是不会有这想法的。真是奇怪。

　　我犹豫了一下，坐在了后门口后边靠右的位置上。这个位置是我最中意的，上下车都方便。年轻人在我正前面，中间隔着车门。

　　车到了第二个站，也只上来了一个人。今天真是太奇怪了。

　　每次遇见人，我总是喜欢观察对方的相貌。这使我想起了日本作家芥川龙之介的小说《鼻子》中长着大长鼻子的内供。内供是个得道高僧，按说应该看淡一切的，可他却因为自己长了个长鼻子而苦恼不已，因而时常观察到寺内烧香求佛的众人，想从众人中找到一个长相奇特用以安慰自己心灵的人。

　　此外，我还专门看过一些心理学方面的书，从中得知，我这种想法，在心理学上叫暗示对比。也就是说不自信或长相奇特的人，往往会下意识地去和别人对比，其目的是想找个与自己相近或相似的人，以达到内心平衡的自我满足。对于这种说法，我不置可否，反正我打小就有这种习惯。

刚上来的这个人，大众长相，说不上有什么明显的特征。当然，看上去比我的长相顺眼是必然的。穿着也是大众化的，很朴素。身上背着一个双肩包，手里拎着个很大的帆布包，灰色的，包的拉链坏了，用细铁丝穿着。他吃力地将灰色的帆布包挪到和我并排靠左的位置边上。看来帆布包里装的东西很重。

他将双手搭到肩膀上。我以为他是要把背包拿下来的，可他却把背包正了正，继续背着。我直盯盯地看着他。他准备坐下时，发现背包有点儿碍事，就把背包拿了下来。就在这时，他扭脸看了我一眼，"倏"的一下，低下了头，不知所措地用手玩弄着他的背包带子。脸上的表情很不自在。我能感觉到他眼神中瞬间飘过了一丝惊恐。

我不知道我是否对他笑了，我很尴尬地扭头往前方看着。但我的余光仍在关注着他。

他来到靠窗边的座位上，刚坐下，突然又站了起来，像是突然发现丢了东西似的。车猛然晃动了几下，他双手紧紧抓着头顶上方的手环，晃动着身子，尽量保持着身体的平衡。我瞟了他一眼，他正歪着头向前看，犹豫不决的样子。但马上，他往前走了几步，站在前排那个年轻人的左前方。年轻人侧脸看了一眼那个人，脸上带着微笑，马上又低头看他手里的手机。我发现年轻人戴着耳机，像是在听音乐。那人笑着，身子向前倾着，问："麻烦！去东都路该从哪站下？"

年轻人像是没听见，又侧脸看着那人，笑笑。

"麻烦！我问一下，去东都路该从哪站下？"那人笑着，提高了声音。

年轻人马上把耳机取下，问："你说啥？"

"去东都路该从哪站下？"

年轻人犹豫了一下，转脸看了看窗外，说："下一站就是吧？！"

"下一站就是？"那人疑惑地问。

"应该是吧！"年轻人迟疑了一下，"我刚来这里不久。我感觉应该就是的。"

"噢，噢，谢谢！"那人微笑着向年轻人点着头，"那我该下车了。"

那人问的东都路其实不是这个方向，他应该在马路对面去乘车，只有两站地。他乘车的方向是相反的。年轻人估计是糊涂了。

我一直盯着那人，想趁他看我时，告诉他正确的路线。

可是，那人转身往后边座位走的时候，故意在躲避我的眼神。他的脸始终明显地往左边侧着。

他走到自己座位旁，迅速地背上背包，同时把地上的帆布包也拎在了手里。

我看着他，他却仍然侧着脸不看我。

我心里有些不痛快，但我还是忍不住，我小声对他说："同志，这站是城南路站，离东都路远着呢！你方向错了。从这站下车，到马路对面乘车，往相反方向第三站下车，往前走五十米就是东都路了。"

那人似乎没听见。但我知道他是故意不听。

这时，公交车上的广播里播放着：乘客您好，城南路站到了，请在城南路站下车的乘客做好准备，从后门下车。欢迎下次光临。

他走到了门口，准备卜车。

这时，他就站在我面前，尽管他不看我，但我说话他一定是能听见的。

我说："你乘坐的方向错了，你该到马路对面乘车，东都路在另一个方向。"

那人勉强扭脸冲我笑了一下，没说话。眼神中依然飘荡着不信任。

我的确有点儿不舒服了。心想，难道我长得丑，说的话也"丑"？

我想不明白。

那人下车后，我就不再想这事了。

天下起雨来了。风从车门吹进来，更觉寒冷了。

童 心

　　小夏病了，病得很重。

　　小夏和小冬两家是非常亲近的老邻居。俗话说：远亲不如近邻。逢年过节，谁家做好吃的，如饺子呀烩菜呀，都会让这俩小孩给对方端一碗。甚至谁家蒸包子了，也会一出锅就先给对方拿两个热乎乎的尝尝。俩人同年出生，夏天出生的叫小夏，冬天出生的叫小冬。俩人打小就是非常要好的朋友。说他俩亲如兄妹，一点儿也不过分。照小冬爹说的："我们两家好几辈都是这样子。老辈们好，小辈们也好。"平日里，俩人中，谁有好吃的小零食，总会给对方偷偷地留一些，如糖块、糖糕、炒花生等等，而且双方对此也都来者不拒，习以为常。俩人从上小学一年级开始就一起上下学，而且还是同班，如今已上五年级了，依然如此。

　　俩人的学习都非常棒，五年来，只要是俩人同时参加的期中或期末考试，每次都是小冬第一小夏第二。两人每个学期都是三好学生。起初，小夏很不服气，总是憋着一股劲儿，白天和往常一样，不动声色地和小冬一起上学下学，一起玩游戏，晚上到家后，小夏便自己偷偷努力学习，决心要考过小冬。可是，他始终没能考过小冬。后来，小夏也就认了，心想：小冬第一我第二，挺好的，因而也就不再计较着自己要争第一了。

　　三年级下学期的时候，期中考试前，小冬突然生病了，没能参加期中考试。那次，小夏当仁不让地考了个第一。这是小夏三年来唯一一次考第一。为此，小夏兴奋得像掉进了蜜罐里，晚上睡着了，脸上的笑还在挂着。小夏心想：第一和第二原理是不一样的。最主要的体现就是那张奖状：每学期他获得的奖状都是全班第二名，而小冬每次获得的奖状上都是第一名。这一次小夏的奖状上"第二"终于变成了"第一"了。小夏内心的兴奋和激动是不言而喻的，放学走路都能感觉自己是在飘了。小冬也为他高兴。

　　更令小夏高兴的是，那天他把奖状拿回家后，爸爸马上就把奖状贴到了中堂的东边。妈妈看到了，说："奖状都是贴在偏墙上的，哪有贴当堂的？"爸爸没理会，只管认真贴，贴好后，往后退了几步，看了看，说："有点儿歪。"于是，又上前把刚贴好的奖状正了正，说："儿子考了个第一，就得贴当堂。你没看两边的墙上都贴满了吗？"

小夏妈妈扭头左右看了看，笑着说："可不是，都贴满了。"

那天晚上，小夏妈妈还给他煮了个鸡蛋。这可是只有过生日时才能吃到的东西啊。

自从那次得过第一以后，几乎每次考试前，小夏爸爸都会对他说："男孩儿怎么就考不过女孩儿呢？这次一定要再考个第一。中堂西边少个'第一'的奖状，不对称，不好看。"

小夏得到了实实在在的鼓励，争强好胜的心劲儿也再次被鼓动起来了，他暗暗下决心，一定要再考个第一。为了不让小冬察觉他在偷偷努力学习，白天仍一如往常地和小冬一起上下学，一起玩游戏，到了晚上他总要学习到半夜。爸爸妈妈看着儿子这般努力学习，心里别提有多高兴了。为了给儿子增加营养，妈妈下了狠心：隔一天就给他煮一个鸡蛋，叫他晚上学习时吃。

可是，四年级的期中考试和期末考试，小冬依然是两个第一，小夏依旧是两个第二。

五年级上学期的期中考试，小冬仍然是不出意外的第一，小夏仍然是稳稳当当的第二。

下学期的一天，小冬和小夏放学一起回家，路上，一个和他俩同班的小秋，突然对小夏说："你是喜欢小冬才故意考第二的，你不敢考第一，你考第一了，小冬不高兴。"

其实，小秋也知道小冬学习是最好的，他那样说也只是逗着玩的。童言无忌。小秋是个出了名的顽皮孩子，老师、家长都拿他没办法。小秋那样说时，小冬并不介意，也只是听听。小夏也表现得跟没听见似的，可他内心却有意无意地起着变化。他还要努力考一次第一，以实际行动证明他不是故意考第二的。

可是，小夏心里也很清楚，他想考第一，谈何容易？除非小冬不参加考试。

"不参加考试？"突然内心一闪念的想法，令小夏自己吃了一惊，他不知道自己为什么会有这样的想法，但慢慢平静下来后，他想，只有小冬不参加考试了，他才有可能考第一。这是事实。

"彼岸两生花，佛魔一念间。"小夏一念之间的想法，竟真的改变了他的心思。他不再偷偷努力学习了，他要想尽办法让小冬不能参加考试。

眼看着五年级下学期期中考试快要到了，小夏整天心事重重的，日思夜想地盼着小冬生病。但他还不想让小冬生大病，只想让小冬生场小病，只要小冬不能参加考试就行。

小夏的异常表现，父母也有所察觉，几次问他是不是不舒服，他都说没有。一天，他怯怯地问妈妈，说："吃啥东西能把肚子吃坏？"妈妈以为是儿子担心自己吃坏肚子才这样问的，于是就随口说："吃不干净的东西，或喝不干净的水，都能坏肚子。"

于是，小夏就开始琢磨着怎样才能让小冬在考试前把肚子吃坏。

小夏的外公家离他家不远，只隔了一个小小的村庄，相距四里地。他外公是个乡村医生，在庄上开了个诊所。之前，小夏常跟着妈妈去外公家玩。记得有一次，大概是上二年级的时候，小夏在外公的诊所玩时，发现药柜里有一种花生状的东西，他以为是好吃的，拿起来就往嘴里塞，恰被外公发现，赶快把那东西从他手里夺走了。小夏年纪还小，平时外公非常疼爱他，他要什么，外公都会给他，没想到他想吃东西，却被外公一下子夺走了。他大声哭了起来。外公把那东西放回到药柜里，把他抱起来，说："小乖乖，那东西是药，叫巴豆，不能吃，会吃坏肚子的。外公给你找好吃的。"外公说着，从另一个柜里捏了一小片的东西，放到他嘴里，说："这是甘草，是甜的，好吃。你嚼嚼，不能咽。"正在哭的小夏，嚼了嚼，真是甜的。于是，不哭了。

到了小夏上四年级的时候，假期里，他常常一个人就去外公家了，平日里，过星期天的时候，他一高兴就一溜烟儿地跑到外公家了。

如今，小夏竟神奇般地想到了那个小东西。他心里激动得有些害怕。

期中考试的前一个星期天，他又去了外公家。

考试的前一天，他一如往常地和小冬一起放学回家。路上，他从书包里拿出了一个小东西，对小冬说："可好吃了，你吃吧。"

小冬看着小夏手里的东西，问："是花生吗？花生长这么大呀？"

小夏怯怯地说："我也不知道是什么东西，好像是大花生吧。很好吃，我以前吃过。只剩这一颗了，你晚上睡觉时再吃吧。"

小冬看着小夏，疑惑地问："为什么要睡觉时再吃？现在不能吃吗？"

小夏不敢看小冬的眼睛，低着头，说："以前我给你糖块儿，你不总是说你都是晚上睡在被窝里吃吗？"

小冬看着小夏难为情的样子，笑着说："是的，是的，好好，我晚上睡在被窝里吃。"

小冬说着，把那个小东西装到了自己的书包里了。

晚上吃饭的时候，小夏显得心神不定的样子，爸爸说："明天考试了，心里紧张啦？"小夏点了点头，没有说话。

"这次能考第一吗？"爸爸问。

小夏迟疑了一会儿，小声说："没把握。"

他低着头，没有看爸爸，但他感觉到爸爸在看着他。

"有可能吧！"小夏又小声说，像是自言自语，又像是在问自己。

第二天早上，小夏照例到小冬家去叫小冬一起去上学。他刚走到小冬家院门口，小冬妈妈走了出来，对他说："小冬病了，她说她不去参加考试了。还说叫你考试时细心点儿，一定能考第一。"

小夏声音颤抖着，问："小冬病了？咋了？"

"不知道吃啥了，吃坏肚子了，一晚上不停地拉。"小冬妈妈说。

小夏呆呆地站着没动，心里好像有一群小动物在不停地跳着。

看着小夏站着没走，小冬妈妈说："乖！你快去吧，别迟到了。待一会儿叫她爸去给她请个假。"

"嗯。"小夏小声答应着，转身走了。声音小得像蚊子打喷嚏似的，他自己都没听见。

小冬爸爸和老师请假时，老师说："期中考试，不考也不碍事。"

等待出成绩的几天里，小夏心里既兴奋又害怕，天天忐忑不安、六神无主的样子。兴奋的是他确信这次他一定能考第一，不安的是他害怕小冬把他给她东西吃的事说出来。好在是，在几天的煎熬之后，他如愿以偿了：他考了个全班第一。

小夏家堂屋的中堂西边终于又贴上了一张"第一"的奖状。

转眼又临近期末考试了。小夏心里更加局促不安起来。他还不想叫小冬参加考试，但他不敢再用同样的办法了。然而，不用同样的办法，他实在是想不出其他的办法了。

这段时间里，他每天晚上在家做作业时，总是走神儿发愣，爸爸看出了他的状况，以为是儿子紧张所致，也就没太当回事。心想，儿子想要再考个第一，心里紧张是很正常的。

不仅如此，小夏在学校上课时也经常走神儿。老师在课堂上提问，他也不像以前那么积极举手，抢着回答了。班主任王老师深感他行为举止的异常，就趁他在学校上课的机会，到他家家访。王老师坐在小夏家堂屋，看了看贴满墙面的奖状，笑着说："这孩子从小学习就好，年年三好学生，将来是个成才的料。"

接着，他问小夏爸爸："最近小夏在家有什么异常表现吗？"

小夏爸爸想了想，说："没觉得有什么异常，只是他晚上写作业时，总感觉他走神儿。我偷偷观察过他几次，每次都发现他死盯盯地看着书，可长时间都不翻页；有时候，抬着头死盯盯地看着墙，也是一看很长时间。"

"他在学校上课时也是这样。感觉这孩子跟以前有点儿不一样。"王老师忧虑地说。

小夏妈妈在一旁想了想，说："你这么一说，我倒也有感觉，这孩子最近总是一脸愁苦的样子，不像以前那么爱说爱笑了。"

王老师看着小夏爸爸，试探着说："孩子平时在学校学习挺努力的，放学回家就不要再逼孩子了。说不定是孩子学习压力大造成的。不能因为学习，把孩子逼出什么毛病来。"

听了王老师的话，小夏父母吓得半天说不出话来。最后，小夏爸爸说："王老师，小夏不会出什么事吧？你也想办法帮帮孩子，我们在家不逼他学习了。"

小夏放学回来就钻进里屋不出来了。妈妈说："乖，出去找小朋友玩玩。"小夏没听见似的，把书本从书包里掏出来，准备写作业。爸爸走进来，笑着说："放学回家就不要学习了，出去找朋友玩玩。或者把咱家的羊拉到坡地上放放？"小夏仍跟没听见似的，低着头开始写作业。

小夏越是不说话，父母越是感觉到他不正常。于是，爸爸又说："别写了，咱一起去放羊吧？"小夏依然默不作声。爸爸站在他旁边也不吭声，只是默默地看着他。

过了一会儿，小夏突然大声说："出去，烦不烦？我要写作业，快考试了，我要考第一。"

看着儿子发火的样子，爸爸有点儿吃惊，他没敢再说话，转身走了出来。

吃晚饭的时候，妈妈叫了几声，没听到小夏答应，于是，掀开门帘子，发现他趴在书桌上睡着了。

更令小夏父母担心的是，夜里老是听见他不停地呓语，有时还会把自己的被子踢开。他们猜想，这可能是他做噩梦了。

在学校上课，课堂上他竟睡着了。王老师私下对小夏父亲说："孩子估计是太累了，叫孩子休息几天吧。"

在王老师的劝说下，小夏同意在家休息几天。其间，他夜里仍不停地呓语。第二天，妈妈问他是不是夜里做梦了，小夏默默地点了点头。于是，妈妈小心翼翼地开导他说："梦都是假的。谁都会做梦的。别信。"

听了妈妈的话，小夏迷惘地注视着妈妈，很久，问："真的？"

妈妈笑了笑，说："真的。"

又过了许久，小夏说："我做了好多梦，一次是我把小冬打哭了，一次是我把小冬推倒了。我不是故意的，我害怕。"

听了小夏的话，妈妈有些惊惧，轻轻地抚摸着儿子的头，说："没事，梦都是反的，你俩这么好，你不会打小冬的。"

又过了许久，小夏怯怯地说："妈，我怕考不过小冬。"

"考不过就考不过，第二也是很好的，也能得奖状。咱不争那个第一了。"

妈妈说着，看了看低着头的小夏，突然发现他在流泪。妈妈一把把儿子抱在怀里，说："梦说出来就没事了。梦是假的。咱不争那个第一了。"

"我一定要考第一。"小夏哭着说。

妈妈也流泪了。

在家休息的这几天里，小冬天天过来问小夏能不能一起去上学。小夏看小冬像是看见生人似的，又似乎是害怕见小冬似的，总是低着头，说："我还不想去上学，你去吧。"脸上没有一丝表情。

一周后的一天早上，小冬照例来叫小夏去上学。小夏闷闷不乐地跟着小冬上学去了。

中午放学到家后，小夏一直说头疼，躺床上终于睡着了。

小夏爸爸赶快到学校给王老师反映情况，说他不但经常做恶梦，而且还经常自言自语地说他还要考第一。

王老师叹息道："这是孩子学习压力大造成的，不能再让孩子有压力了，不然会出事的。"

"有什么办法吗？"小夏爸爸哀怜地问。

"得给孩子减压，不能再叫孩子有过多压力了。"

期末考试的前一天晚上，王老师悄悄地来到小冬家。他看了看小冬家堂屋的四周，没看到一张奖状，不解的问小冬爸爸："小冬每次都得奖状，咋没见一张呢？"

小冬爸爸说："小冬这孩子不让贴。我们也就不贴了。"

王老师疑惑地问站在一旁的小冬："得那么多奖状，为啥不贴出来呢？"

小冬轻描淡写地说："学习是自己的事，没必要让外人知道。"

听了小冬的回答，王老师满意地点了点头，说："小冬说得对，学习都是自己的事，没必要张扬。"

停了停，王老师对小冬说："这次期末考试你不参加，行不行？"

"是因为小夏吧？没问题，我还要请病假。其实，考试只是检验一下自己以前学习的情况，考不考都中。"小冬很平静地说。

王老师非常吃惊，他没想到小冬知道是为了小夏，而且还这么通情达理。

可是，她的父母却没明白其中的隐情，吃惊地问："为什么不让小冬考？"

没等王老师回答，小冬爸爸又转脸问小冬："你考不考与小夏有什么关系？"

王老师赶忙把近来小夏的状况一五一十地和小冬的父母说了，并希望他们能理解。小冬父母听了王老师的说明，都为小夏这孩子叹气。小冬爸爸说："我们两家跟一家似的，这俩孩子也像兄妹一样。小夏这个样子，我们也很心疼，当然要为小夏这孩子着想。"

"这事还不能叫小夏和他的父母知道。"王老师说。

"那是那是，知道就不好了。"小冬爸爸说。

小冬站在一旁，眼里噙满了泪水。

第二天，小冬爸爸一早就到小夏家，对小夏说："小冬生病了，今天不能去参加考试了，她叫你平心静气地考试，并祝你考出好成绩。我回头去学校给小冬请个假。"

小夏听了小冬爸爸的话，眼里飘过一丝喜悦的神情，说："知道了，叔！"

期末考试，小冬没参加。小夏却令人意外地只考了个全班第十名。

这样的结果，对小夏的打击太大了。他一下子病倒了。天天莫名其妙地头疼得厉害，而且晚上还整夜整夜地睡不着觉。一个人的时候还时不时自言自语地说话，甚至说话的时候还时不时地发笑。

看到儿子成了这个样子，小夏父母心里非常害怕，担心儿子会出什么状况。小夏母亲回娘家问小夏外公怎么办，小夏外公说："把他送来这里住吧，改变改变环境，说不定就好了。"

放暑假的第二天，小夏妈妈把他送到外公家。

整整一个假期，他都没回过一次家，其间，爸爸去看过他两次，并说小冬天天去家里问他咋还不回来。小夏对小冬天天盼他回去的想法无动于衷。

假期即将结束，新学期就要开学了，在准备回去的时候，他的病情似乎更重了。

小夏爸爸去接他回家上学，小夏哭着对外公说："我讨厌上学。我不想上学了。我不想回家。"

外公深知小夏的心病，赶忙笑着对小夏说："好吧，咱不回家，就住在这儿。"

接着对小夏爸爸说："你回去吧，先跟老师请个假，就说小夏想他外公了，想在外公家再多住几天，过几天就回去了。"

外公摆着手，示意小夏爸爸赶快走。小夏爸爸对小夏的状态心知肚明。于是，也笑着对他说："好好好，再住几天，再住几天。"说着，转身走了。

小夏爸爸回到家后，把墙上贴的奖状全部撕了下来，扔到院子里，烧了。

小夏妈妈站在一旁，看着地上的一堆火苗，默默地流着泪，心想：要不是和小冬比着考第一，哪会出这档子事呀？

偷 听

孙小宝的无赖是出了名的，他自己也不否认，甚至人们叫他"无赖"，他也高高兴兴地答应。村主任气愤地说："真是一个活脱脱的二流子。"

孙小宝父母去世后，他一个人过日子。人倒是挺聪明的，就是好吃懒做，地里的杂草比庄稼还高，叫人看着丢庄稼人的脸。村主任三番五次地叫他去地里干活，他就是不干，还梗着脖子，理直气壮地说："长就长呗，谁说地上只能长庄稼不能长草？"

孙小宝不干活，但从来都闲不住，没事就往街上跑，他不是去赶集，是专门去人多的地方看热闹的。每每看人吵架，他总是最后一个离开现场的——吵架的人都被劝走了，他还站在那回想人家吵架的样子呢。

正因为他整天不务正业，连个媳妇也找不到。他也不急，甚至有人说他找不来媳妇时，他还笑着说："是我不打算找。我这多自在呀！一个人吃饱全家不饿，找个媳妇还得养着，太操心了。一个人自由自在，想往哪儿往哪儿，想干啥干啥，没有人管我。多好。"

孙小宝没有媳妇，但他却最爱听关于两口子的那些事。荤话在他嘴里一溜子的。他曾因为在外村里听新媳妇墙根儿被人逮住，挨了一顿打；也曾因嘴贱，跟妇女们说荤话，脸被扇过很多次。但打归打，他该说还说，照他自己的说法："我嘴贱，过过嘴瘾，管不住自己的嘴。"

在自家村上，他也挨过打。

事情是这样的：

村东边有条小河，到了夏天，白天是男人们洗澡消暑的乐园，晚上就成了女人们的天堂。这是村上很久以来自然形成的规矩。

女人到一起了，和男人们一样，也好说一些荤话，不过都是结了婚的媳妇之间说说，图的就是一个乐呵。照村主任媳妇翠芬说的："谁不知道谁呀，都是过来人了，装啥哩？不就那点儿事嘛。"

十八岁的黄花闺女就不一样了，她们想听，但又不好意思听，就装着不在意的样子，轻轻地用手荡着水，还生怕造出水声来。因为是晚上，谁也看不见谁的脸红不红，就是听得脸红心跳，也不会有人发现。有媳妇跟她们打趣，她们装着吃惊的样子，说："你说啥呀？我在洗澡呢，我没听见。"

其实，真不应该听的是孙小宝，可他偏偏喜欢听，而且还每天晚上去听。

起初，人们并不知道他晚上去偷听。有一次他在庄上蹭了个酒席，喝了点儿酒，没管好自己的嘴，自个儿把他偷听的事说出来了。几个年轻人的媳妇也天天晚上去洗澡，听孙小宝这么一说，一个个地想要打他。村主任劝住了几个年轻人，对孙小宝说："无赖呀，都是街坊邻居的，有些你还得叫奶叫婶的，不嫌丢人？以前的过去就过去了，你要是再去偷听，可别怪人家对你不客气。你婶子也在，你就不觉得脸红？"

按辈分，孙小宝叫村主任叔。

听村主任这么一说，孙小宝的酒劲儿也上来了，大声笑着，说："叔啊，我还是有良心的，别说天黑看不见，就是大白天，我也不会看一眼的，都是街坊邻居，我能干那缺德事？我只是听听，找个乐子。你可别说了，就俺婶说得最多，我全都听见了，我都不好意思说。我没媳妇，有些话我还不懂，但我知道她说的是那些事。"

村主任脸上实在挂不住了，气得直哆嗦，站起来，跺着脚，狠狠地骂了一句："狗改不了吃屎！"转身走了。边走边骂骂咧咧："这个无赖，真不是个东西，狗嘴里吐不出象牙来。"

"叔，叔，别走，别走，酒席还没散呢，我还没给您老敬酒哩。"孙小宝站起来，想把村主任叫回来，扭脸看了看满桌的菜，立马又坐下了，自言自语地说："我说的是真的，就俺婶说得最多。"

村里人没有不知道孙小宝的赖性，所以也没人搭他的话茬儿。

其实，孙小宝说的是真的。村主任媳妇翠芬是晚上洗澡时绝对的主角。这一点村主任比谁都清楚。

自此以后，媳妇们下河之前都要在河边的沟沟坎坎侦查一番。几乎每次都能发现孙小宝。后来，媳妇们站在河边，大声一吆喝，孙小宝拔腿就跑。再后来，媳妇们为了治治孙小宝，下河前不再吆喝，偷偷地观察，发现孙小宝的位置后，她们捡起地上的小石块儿轮番地往孙小宝身上砸。有几个刚结婚的小媳妇很痛恨孙小宝，她们故意拿大石块儿砸，结果把孙小宝打得哎哟哎哟地叫着跑了。第二天，人们准能看到孙小宝鼻青脸肿的样子。

到了晚上，媳妇们议论说孙小宝受伤了，今晚肯定不会再来了，村主任媳妇翠芬说："不可能，无赖肯定还在，不信咱打赌。"

有个新媳妇小声说："婶，不会吧，咱都把他打成那样了，他还敢来？"

村主任媳妇翠芬轻轻地摆着手，示意大家都不要说话。

这天晚上，月亮特别地亮堂，大老远都能看到人影。翠芬指了指远处一个小土堆，做了个投掷的动作，于是，媳妇个个从地上捡起石块儿，翠芬大声吆喝道："给我打！"

十几个石块儿齐刷刷地飞向那个小土堆后面。

还没听到石块儿落地的声音，先听到了孙小宝的叫声。看着孙小宝跑远的身影，媳妇们兴高采烈地下河洗澡了。

孙小宝太不听管教了，村主任实在没办法，吓唬孙小宝说："再发现你去偷听，叫派出所抓你。"

就这都没能吓住他，他还是天天照去不误。

没几天，派出所真把他叫去了。可他说："我只是听听，耳朵过过瘾，我又没干啥事。我犯啥法了？"

民警吓唬他说："这也是违法的。你下次再去，我们就拘留你。你这么大个人了，不嫌脸臊？不嫌丢人？"

孙小宝嬉皮笑脸地说："警察同志，之前我都是闭着眼，支愣着耳朵听，我向您保证，我决不会看一眼的。"

村主任实在是没办法了，便想了个好办法，一到晚上，村主任就约那些有媳妇在河里洗澡的几个人，把孙小宝叫到村部，看着他，不叫他到处乱跑。

这办法还真行，一吃完晚饭，他们就拉着孙小宝到村部去，听孙小宝讲他以前在外村听到和看见的荤事。并且还声情并茂地把自己被打的事也说得详详细细的，叫人听着过瘾。

没过几天，一到晚上，孙小宝竟不请自来了，那些男人们呢？也都不约而同地跑到村部去听孙小宝讲段子了。

大概过了一个星期，那天晚上，月亮依然明亮。翠芬正要下河，突然感觉到不远处的小土堆后面有动静。于是，她不动声色地暗示伙伴们弯腰捡石块儿，然后，又是石块儿齐发，小土堆后面的人似乎是被打着了，但又没听见叫唤声。模糊地看到一个人影连滚带爬地跑了。

看着人影跑远了，媳妇们嬉笑着，喊着孙小宝的名字骂着，一个个地下河洗澡了。

第二天晚上，到了该下河洗澡的时候了，却没见到翠芬，几个媳妇嘀咕着翠芬为啥没来。有人说翠芬可能是病了，也有人说她可能是家里有事来不了了。有人说："翠芬嫂不来，洗澡没意思，我去叫她。"

没过多久，去叫翠芬的那个媳妇回来，说："翠芬嫂病了，不来了。"

转天上午，孙小宝无所事事地在村里瞎逛，大老远看见几个小孩站在路中间，一个个指手画脚，其中一个稍大一点儿的男孩儿打了一个稍小一点儿的男孩儿。

孙小宝走过去一看，被打的小男孩儿是村主任的小孙子。他恶狠狠地凶那个打人的孩子："咋回事？你咋打人呢？小孩子不学好，这么小就学会打人了？"

孙小宝不认识那个孩子，可孩子们没有不认识他的。那个孩子看着孙小宝，怯怯地指着村主任的小孙子，说："他犯规，他还要赖，不跟他玩了。"说着，一挥手，叫上几个小孩儿走了。剩下村主任小孙子一个人站在那儿发愣，看着小伙伴走远了，眼里噙着泪，说："我没要赖，他们不想跟我玩。"

孙小宝拉着村主任小孙子的手，说："走，小家伙，咱回家，不跟他们玩。"

路上，孙小宝问："你爷爷呢？"

小家伙用小手抹抹眼泪，仰着头，说："爷爷在家，爷爷说他病了。"

"啥病？"

"不知道，爷爷脸肿了。还掉了俩牙。"

"那你奶奶呢？"

"奶奶骂爷爷了。"

"咋骂的？给叔叔学学。"

"奶奶指着爷爷的脸，说'老没脸的，你比无赖还无赖'。"

听小家伙这一说，孙小宝高兴坏了。笑着说："小家伙，我就是'无赖'。"

158

孙小宝把村主任小孙子送进大门口，冲着院里大声喊道："叔，我把你小孙子送回来了。不碍事，过两天脸就消肿了。"

说完，背着手，踱着方步，嘴里哼着小曲，走了。一副悠然自得的样子。

信 任

人世间没有十全十美的人和事。都或多或少存在一些缺憾。

郑浩就是一个有缺憾的人。他今年二十整，照古代的说法，这个年龄叫及冠，已是顶天立地的男子汉了。一米八的个头，长得周周正正的，很是帅气，见着郑浩的人，无不夸他一句：这小伙子长得真精神。

可他却有个夜游症的毛病。这毛病在临床上被称为梦游症，或称作梦行症，是一种特殊的睡眠障碍，主要表现是，在睡着的时候突然起床，在未清醒或者说在大脑仍处在睡着的状态下，进行各类活动，同时还伴随着喃喃自语。这一切的行为，他本人是不自知的。医学研究发现，这种病症多见于儿童，且男性居多，随年龄的增长，症状逐渐消失。可郑浩的症状一直到二十岁了，非但没有消失，甚至比以前更重了。

最初，街坊邻居都不知道郑浩有这毛病。有人半夜在村里遇上郑浩夜游，还以为他有什么事，走路急急地，和他打招呼，他跟没听见似的，也不理人家。慢慢地，半夜里遇见郑浩夜游的人多了，人们就开始议论起来了。

关于夜游症的说法，最开始还是村里的医生说的，说郑浩这种行为就是夜游症。后来，全村人都知道了郑浩的确是有这毛病。

郑浩父母听人说，夜游的时候，他整个人是处在另一个世界，这个时候不能叫他，不能吓着他，如果他被吓着了，或者把他从夜游的状态叫醒了，就有可能得上更重的病，就永远也治不好了。郑浩父母对这种说法深信不疑。所以，每每郑浩夜游的时候，父母总是跟在他后面，不叫他，也不拉他。

曾不止一次地，郑浩在前面走，父母在后面跟着，突然郑浩调头往回走，父母被吓得不知所措，可郑浩与他们走个对脸，却跟没看见一样，自顾自地走着，走得还很快，像是有什么急事似的。后来，父母发现，郑浩夜游的时候，是不认人的，他是什么也不知道的。其实，最初很多村民半夜里遇见郑浩，都大声叫过他的名字，每次跟没听见一样，说明他夜游的时候，根本就叫不醒他。

村庄里出现这种稀奇古怪的事，自然就成了人们茶余饭后的谈资。关于郑浩的毛病，有人议论说这是他父母有毛病造成的，因为他母亲生下郑浩后再没生过孩子。也有人说，郑浩这个样子，完全是他父母从小惯的，是他们老两口护短护的。医生都说了，这种病通过引导是可以改善的，要正确对待，不能担心害怕。可他父母担心别人看不起他家郑浩，极力否认郑浩有这毛病。并挨家挨户地去给人家说好话，意思是不叫人家把郑浩的毛病传出去。其实人们都知道郑浩父母的想法，就是怕影响郑浩成亲。街坊邻居们也都通情达理，也很同情郑浩这一家人。自从郑浩母亲挨家挨户地说好话后，再也没有人提郑浩夜游的事，甚至有外村的人打听，村民也都说不知道有这回事。

可往往事有不巧，怕什么来什么。郑浩说了几个亲事，都没成，有的的确是因为女方认为他家穷而没看上，可有的看中了他的高大帅气，但听说了他有这毛病，才不得不断了这门亲事。

郑浩父母本来就是老实巴交的人，加上郑浩有这毛病，平日里在村里跟低人一等似的，说了几桩亲事一桩也没成，郑浩母亲生闷气，这一气气出了毛病，卧床不起。这是心病，什么药也不管用，不到半年人就走了。走时才刚刚五十出头。这么一折腾，郑浩父亲也病倒了，也是不到半年就去世了。

郑浩本来就因为自己有这个毛病自卑，平时很少与街坊邻居来往，独来独往的。也因为这个毛病，在学校时常常半夜起来去操场跑步而被不知情的同学们说笑，因此，心理压力过大而无法上学。父母相继去世后，郑浩更是天天闭门不出，除了白天独自下地干活，整天待在家里，不出去串门，也不想叫别人去他家串门，完全把自己封闭起来了。一来二去，郑浩似乎不存在了，成了村上可有可无的人了。在村子里，几天见不着郑浩，也不会有人吃惊，更不会有人想着去看看他。

日子就这么一天一天地过着。

一天，郑浩正在院子里喂鸡，突然听见隔墙邻居郑大宝说："媳妇，咱家锄头呢？夜黑我放在楼门后边的，咋找不见了？"

过了一小会儿，郑大宝媳妇从屋里出来，小声说："我没见，会不会是郑浩夜游时顺手偷走的？"

听到郑大宝媳妇这句没根没据、没有来历的话，郑浩差一点儿晕倒。他定了定神，四下里看了看，确认自家院里没有不属于自家的工具时，非常生气，很想过去与郑大宝媳妇理论理论，可转念一想，人家是在自家院里说的，又没在大街上吆喝，犯不着为这事生气，再说了，远亲不如近邻，平日里郑大宝对自己还是很关照的，两家关系也非常好，不至于为了一句没影儿的话闹矛盾。郑浩这样想着，准备回屋，这时，他却又听见郑大宝说："咱家楼门关着，不可能是郑浩，除非他翻墙过来。"

郑大宝边说边往墙根儿走，他是想看看墙上是否有翻墙的痕迹。

郑大宝是个大个头，比郑浩还高，两家中间的那堵墙不到两米，郑大宝站在墙根儿，踮一下脚就能把头伸到墙头上，郑浩家的院子尽收眼底。郑大宝根本就没想到郑浩此时会在院墙对面站着，他刚把头伸过去就与郑浩对个照面。他非常尴尬，支支吾吾地说："弟啊，干啥？没下地呢？"

郑浩笑笑，说："没呢，在喂鸡。听嫂子说你家锄头丢了？"

郑大宝吞吞吐吐地说："啊，啊，没丢，估计是放哪儿了，我再找找。"说着，郑大宝转身走了。

郑浩想，因为自己有夜游的毛病，人家这样怀疑，也是应该的，只要自己没拿，就不怕人家怀疑，身正不怕影子斜，自己只当没听见。可接下来郑大宝媳妇说的话叫郑浩着实生气了，她说："说不定真是他偷的，咱得防着，有这样的邻居真是倒八辈子霉了。"

郑大宝跟郑浩隔墙说话时，郑大宝媳妇去了趟茅房，按说她是能听见郑大宝和郑浩说话的，可她刚从茅房出来就说了这么一句话，而且声音还不小，郑浩以为她这分明是故意叫自己听的。

郑浩站在院子里，气得默默地流泪。

郑大宝看着媳妇，眼瞪着，指了指隔墙，大声吆喝着媳妇，说："瞎说啥，郑浩兄弟会是那种人吗？我肯定是放错地方了，再找找。"

"啊，啊，我说，不会是咱兄弟拿的，定是放哪儿了，再找找，再找找。"郑大宝媳妇顺势附和着，回屋去了。

没过几天，村里就有人传着说郑浩在夜游时还有偷东西的习惯。更是有人善意地说，郑浩就是偷也是在夜游时偷的，他有那毛病，不是故意的，大家看紧自家的门就是了。

郑浩有口难辩。更不愿和街坊邻居们来往了。

郑大宝和郑浩他们两家房后是条大河。夏天里，一下大雨，这条大河就爆满，沟满河平的，很吓人。

不过，大河涨水时，也给村民们带来了不少好处。每每大河涨水，都会从上游冲下来很多东西，以树木居多，村民大都捞树木当柴火烧锅做饭。当然，也能捞到一些成材的树桩子，粗的能当梁，细的能当椽子。

郑大宝家离河最近，"近水楼台先得月"，每每发大水，郑大宝能最先占据有利地形。郑大宝每年打捞上来的东西最多。

这天夜里，前半夜开始下大雨，一直没停。到了后半夜，郑大宝侧耳听了听，对媳妇说："河水涨上来了，能捞东西了。"他边说边准备起床。

从小在河边长大，经年累月听河水的声音，使得郑大宝听觉上有一种非常奇特的感知功能，他躺在自家后墙根儿的床上，耳朵贴着后墙，仅凭听河水的声音，就能在大雨声中感知到他家房后河水的水位，照他自己的说法，就是他能听到河水中一种特有的窣窣的声音，这种声音由模糊不清到听起来开始清晰时，就是水快要涨到岸边了。而他所听到的那种特殊的声音，就是水中树枝等杂物相互碰撞、摩擦的声音。每每这个时候是最佳的打捞东西的时候。

于是，他急急忙忙带上打捞东西的专用工具———一根头上绑个大铁钩的长竹竿，身上披一个塑料袋可出门了。

在郑大宝家房后的位置，河床稍稍向外拐了个弯，因此，恰好河水在那个地方形成一个回旋的慢流区，但这种回旋，表面看上去河水的冲劲儿不大，其实河水下面却暗流涌动，一旦被旋进去了，水性再好的人也不可能再游上岸来。此时，河水刚刚涨起来，回旋到岸边的都是些杂草、小树枝等，郑大宝先是捞起些小树枝，突然他看到一棵大树随着回旋，漂到他面前不远的地方，于是，他尽可能地把竹竿伸到最远，竹竿头上的铁钩刚刚钩住那棵大树，他还没有来得及使劲儿，突然，脚下一滑，掉进了河里。就在这时，有个影子去拉他，没能拉住。郑大宝被洪水卷走了。那个影子旋即也消失了。

说来也巧，这个场景恰巧被远处一个也正在打捞东西的人看到了。因为当时还下着大雨，那人也正忙着打捞东西，影影绰绰的，看不清当时的情况。郑大宝滑下水的时候，也因为太过突然，他自己连声呼救都没来得及喊，就消失在急流中了。

天亮以后，郑大宝媳妇去河岸边看郑大宝打捞东西，只看到岸边堆放着的一堆杂树枝，没见着郑大宝本人。郑大宝媳妇往上下游看了看，也没见人，突然感觉不对劲儿，脑海里猛然产生了不祥的念头，她断定郑大宝一定是被洪水冲走了，大哭着，疯了似的往回跑。她哭喊着叫邻居们帮她找郑大宝。

村民们自发地组织起来，顺着河往下流找，找了十来里也没见着人，想着，人一定是没了。

第三天，村里突然传出话来，说，有人看见是郑浩趁郑大宝打捞东西时，一把把郑大宝推进河里了。

这一下可不得了了，消息一传到郑大宝媳妇耳朵里，她不由分说立马报了警，警察按照正常办案程序，展开调查走访活动，先是询问了那个说他当时看到情况的村民，他说："我也只是恍恍惚惚看了一眼，雨太大，根本看不清楚。我也没说是郑浩。我只是说我影影绰绰看到好像有个人推了大宝一下。"

郑大宝媳妇很肯定地说："就是郑浩干的，前几天我说过他偷俺家锄头的事，他怀恨在心，趁机把俺家大宝推到河里了。"

警察询问郑浩那天晚上的情况，郑浩说："我在睡觉哩，我连夜里下雨都不知道。"

听郑浩这么一说，郑大宝媳妇气愤地说："就是你，前两天我说你偷了俺家锄头，你怀恨在心，就趁机把大宝推下河了。再说了，你自个儿半夜下地干活你都不知道，推人的事，就那么一下子，你当然不会知道了。"

警察正在办案，制止了郑大宝媳妇毫无根据地随便乱说。

听郑大宝媳妇这么说，郑浩非常生气，但也只是苦笑了一下，很无奈地摇了摇头，说："我真没偷她家锄头。唉，不能因为我有毛病，就说什么坏事都是我干的。"

警察在走访中也了解到郑浩有夜游的毛病，慎重起见，警察叫郑浩待在家里，不要离开村子。郑浩什么也不说，天天待在家里不出门。

警察一刻也没闲着，他们在走访村民、询问郑浩的同时，也不停地与下游的派出所联系，询问是否在河里救上来过落水人员或在河里发现可疑的尸体。

人们在焦急地等待了大概一个星期后，郑大宝自个儿走回来了。

原来是这样的：郑大宝从小在河边长大，水性特好，他被冲进河里的瞬间，下意识地紧紧抓住手里的竹竿，因为当时竹竿头上的铁钩已钩住了那棵大树。他在水里挣扎了很长时间才爬到那棵大树上，之后，他就紧紧抱住大树，顺河一直往下漂，到了天大亮的时候，他已漂了几十里了。下游村民发现他后，连树带人拉上了岸。他本人并无大碍，只是身上多处擦伤，加上一夜的挣扎，整个人没了一丁点儿力气。他在当地卫生院住了两天，恢复了体力，这才回来。

　　警察问他落水的情况时，他说的第一句话就是："我该感谢郑浩老弟。"

　　在场的人对此无不惊讶。警察吃惊地问："为什么？"

　　郑大宝说："当时我正一心要把那棵大树捞上来，根本就不知道郑浩是什么时候站到我身边的。我滑进河里的瞬间，转了个身，突然看见郑浩猛地一下往前倾着，是在伸手抓我。他是想把我抓住。可是，太快了，他根本就没能抓住。"停了停，又说："我在水上漂的时候，心里还在捉摸，郑浩当时那反应是特别快的，我想他不应该是在夜游，夜游的话，他不可能会有那么快的反应。"

　　接着，郑大宝又说："得亏郑浩当时没能抓住，若是抓住我的话，他不但不能把我拉上岸，反而我会把他带下水去。"

　　郑大宝看着警察，又看看围观的村民，兴奋地对媳妇说："走，咱一起去谢谢郑浩老弟。"

　　媳妇不好意思地说："你不知道，没找着你，我怀疑是郑浩趁夜游把你推下河的，我没脸见人家。"

　　郑大宝听媳妇这么一说，有点儿生气地说："郑浩是个好人，他不会干坏事的，我们不能老怀疑人家。"

　　媳妇不好意思去，郑大宝和警察一起到隔壁去看郑浩。这时，郑浩还关着门在屋里睡觉呢。

　　看见郑大宝站在面前，郑浩也很吃惊，一脸懵然地看了看警察，又看了看郑大宝，小声说："我没推你！"

　　声音特别小，像是自言自语。

意　外

生活中有很多意外。我最近就遇到一次。

我家所在的小区紧邻菜市场。我每天下班，路过菜市场时顺便买一下菜，方便极了。

周一下午下班，下了公交车，我正往菜市场走，突然发现马路牙子上坐着一位老人，她面前地上摊着的蛇皮袋上放着几把菜。我很好奇，心想，这人在菜市场门前摆摊，能卖出去吗？再说，她把菜摆在马路边的非机动车道上，过往的自行车、电动车到她跟前都要很紧张地让开，很不安全。

好奇心驱使我走了过去。走近一看，地上铺的蛇皮袋上只有三小把用草绳捆着的青菜，两把油麦菜，一把菠菜。品相都不好。我看了看四下张望的老人，瘦瘦的，眼窝很深，眼神中充满着茫然与不安，似乎是在猜测我是否要买她的菜。她上身穿着一件带暗花的唐装，下身穿的是一条牛仔裤，脚上是一双运动鞋，看着极不协调。虽然都有些旧，但干净朴素。

我蹲下来，问："多少钱一把？"

"八毛。"老人声音颤抖着，怯怯地说。

我拿起一把油麦菜，看了看，没有一棵是粗壮的，基本上都是蔫了的叶子。我又拿起一把菠菜，也都是蔫的。

"五毛也行。你看着给两个钱。"老人小声说。

我笑笑，说："我都要了。"

我从包里找出三块零钱，递给老人，说："三块吧，不找了。"

老人接钱的手抖得厉害，像是得了阿尔茨海默症，吃惊地看着我，又像是没听清楚。

我说："不找了。"

老人的手抖得更厉害了。说："找，得找。"

老人边说边在怀里掏着，可能是手抖得太厉害了，掏了几次没掏出东西来。

笑着对我说："人老了，没用了。手就这样，不听使唤。"

"不用找了。"我笑着，站了起来。

老人把手从怀里抽出来，手里攥着一个布袋状的东西。说："等等，我有零钱，找你六毛。"

老人右手按着马路牙子，扭了一下身子，想站起来，结果又坐下了。我想去扶她一把，她摆了摆手，笑着说："我身子骨硬朗，不用扶。"

她又试了一下，吃力地站了起来，看着我，说："得找你，我有零钱。"

"不找了，回家吧。"

我转身走了。

菜市场和我们小区中间有一个过道，是菜市场专门留出来中转烂菜叶子的。我走过去，把刚买的那三把菜放在垃圾桶旁边。心想，这些菜虽不是太好，但还是能吃的，不至于扔掉，放在那里，会有人拿走的。我常见有人在这里拾烂菜拿回家。

我从菜市场出来，走到我家小区门口时，看见那位老人手里拎着那个蛇皮袋，正在十字路口的斑马线上小心翼翼地过马路。

第二天，那位老人还在原来的地方，面前摆了四把菜，两把油麦菜，两把菠菜。

我给她四块，她声音颤颤地说："还按八毛，我有零钱，我找你。"

"不用找了，我走了。"

我如昨天一样，把那四把菜放在垃圾桶旁边，进菜市场买菜。

接下来的两天我依然买走老人四把菜。

我们小区的保安恰巧看到了我从老人那里买菜，然后再把菜放到垃圾桶旁边的过程。我走到大门口时，保安笑着对我说："你心肠真好。其实那老太太的菜就是从那过道的烂菜堆里捡的。"

我笑笑，说："嗯，我猜是的。"

"你人真好，知道是烂菜，你还买。"保安笑着说。

"那么大岁数的人了，不到万不得已她是不会在那个地方卖那种没人要的菜的。肯定是遇上啥事了。像这样的老人，总比那些站在马路中间伸手要钱的人强多了。"说着，我径直走进了小区。

仅仅过去四天，似乎已经成了习惯，到了周五下午，一下公交车，我就下意识地往那个位置看。发现一名穿着制服的城管人员正在说着什么，老人弯着腰正在收拾地上的蛇皮袋子。我加快步伐走了过去。

城管人员说："老人家，不能在这个地方卖菜，这是非机动车道，很危险的，万一撞住你，可咋办？"

老人把蛇皮袋卷成卷儿，抬起头，忽然看见我站在旁边，很不自然地笑笑。然后对城管人员说："警察同志啊，我真不是卖菜的，我累了，坐这儿歇几分钟，歇歇我就走了。我儿子在马路对面的医院里住院，我是来照顾我儿子的。"

城管人员笑着说："老人家，我再给您说一遍，我不是警察，我是城管。我是说您在这个地方不安全。"

我笑着对城管人员说："老人家也不容易，我这就帮她过马路。"

老人双手掐着蛇皮袋。我扶了她一把，说："老人家，你快走吧！"

老人笑着对我说："今儿我不卖了，我自己拿回去吃。"

我说："不碍事的。"

"我自个儿能走，你忙去吧。太谢谢你啦。"

我笑笑，松开老人的胳膊。老人慢慢地往十字路口走去。

我买了菜走到小区门口时，保安叫住我，笑着说："那老太太天天过来，在烂菜堆里捡一些。这几天，除了你一个人买，没别人买。"

我笑笑，说："噢！我知道。"

"你知道？"保安不解地问。

"嗯。"

周六下午，我正在看电视，爱人说她出去买菜。我突然想起来那位老人，于是，我赶忙说："我去买菜去。"

爱人说："今天休息，我去买，你歇歇。"

"你歇着，还是我去吧！"

走出小区大门，我先看了看马路牙子，没见那位老人。这时，保安走到我身旁，指了指放垃圾桶的那个过道，说："那个老太太正在里边捡烂菜呢。"

我看了看保安，笑了笑，没说话。

过了一会儿，老人拎着蛇皮袋走了出来。我准备等她到路边摆好摊再过去。

可是，令我没想到的是，老人径直往十字路口的方向走去。我有点儿迷糊了：她是不是忘了卖菜的事了？

看着老人快要走到斑马线时，我快步撵了上去。

老人看到是我，尴尬地笑笑，说："您是个大善人，您太好了！"

"我是来买您菜的，您老今天咋不卖了？"

老人往路边站了站，说："您是个老好人，我真不是卖菜的。"

我吃惊地看着老人，老人笑笑，想说话，突然张着嘴呜啦呜啦说不成了。老人用手把嘴里的假牙正了正，说："牙套松了，好掉。"接着，又说："我心里不舒服着哩，这几天赚了您十五块钱，晚上睡觉都不踏实。"

我一头雾水，看着老人，问："咋回事呢？"

"是这样，我家是农村的，儿子大学毕业后在公家单位上班。儿子生病了，我来看他。"老人看着我，目光中透着慈祥，"我本来是来菜市场买菜的，看到那个过道里扔那么多能吃的菜，于是我就去捡了些。其实，那天我并不是在路边卖菜的，我走到路边时，感觉有点儿累了，就坐在马路台上歇歇，蛇皮袋本来是包着那三把菜的，放到地上后摊开了，恰巧被您看到了，您问价钱时，我以为您不会买，只是随口问问。我来大城市好几天了，除了儿子，再没一个说话的人，听您这么一问，我也就顺口说了个价钱，本想着能跟你多说几句话，不承想您还真买了。后来呢，我想，嘿，大城市真好，随手捡个烂菜还能卖两个钱，还能有人聊几句，怪好。于是，就天天这样。我没想到天天都是您来买。这样，我心里就不自在了。本来我捡这些菜是拿回家自己吃的，我就不能再卖给你了。"

老人像害羞的小女孩儿一样，笑着低下了头，说："我昨个儿都想跟你说的，警察一来，我心里发慌，忘了跟你说。"

这一下，轮到我尴尬了，不知道该说什么好。

我说："那人不是警察，是城管人员。"

"我不认识，反正穿那衣服跟警察一样。"老人笑着说。

我伸出一条胳膊，说："走，我扶您过马路吧！"

老人看着我，张着嘴大笑一声，突然用手捂住嘴。

"牙套松了。"老人说着，拉住了我的胳膊。

回　归

一

袁源和周惠辞职后第二天就失联了。而赵聪是半个月后才从袁源的父亲那里得到这一消息的。

那天，赵聪正在公司办公室开会，突然接到袁源父亲的电话，说袁源和周惠从单位突然辞职了，第二天给他俩打电话，两人的电话却都停机了。听到这一消息后，赵聪半天没缓过神来。他问袁源父亲，他俩辞职之前是否跟他说过这事。袁源父亲说，袁源那天给他打电话说了，他当时很生气，问他为什么要辞职，袁源轻描淡写地说，不为什么，只是想暂时休息一段时间再说。袁源父亲还说，他在电话里劝说了袁源很长时间，但袁源似乎都无动于衷，他非常恼火，就把电话挂了。又说，他第二天想着在电话里劝袁源几句，可袁源的电话已停机，给周惠打，也停机了。接连十几天，每天打好几次，都是停机。最后，袁源父亲说，小聪啊，我知道你和袁源是最好的朋友，叔求你了，帮叔找找袁源，我们家就指望他了，没有源娃，这个家可就散了。叔求你了。

赵聪满口答应，说一定尽全力寻找袁源和周惠。

赵聪研究生毕业于国内一所重点大学，专业方向是网络安全。毕业后，他没有像其他同学一样四处投简历找工作，而是直奔省城，在一栋写字楼上租了一间办公室，当起了小老板。他招募了五位志同道合的朋友，创建了智聪网络安全服务公司，主要为中小企业的网络安全提供技术支持服务。创业是极为艰难的，为了能打拼出属于自己的事业，几年来他全身心地投入，照他自己的说法：忙得连谈女朋友的时间都没有。努力终得回报，如今公司已具备一定规模，员工已由最初创建时的六人发展到了三十人，办公室面积已扩展到了近半个楼层，而且他去年也拥有了一套属于自己的精装商品房。也因此，赵聪在同行中算是成功人士了。

袁源和赵聪是高中同班同学，而且关系特别好，两人同时考上大学，虽然去了不同的城市，但每年寒暑假，两人必会相约见面。袁源也是一所重点大学的研究生，不过，他毕业后没有像赵聪那样直接创业，而是考取了本校的博士，研究方向是当下比较前沿的人工智能。当初，赵聪创业时遇到了困难，一度想要放弃，袁源还专门回来了一趟，陪赵聪在自己家住了一个多星期。在袁源的开导和鼓励下，特别是向赵聪描绘了未来智能化发展与网络安全的无限前景后，这让赵聪开拓了视野，重振精神，带领公司走出了低谷，并使得公司不断发展壮大起来，才有了如今的规模。

光阴荏苒，一转眼袁源博士毕业也已经将近五个年头了。

袁源博士毕业后和他的博士生同窗女友周惠结婚，并共同就职于省城一家人工智能公司——本海智能公司。公司主营智能机器人的开发和应用，老板叫杨本海，和赵聪的公司有业务往来，彼此都很熟悉。

虽然在一个城市工作生活，但各有各的事业，所以，赵聪和袁源平时也不常见面，但基本上每周都要通几次电话，每半个月或一个月会一起聚聚。此刻，赵聪突然意识到，他这阵儿正忙于一个项目投标的事，已经有两个星期没有和袁源联系了。

挂断袁源父亲的电话，赵聪本能地拨打袁源的手机号，提示音："您所拨打的电话已停机。"

突如其来的事件，令赵聪一时捋不出头绪来。他把公司的事务安排好后，第一个想到的便是袁源公司的老板杨本海。于是，拨通了杨本海的电话。

杨本海的公司在袁源和周惠加入之前，曾因研发能力不足，智能设备更新缓慢，一度面临倒闭，是袁源和周惠的技术加持，才使得公司起死回生，如今正是公司如日中天之时，袁源和周惠却决绝地辞职了。为此，杨本海使出浑身解数也没能挽留住他们。

杨本海在电话里遗憾地说："你也知道，他俩是我们公司最为核心的人物，并且他俩还以技术入股，在公司都有一定的股份，他们对公司的发展至关重要，我无论如何是不想让他们离开的。可是，他俩的态度非常决绝，非常果断，容不得我有任何回旋的余地。"

"你知道他们会去哪里吗？"

"想不出他们会去什么地方。他俩平时基本上都是在公司职工餐厅用餐，除了搞科研，真想不出他俩还能干什么。"杨本海想了想，"不过，他俩前两年曾当过驴友，参加过几次野外探险活动。会不会又去什么地方游玩了？"

"游玩也不至于辞职嘛！"

"我个人也琢磨好几天了，想不出个所以然来。想来想去，我倒感觉可能会与袁源的家里有关。"

"为啥？说说你的看法。"

"是这样，袁源有个姐姐，叫袁红，你知道吧？她前几天又来公司了。我当时很纳闷，袁源和周惠都辞职了，她又来干什么呢？可是，当她听说袁源和周惠都已离开公司后，不但不感到吃惊，第一反应却是要我们公司给她说法。我很不解，她弟弟是自己主动要求辞职的，又不是我们公司开除的，我能给她什么说法呢？"

"她怎么'又来公司了'？以前去过？"

杨本海叹了口气，说："你不知道，来过好几回了。每次都是找袁源唠叨些家务事，说她以前对袁源多好，而如今家里人都不待见她，然后就是直截了当地向袁源要钱，在办公室当着众人的面，张口就要袁源给她几万、十几万的。因此，我总感觉袁源的姐姐对袁源不是太友善。事后，我问袁源为什么会这样，可袁源死活不说，只是轻描淡写地说'没什么，家务事，她想做生意，叫我支持点儿'。我怀疑其中必定有原因，只是袁源不想说出来而已。"

赵聪说："这还真是蹊跷了。这么多年来，袁源从来没跟我提过她姐姐的事，也不知道他们姐弟之间有什么芥蒂。这是个重要信息。你想想看，他俩之前还有哪些异常情况？"

"暂时想不起来了。"

挂断杨本海的电话，赵聪一直在思索着杨本海跟他说的关于袁源的姐姐的事。他认为有必要去袁源的老家一趟。

二

第二天一大早，赵聪到楼下的逍遥镇胡辣汤店里喝了碗胡辣汤，吃了两根油条，就开车往袁源的老家赶。

赵聪和袁源都是涅水县人，但两人不属同一个乡镇，袁源家属于古松乡，

172

位于涅水县的西南部，袁源家所在的袁家营村又处在古松乡的最西边，与赵聪家所属的柳湾乡搭界。两家相距不过十里的样子。

上了高速后，赵聪猛然意识到自己已有好几年没回老家了。细想起来，自从父母五年前跟着哥哥到南方生活以后，他就再也没回去过。

现如今，新农村的变化真的是日新月异，下高速后，赵聪惊诧于眼前新修的道路。记忆中，下高速后通往袁源老家的是一条省道，眼下却又多出了一条双向四车道的国道。一时间，他竟不知道该走哪条道了。于是，他把车停到路边，打开导航。

按着导航的提示，赵聪放慢了车速，看着道路两旁。以前一望无际的庄稼地，如今却成为首尾相连的一个个苗圃和花卉基地，临近村庄的公路两旁都盖上了房子，村庄中经济条件好的人家都搬到公路边上居住了。看着这些，赵聪心里不禁感叹："变化真是太大了，连自己的老家都快认不出来了。"

导航提示接近目的地时，前方公路旁一块巨大的浅黄色石碑映入赵聪的眼帘。驶近时，赵聪已清晰地看到，四米多高的巨石上，竖刻着三个大大的红字：袁家营。这三个字说不上来是什么字体，笔画粗细不一，给人一种拼凑的感觉，但极具吸引力。再到近处，他发现石碑的底部还有几个小红字：袁源、周惠。这四个字倒有点儿狂草的意思，但是，若不仔细辨认，若不知道有袁源和周惠这两个人，还真认不出这四个字来。

再往前看，石碑南边不远处立着一个白底红字的大标牌，从上到下写着"仁厚超市"。这四个大红字倒是中规中矩的楷体，让人看着舒服。他想起来了，"仁厚"是袁源父亲的名字，这超市应该就是袁源家的了。

赵聪把车开到超市门前停了下来。

而此时，袁源的父亲就站在超市门口，双手背在后面，盯着赵聪的车。

赵聪下车时，袁源的父亲微笑着，左手仍背在后面，右手向前伸着，像是要和人握手的样子，快步向赵聪走了过去，边走边兴奋地说："小聪啊，可盼到你啦！昨天给你打完电话，我就想着你一定会回来的。今天上午我就一直盯着路上过往的车辆，只要是往咱这门口停的，我都盼着是你。"

赵聪刚把车门锁上，还没来得及说话，袁源的父亲就一把拉住赵聪的手，使劲儿握了几下，说："来来来，咱进屋再说。"

袁源的父亲一米七五的个子，红光满面，头发有些稀疏，但看上去明显是刚刚打理过的样子。上身穿一件白色长袖衫，袖口扣着，上衣掖在西裤里，腰间的皮带上，右边挂着个手机包，左边挂了一大串钥匙。脚上的皮鞋不算新，但发着亮光。

仁厚超市名义上是袁源父亲的，而实际上是袁源的二哥袁河在经营。说是超市，其实就是一个大杂货店，整个三间屋子里，除了西南角上放着一张双人床，正中间摆着两组玻璃柜外，其他地方全是货架。货架与货架之间仅能走一个人，超市里满满当当的，小到针线、牙签，大到手扶拖拉机轮胎，油盐酱醋，各种零食小吃，甚至一些常用的农具，如锄头、耙子、镰刀等，应有尽有。可以说城市里有的日常用品，眼下在农村也都能买得到。

赵聪跟着袁源的父亲穿过超市时，袁河和他的媳妇正在招呼顾客买东西。赵聪和他们打了个招呼，就跟着袁源的父亲走到后院。后边两层，上下各三间。两边各有一间平层偏房。南边偏房是储藏室，北边偏房是厨房。四周的房屋围成了一个不大的天井。南边偏房与前面超市之间是通往二层的楼梯。

袁源的母亲正在厨房做饭，看到赵聪后，赶忙出来，双手沾满白面，笑着对赵聪说："小聪来啦！我正擀面，咱中午吃捞面。你进屋跟你叔说会儿话。"

赵聪点着头，笑着说："婶儿好！咱自家人，随便些，我爱吃您做的捞面。"

赵聪跟着袁源的父亲进到堂屋。落座以后，袁源的父亲边给赵聪倒水边问："有信儿吗？袁源咋回事？"

"不用麻烦了，叔，不用倒水，咱坐下说吧。"

"不麻烦，你说。"

"我撂下您的电话，就给袁源的老板杨本海打了电话，我们关系都很好。他说袁源和周惠辞职时态度非常坚决，这说明他们应该是经过深思熟虑的。老板一再劝说，一再挽留，他俩就是不答应。问他俩为什么要这样时，袁源的回答是'没什么理由，只是想歇歇，歇一段时间再说'。老板还说，既然想歇，就请个假，歇就是了，为什么还要辞职呢？话都说到这个份儿上了，可袁源就是不答应，决绝地辞职了。我问老板他俩可能会去什么地方，老板说他也不知道。"

听赵聪这么一说，袁源的父亲表情立马凝重起来，叹了口气，转身向门外走去。

袁源的父亲走到天井里，给袁源的大哥袁江打了个电话，说叫他中午过来吃饭。可能是信号不太好的缘故，袁源的父亲打电话的声音特别大，像是对着远处的人吆喝一般。然后，他对着厨房说："江也过来，多擀点儿面。"

袁源的父亲进屋，哀求般地问赵聪："小聪啊，你可要帮叔好好想想，他俩会去干什么，得帮叔把他俩找到呀！"

"叔放心，我一定尽全力去找。您老也不要着急，我想他俩不会有啥事的。"

三

吃中午饭的时候，袁源的大哥袁江过来了。袁源的二哥和二嫂也从超市回到后边的堂屋。大家边吃饭边猜测着袁源可能的状况。

袁江看着赵聪，疑惑地说："会不会是他在公司犯什么事了，不好意思再待下去了，才提出辞职的？"

"应该不会，我和他们公司的老板很熟，是好朋友。昨天我还和他的老板联系过，老板根本不想叫他俩离开。"

袁河叹着气，低着头，小声嘀咕着："真想不明白，多好的工作，说不干就不干了，这是为啥呀？"

袁源的父亲把碗放到小方桌上，伸出右手掌擦了一下嘴，神情严肃地说："源娃是我们村学历最高的，也是最有出息的，他要是有个三长两短，我这老脸可往哪儿搁呀！"

听袁源的父亲这么一说，袁源的母亲立马流下了眼泪，带着哭腔说："这可咋办呀！这可咋办呀！源娃要是出了什么事，我可就没法活了啊！"

"不会的，不会的，我想应该不会有啥事的。眼下咱都不知道他俩的情况，二老不要多想，说不定他俩是去哪儿游玩了呢！这都不好说。"赵聪安慰道。

一时间，大家都不再说话，一个个神情凝重地低着头，心不在焉地吃着。

为了转移话题，赵聪问袁江："大哥，您没出去打工？"

"没。以前也到南方打工。这不，源娃给我资助了些钱，我承包了十几亩地，搞了个苗圃，种了些玉兰树。"

"效益还行吧？"

"我才干了两年时间，树还没长成呢，别人家的效益都很好，我想着也不会差的。"

"比外出打工强一些吧？"

"强多了，最起码没那么辛苦，主要还能守住家，离老人也近，天天都能见着。"袁江的话语里明显带着自豪。

袁源的二嫂说："要不是源娃帮衬我们，我们说不定也出去打工了，哪有这超市，能守着家门，又能照顾老人？"

赵聪又问袁河："你们每天都守在超市里，农忙的时候，不影响种地吧？"

"不种地了，地都流转出去了，如今专门有人承包土地，进行大规模机械化耕作，咱们这里是平原地带，人均耕地一亩半，我们五口人，七亩半地，每年每亩地能得到四百元的流转费用，一年下来有三千元的收入，不用下地干活，还有可靠的收入，划算得很呢！"

袁源的父亲接着说："如今农村的日子过得可滋润了。不过呢，家里若是要供个大学生，不出去打工，还是供不起的。"

是啊，的确如袁源的父亲所说，现如今的农村没有哪家穷得揭不开锅，以前谁家里有个病人就会把家庭拖累得穷困不堪，如今人人都有了新农合医保，农民也能看得起病了，日子都好过了。

赵聪说："周惠家是山城县关河乡的。这次回来，我想去她老家看看，看能不能从周惠家那边了解到一些有用的信息。"

"估计不会有啥有用的信息。"袁源的父亲说。

赵聪不明就里，面带微笑地看着袁源父亲。

"她家是关河乡周庄村的，是个小山村。我昨天下午就去过她家了，老宅都没了。我要不提起来，邻居们都忘了还有周惠这个人。周惠这孩子也可怜，她是被收养的，养父是个光棍汉，人很老实，很勤劳，收养周惠时，已经六十多岁了。为了供养周惠上学，整天起早贪黑，又养鸡又养羊。周惠也争气，从小学习就好，一口气读到重点高中，又考上了大学，和袁源同一所大学。就在她上大学的头一年，养父就去世了。打那以后，周惠基本就不回来了。"

关于周惠的身世，赵聪还是第一次听说。

"她没有亲人？比如她养父的堂兄弟、堂姐妹？"

"没有。"

"不过，听她家老邻居说，前些年，好像有一年清明，远远地看见有人在她养父坟上烧纸，猜想应该是周惠，不然，没有别人会在那孤坟上烧纸的。"

　　"噢，是这样啊，那我就不用去了。"

　　大家说话时，袁源的母亲一直坐着，其间一句话也没说。这时，她突然小声嘀咕了一声："唉，都是那块大石头惹的祸。"

　　声音虽小，但大家都听得很清楚。

　　袁源的父母紧挨着坐着，听袁源的母亲这么一说，袁源的父亲斜了一下身子，瞪了袁源的母亲一眼，恶狠狠地说："胡说！这与石碑有啥关系？别啥事都往石碑上扯。"

　　赵聪知道袁源的母亲所说的石碑，就是路边刻着袁源和周惠名字的那块石碑。但他不明白其中的意思，就下意识地看了看袁江。袁江苦笑了一下，解释说："前年，不，应该有四年多了吧，时间也记不准了。也就是源娃工作的第二年吧，源娃往家寄了些钱，说是他和周惠年薪加分红节省下来的，叫家里翻修老宅，我爹非要拿出四万元买那块大山石。源娃知道后，专门打电话说不要弄那个石碑，并说这样影响不好。可我爹谁的话也不听。石头买回来了，有人提议说既然花钱立碑了，就请个书法家题写。我爹还是不同意，说自家的事自家办，就自己写上字，叫石匠刻上去了。还说什么家兴业了，就得有个兴的样子。这样一来，就有人看不惯了，认为我家太有钱了，太烧包了。我家这风头也出大了，就有人暗地里说不就是出个大学生吗，显摆啥呀？结果，闹得我家在村里成了笑柄，明面上大家见面都挺客气的，街坊邻居都夸我们家袁源有出息，我们家有钱，为村里争了光。可这话说多了，听多了，就变味了，感觉那不叫夸，叫挖苦。我妈的意思是源娃会不会就是因为这个原因，故意躲起来了。"

　　袁江这话揭了父亲的老底，袁源的父亲显然是生气了。他红着脸，又恶狠狠地瞪着袁江，说："我这样做有错吗？全村谁比得上咱家？他们谁家出过博士？别说全村了，就是咱全乡，源娃也是第一人。啥叫烧包？我这叫显摆吗？"

　　可能是由于赵聪在场的缘故，袁源的父亲也只是冲着袁江嚷这几句，压制着没有发火骂人。后来，听袁河说，这要是在平常，他们谁也不敢说一句话的，甚至连石碑二字都不敢提及。

　　场面有些尴尬。赵聪一时不知道该说什么才好，本来还想问一些关于袁源的姐姐的事情，鉴于此种情形，赵聪也不便再提了。于是，赵聪站起身来，说："时间很紧，我得赶回省城，去袁源和周惠曾参加过的驴友俱乐部一趟，看能不能打听到一些有用的消息。"

袁源的父亲说："好好，正事要紧。得抓紧，越快越好，让你操心了。"

四

关于袁源和周惠当驴友去游玩的事，赵聪也是知道的，那家驴友俱乐部的地址，袁源也不止一次向赵聪提及过。当时，袁源还邀请赵聪也参加，因为公司业务太忙，赵聪就没去。

这家俱乐部是德盛步行街上临街的一个店面，面积不大，只有几平方米，是从旁边另一个店铺分隔出来的。左、右和后面三面墙上挂满了各式各样的野外探险装备，有背包、睡袋、帐篷、服装、运动鞋等。中间还有两排架子，架子上挂满了急救包、水壶、手电筒、太阳镜、帽子，以及各种款式的刀具。架子后面有个不大的柜台，柜台上也摆满了东西，有打火机、创可贴、风油精、指南针、手套等。一个墙角堆满了带着彩色纹路的绳索。

店里静悄悄的，似乎只有赵聪一个人。他走近柜台，往里一看，发现一个人坐在柜台后面的地上，正在专心玩手机。

赵聪故意咳嗽了一声，那人头也不抬，好似赵聪不存在一样。赵聪转身又仔细地将三面墙上的东西看了个遍，那人依然没有反应。

赵聪又走到柜台前，问："您好！老板在吗？"

那人仍在玩着手机，没有抬头，说："我是。看中了，咱再聊。"

赵聪说："我不买装备，我找您有别的事，想了解点儿事。"

听赵聪这么一说，那人把手机放到柜台上，顺手扒住柜台站了起来。看着赵聪，说："哪方面的事？野外探险？急救？"

"我叫赵聪，是一家网络安全服务公司的，我的一位朋友是咱俱乐部的成员，我想了解一下他的情况。"

赵聪说着，把自己的名片递了过去。

老板双手接过名片，认真地看着，微笑着说："哈哈，一家子，我也姓赵。你朋友叫啥名字？"

"袁源和周惠，他们是夫妻。"赵聪说。

"袁源和周惠？噢，我想起来了，他们只参加过两次，他俩不爱说话，也基本上不参加我们的联欢活动，总是俩人待在一起。所以，我对他俩印象特别深。"老板说着，也递给赵聪一张名片。

赵聪看着名片：赵一新，户外用品专营。

"天下赵姓一家亲。"赵聪看着名片，"他俩半个月前从公司辞职了，辞职后就失去了联系，不知道他俩去哪儿了，去干什么了，家人非常着急。他俩会不会去游玩了？"

"我们俱乐部最近没组织活动。再说了，他俩只参加过两次活动，后来我们又组织过几次，邀请他俩，他俩都没参加。之后，我们就没再联系了。"

"他们会不会与别的驴友有联系呢？请帮忙给问一下。"

"好的，请稍等，我在群里问一下。"

没过多久，赵一新说："群里所有的驴友都回复了，袁源和周惠从来没和他们任何人联系。"

看来，这条线索也断了。赵聪从俱乐部出来后没有去单位，直接回家了。

五

晚上，赵聪洗漱后，刚要上床休息，收到了袁源的姐姐袁红发来的一条长长的微信信息：

"赵聪好！我是袁源的姐姐袁红，你应该记得我的，我婆家是小裴营的，在袁家营正西，隔一个庄，不远。你上高中时，有一年，你和袁源还一起来过我家。那年，我儿子裴兴正上初中，你还辅导过他数学作业呢。如今裴兴都大学毕业了，也在省城上班。我今天去袁源单位了，听说袁源和周惠不见了，你知道我弟弟袁源去哪儿了吗？我觉得这里面有问题。我明天上午想去见见你，你把地址发给我。"

读着信息，赵聪的脑海里闪过了一些零星的记忆。他隐约记得，他确实跟着袁源去过他姐家一回。

赵聪也正想要见见袁源的姐姐，于是，把公司详细地址发了过去，并特别说明，若她去得早的话，找一个姓胡的，他会接待的。

第二天上午八点半，赵聪刚一进办公室，袁红就从沙发里站了起来，走到赵聪跟前，笑着说："赵聪，真是你，多年没见，变样了，这要是在大街上，姐还真不敢认了。"

袁源的姐姐袁红四十出头儿，穿着打扮很是时髦，单从外表上看，很难判断出她来自农村。

赵聪微笑着说："没想到姐来得这么早，叫您久等了！"

"不早，我也是才进来，姓胡的那个小伙子真热情。"袁红说着又回头坐进沙发里了，"没别的事，就是前天吧？或者大前天？具体哪天，我忘了，反正是我去找袁源了，他单位领导说他半个多月前就辞职不干了，单位也不知道他俩去哪儿了。我寻思你俩好，你知道他去哪儿了。我还听说，昨天你还专程去了趟袁家营，是不是？"

赵聪笑笑，说："是啊，去了。我是听叔说他们辞职了我才知道的，我回去就是想了解一些情况。叔还叫我赶快找他俩呢！"

赵聪说着，坐到办公桌前，正要把桌子上的文件整理一下，袁红突然站起来，走到办公桌对面的椅子上坐下，涨红着脸，生气地说："你说我对袁源多好，他上学那阵子，我生怕他吃不好、穿不好的，给他送吃的送穿的。他这突然辞职不干了，是不是故意要躲着我呀？"

听袁红这么一说，赵聪感到很是奇怪，袁源为什么要躲他的姐姐袁红？即使是躲也不至于要辞职呀！于是，赵聪不解地问："你说袁源要躲你？"

"我寻思他就是在故意躲我。"

"为啥？"

"裴兴大学毕业了。裴兴，你知道的，我儿子，你外甥。他是学汽车维修与服务专业的，多好的专业啊！他眼下却在东区一家汽车销售公司上班。我想给他买套房，可我们农村人，哪来那么多钱呀！我想叫他小舅出钱给他买。袁源开始同意了，后来又说他只能帮裴兴交首付，剩下的得由裴兴自己按月还。我想这哪行啊！裴兴刚上班，他挣的钱还不够他自己花呢，哪有钱还房贷？我就寻思着这主意可能是周惠出的。你不知道，周惠当初跟袁源交朋友，我是反对的，因为我知道周惠的身世，她是个孤儿，只有一个养父，还去世了。我弟弟是名牌大学博士毕业，我想让他找个家庭条件好的。可能就这缘故，周惠心里对我有恨。"

"人家周惠和袁源一样，也是名牌大学博士毕业的啊！"

"她条件差，只一个人，连个家都没有，不能帮衬俺家。"

"据我所知，袁源他们也没买房呢！再说了，在大城市里买房，可不是说着玩的，那可是一大笔钱呀！"

"你不知道，我弟有钱，他一下子往家寄了四十万元，我娘家那新房，还有那超市，都是袁源的钱盖的。他钱多得还叫我爹掏了四万块钱在村口立了块大石头。那块大石头，你见过吧，花四万买块大石头放那儿。我家穷，我去要个百八十的花花，他们都不给，你说气人不气人？"

赵聪不知道该说什么，只是笑了笑，心里隐约产生了对袁红的莫名反感。

"这还不算，袁桃，袁桃你知道吧！我家那个小妹妹，得过小儿麻痹症，身体残疾。袁源还给了袁桃十万元，叫袁桃又是建大棚，又是盖小洋楼开超市的。我这个当姐的，一点儿光都沾不上。你说，袁源这样做，对吗？我叫他给我儿子买房有错吗？我还听说，他俩根本就不想要孩子，'外甥子随舅'，将来我儿子不也是他儿子嘛，他不会吃亏的。"

"你怎么知道他们俩不要孩子？"赵聪吃惊地问。

"我弟亲口说的，我问他为啥，他说不为啥，就是不想。"

"我是个局外人，这些事呢，我一概不知。这样吧，我找到袁源，叫他马上跟你联系，这样成吗？"

"我寻思他就是在故意躲着我呢，我要是不让他给我儿子买房，说不定他还不会躲起来呢！"

赵聪仔细琢磨袁红的这些话，感觉她并不是个有心计的人，若真有心计，她也不会把这些家长里短的事，竹筒倒豆子似的都说出来。但又深感她太有想法了，她竟然能想到叫她儿子将来去当袁源的儿子，真摸不透她的心思。

"你不回袁家营问问？"

"我们都不说话了，也不来往了，我们家有事，我都是来城里找我弟弟袁源。人家都过好了，我最穷，没人搭理。"袁红说着，声音颤颤的，听着有要哭的感觉。

"这次回去匆忙，没去看袁桃，也不知道袁桃是否知道袁源的情况？"

"袁桃呀，我们也不说话，她家日子眼下比谁家都好过。当年，她嫁不出去，还是我这个当姐的为她操心，托人给她说的媒，那家也是穷得叮当响儿，几间破草房，男的也是个残疾人，比袁桃还厉害。就这几年，要不是我弟弟袁源帮她，她肯定还过她的穷日子呢！"

赵聪感觉这样说没有任何意义，特别是当她说到她妹妹的那种语气，更令赵聪心里感到不舒服。于是，赵聪就站起来，说："这样吧，我还有个会，马上要开，您先回去，我一有信儿就告诉您，中吧？"

袁红很勉强地笑了笑，又四下看了看，说："你这公司真好，让我儿子来你公司上班吧。咋说你也算是他舅，有个照应不是？"

赵聪心想，这袁红可真是个不按套路出牌的人，东一榔头西一棒槌的，叫人摸不着边儿。

赵聪本想再问问她儿子裴兴的基本情况，但转念一想，这样问下去，半天的工夫都要搭进去了。

赵聪没有接袁红的话茬儿，笑了笑，顺手从办公桌上拿起笔记本，径直走到办公室门口，说："我得去开会了，您先回去，有信儿就告诉您。再见！"

赵聪说完，头也不回地走了。

六

赵聪从办公室出来后，直接从另一个电梯下楼，开车回家了。

到家后，他坐在沙发上，回想着刚才袁源的姐姐在办公室所说的话，赵聪心里更是一团乱麻，理不出个头绪来。

再回想着以往和袁源、周惠在一起时的细节，赵聪依稀记得，有一次，他们在一起喝酒，袁源曾说过他妹妹袁桃很可怜，他要让妹妹的日子好过些。

这样想着，赵聪突然想起了裴兴。于是，赵聪给袁红发了个短信，询问裴兴的手机号。袁红很快把裴兴的手机号码发了过来。

晚上，赵聪给裴兴发了个短信，说明了身份，并请他得空的时候回电话。

不多时，裴兴的电话打了过来："叔叔好！我是裴兴，听我小舅说起过您。什么事？您说！"

从裴兴的话语中，赵聪明显能感觉出裴兴是个阳光开朗的年轻人。

赵聪稍稍顿了顿，说："啊，是这样，最近你跟你小舅联系没有？"

"没有，我知道小舅很忙，平时没事的话，我一般不会打扰小舅。有什么事吗？"

听裴兴这么一说，赵聪不知道该问什么了，顿了顿，才说："平时，你妈跟你说起过你小舅没有？"

"说起过，经常说。您指哪方面？我妈是个好唠叨的人，话多，我小舅不爱说话。"

"哪方面都行，你知道什么说什么吧！"

听赵聪这么一说，裴兴似乎有所警觉，稍稍停了一会儿，问："我小舅是不是出什么事了？我小舅怎么了？"

裴兴的语气明显紧张起来。

"不要紧张。是这样的，你小舅和你舅妈一起离开了公司，家里人都不知道他俩的去向。我想去寻找他们，可不知道去哪里找。"

"我妈知道不知道？"

"你妈知道。她前几天已去过你小舅上班的公司了。"

"我妈对我小舅挺好的，我小舅对我妈也很好，我小舅对我们全家都很好，特别是对我，我上大学的学费、生活费都是我小舅给的。"

"这我知道。你小姨家情况咋样？"

"您说我小姨呀？小姨有点儿残疾。我姨夫也有残疾。我小舅对我小姨也特别好。"

"那……你妈对你小姨好不好？"

"好呀！以前是挺好的，不过这几年，特别是我小姨家日子好过以后，我们两家好像不太好了。"

"那你知道为什么吗？"

"具体我不太清楚，只是，偶尔听我妈给我小舅打电话时，我妈好像埋怨过我小姨。其实，我也能听出来，我妈嘴上是在埋怨我小姨，而实质上是在埋怨我小舅对我小姨太好，并且还话里话外地说我小舅对我家不像对小姨家那么好。这些话我是能听出来的。我还埋怨过我妈，我说，我小舅待我们家够好的了，就不要太过分了。我想不明白的是，我小姨家穷的时候，我妈对我小姨还是很好的，我妈经常给我小姨家送粮食、送衣服的，这几年我小姨日子好过了，我妈反倒对我小姨不太友好了，甚至还不想让我去小姨家走亲戚。这些我是能感觉出来的。我真想不明白这到底是为什么，我甚至还问我妈说，是不是看我小姨家日子好过了，她眼红了，我妈为此还打了我一巴掌，说我不会说话。"

"就这些吗？还有其他什么事吗？比如，你妈说没说过想在省城给你买房子的事？"

"说过。当时，我还说，咱家哪来那么多钱买房呀！别指望买房了，租房子住就行了。我妈还笑笑对我说，不用我操心。我觉得她也只是说说而已。"

"你妈没对你说过，她去向你小舅要钱给你买房的事？"

"没呀！我想她也不会吧！我小舅还没买房呢，再说了，我小舅积攒的那些钱，都给我姥爷姥姥家了，我大舅家的苗圃，我二舅家住的新房和超市，都是我小舅给的钱，还有我上学花的钱，还有我小姨家的大棚和小卖部，也都是小舅的钱。我小舅手里应该也没钱的。"

"听说你小姨家还盖了小洋楼了。"

"我妈说的吧？哪是什么小洋楼，三间毛坯房，只不过是临着大马路，并且呢，西屋住人，东屋是厨房，只有中间的堂屋当小卖部。我妈就这样，好夸张，之前她这样说过，不知道为啥，这话传到我姥爷耳朵里，我姥爷为此还骂了我妈，说我妈说话不过脑子。"

"噢，是这样啊！我知道了。没什么事了，你休息吧！等有空了咱见面再聊吧！"

赵聪挂断裴兴的电话后，感觉仍理不出个头绪来，干脆洗漱上床睡觉。

七

第二天早上醒来，赵聪本想给袁源的父亲打电话，聊一聊袁红和袁桃的情况，但转念一想，这些事电话里说，总感觉说不全面，说不尽兴，不如当面说能把事情说开。于是，决定再回老家一趟。

赵聪赶到袁源老家时已近中午。当赵聪突然出现在袁源父亲面前时，袁源父亲明显感到有些意外，一脸诧异地盯着赵聪，似乎不相信自己的眼睛。但他很快便满脸热情地招呼着赵聪，同时吩咐袁源的二哥袁河去附近的饭店订几个菜，说要好好招待一下赵聪。

赵聪说："不用麻烦，随便一点儿就行，我主要还是想了解一些袁源的事情。"

"不急，不急。不管啥事，遇上了是急不得的，急也没用，咱吃饭时再慢慢说。"

刚见面时，赵聪已感觉出了异样，袁源父亲这么一说，赵聪更是觉得无所适从了。本以为袁源的家人看到他时会非常激动，会迫不及待地问一些关于袁源的事情，并且会表现得非常焦虑和不安，可是，令赵聪没想到的是整整过去了一天，他们都显得很平淡，像是没发生过什么事情一样。而赵聪向袁源的父亲询问一些关于袁源的事情时，袁源的父亲反倒说"不急"。这完全超出了赵聪的想象。

"难道他们已经知道了袁源和周惠的下落？"赵聪思忖着。

吃饭的时候，袁江两口子和袁河两口子都过来了，说是要陪赵聪喝酒。赵聪坚决不喝，于是，袁源的父亲和袁江、袁河兴高采烈地喝了起来。

赵聪风风火火地回来，是想了解一些袁源的情况，而面对如此情景，隐约感到似乎自己的行为是多余的。赵聪正琢磨着是否有必要去见袁桃时，袁源的母亲心事重重地问道："小聪啊，源娃有信儿吗？"

赵聪看了看袁源的父亲和袁江、袁河，他们正尽情地划拳，没有在意，或许根本不在意袁源的母亲所说的话。

赵聪凑近袁源的母亲，小声说："没信儿呢，这不，我这次回来就是想再多了解一些情况。"

"唉，你说，他们成家都快四年了，连个孩子也不要，这下可好了，连个人影儿也见不着了。"袁源的母亲说着，眼角便噙了泪。

袁源的父亲紧挨袁源的母亲坐着，扭头看到袁源的母亲低头擦眼泪，就侧过身说："你就是个好操闲心的命，我都跟你说过多少回了，人都各有各的命，孩子们想咋过，那是他们的事，要不要孩子也是他们的事，你操啥心？不要就不要，我已经有两个孙子了，我还怕绝后不成？别操那些闲心了。"

袁源的父亲说他有两个孙子，指的是袁江、袁河各有一个儿子，袁江的儿子正在上大学，袁河的儿子明年高中毕业。

袁源的母亲一直低着头，可袁源的父亲还是拿眼瞪着她。

这时，袁源的大嫂插话说："我们在源娃眼里比不过桃妹，兴许啊，俺家桃妹知道源娃的情况。"

"我这次回来，就是想去见见袁桃的。大嫂，你知道些什么，说出来，我好参考。"

袁源的大嫂边吃边笑着说："其实吧，我们家也没沾着源娃多大的光，小桃家的大棚和超市，那都是源娃给的钱，俺也不知道有多少钱。"

袁源的大哥听媳妇这么一说，把酒杯放下，对着媳妇说："不能这么说，咱家的苗圃，要不是源娃给咱资助，咱能干起来吗？源娃也不容易嘛。再说了，桃儿那就是个小卖部，那能叫超市吗？"

袁源的大哥这么一说，他媳妇立马变了脸色，对着袁源的大哥就发火，说："你在这家是老大，照照镜子看看自己啥样，人家啥样？人家都不用下地干活了，你弄个苗圃，不还是得下地干活吗？"

袁源的父亲说："咱当农民的，下地干活是天经地义的，谁不下地干活？"

"反正有人就不下地干活。"袁源的大嫂用筷子夹着菜，谁也不看，恶狠狠地说。

更令赵聪意想不到的是，袁源的大嫂把菜塞到嘴里后，把筷子往桌子上一扔，站起来走了。

袁源的母亲也站起来，对赵聪说："小聪，别往心里去，你大嫂就是这脾气，她不是对着你的，这几年她一直认为源娃偏心。我知道源娃也难啊！"袁源的母亲擦了一把眼泪，"我吃好了，你吃好啊，小聪！"

这么一来，饭桌上的气氛一下子尴尬了。

袁源的父亲对袁江说："小聪来了，叫你们来陪个客，谁叫你们说源娃的事了？你们沾的光还少吗？人心不足蛇吞象。"

袁江也很无语，生气地说："谁知道她会说这事？哪壶不开提哪壶。"

袁源的二嫂也不高兴地说："这事吧，嫂子说得也不是一回两回了，总觉得自己吃了大亏，好像我们都沾了多大光似的。我们养活着老人，也不容易，你说是吧？大哥。"

"是啊，我也知道。其实，最不容易的是源娃，咱都体谅体谅源娃就好了。"袁江说。

袁源的父亲喝了杯酒，说："你们都不要再提这事了。一提这事，都认为自己很委屈，你们谁想过源娃的难处？我一再说，大家在一起时，不要提这事，一提这事，都跟仇人似的。再说了，总说袁桃开超市，她那一间小卖部也叫超市？她家连粉墙的钱都没有，现在还是毛坯房，你们都看不见？总是看见别人好一点儿就眼红！"

大家都不再说话了。

袁源的父亲自己端起桌上的酒，又喝了一杯，转向赵聪，说："袁桃那儿，我昨儿个打电话问了，她也不知道她三哥的情况，袁桃那儿你就不用去了。"

"好的，好的，这我不用再去了。"

吃完饭，袁源的二嫂在收拾餐桌时，像自言自语，又像是故意叫人听见似的，说："这事啊，十有八九与红儿有关。"

大家都听见袁源的二嫂的话了，但都没接茬儿，气氛有点儿尴尬。赵聪看了看袁源的父亲，说："叔，没啥事，我就先走了。"

袁源的父亲站起来，说："不急，走，咱叔侄俩到外面走走。"

在村外的田间小路上，袁源的父亲向赵聪说出了他的心里话。他说，本来吧，一家人都是很亲的，日子苦的时候，几家人都很亲。自从袁源毕业有了本事，给家里钱，又是盖新房又是盖超市，又是给村里立碑，又是资助哥哥姐姐妹妹，这都是叫外人羡慕的事。可是，日子好过了，就开始争了，就不平衡了，总认为自己沾光少，总认为别人沾光多。特别是袁红，前些年隔三岔五就回来要钱要东西，好像娘家人欠她似的。因为太过分了，他就说了她几次，一来二去，袁红就很少再回娘家了。她不回来要东西，可她却直接去向袁源要。她儿子裴兴大学毕业在省城上班，她竟要求袁源给她儿子买房子。世上没有不透风的墙，袁红找袁源要钱买房的事，竟传到了他的耳朵里。这还了得！他二话没说，就去袁红家，把袁红骂了一通。

听完袁源的父亲说的话，赵聪问道："这事不是袁源告诉您的，那您是咋知道的呢？"

袁源父亲笑笑，说："唉，'要想人不知，除非己莫为。'袁红心里藏不住事，她儿子在省城上班，那还是袁源给帮的忙。她想叫袁源给她儿子买房，这事是不能随便说的，可她却是个好显摆的人，她就对邻居说了这事，其实也是想显摆她有个有本事的弟弟。可她不知道，她那些邻居都烦她好显摆，所以，就偷偷来告诉了我。"

赵聪没有说话，静静地听着。停了停，袁源父亲接着说："不过，我知道，这事吧，她一定会怪到袁源头上的。"

是的，正如袁源的父亲所猜测的这样，袁红对父亲找上门来责骂很是生气，认为袁源不该把这事告诉父亲，他这样做明明就是叫父亲来骂她的。于是，在父亲找上家门骂她后的第二天，她就跑到省城，一见面就质问袁源为什么要把这事告诉家人。袁源说他从来就没有对家人说过，甚至连周惠都没说过。至于家人是如何知道的，袁源真的不知道。可是，无论袁源如何解释，袁红就是不信，还说，既然这事说出去了，袁源就必须出钱给她儿子买套新房。

"您对袁源的事情怎么看？"

听赵聪这么一问，袁源的父亲笑笑，很自信地说："昨儿个晚上，兴娃，你知道，就是裴兴，给我打了个电话，说她妈又去他小舅公司找人了。我一听，突然明白了。你想啊，我本想我去骂了她，她就不会再去找袁源了，没想到她竟还去找袁源要钱。这我就明白了，袁源和周惠之所以辞职，那就是在躲袁红的。我心里清楚得很哩，肯定是这么回事。我对儿子还是很了解的。"

"噢，我明白了，您的意思是袁源只是暂时为了躲避姐姐，才辞职失踪的。"赵聪说，"那我就不用费神去寻找了。"

"不用找，你的心意叔领了，你和袁源有交情，看得出来，袁源的事，你很上心，这两天叫你往家跑了两趟，叔感谢你。"

"既然是这样，那我也就放心了。"

"不过呢，袁桃的想法却不是这样，她说她不认为她三哥是暂时为了躲袁红才辞职的。我问她为什么，她也说不上来，她说只是凭感觉。你说，感觉这东西可靠吗？我不信。"

赵聪和袁桃的感觉一样，也不认为袁源和周惠的辞职只是因为要躲避他的姐姐袁红。他俩辞职绝对不会这么简单，因为这样做是完全没必要的，也是不现实的。然而，袁源的父亲已经表明了态度，赵聪也就没有再找下去的必要了。

回到省城，已是晚上九点多了。赵聪去顺城老街吃了碗烩面，直接回家了。

刚刚到家，就收到了袁红发来的很长的短信，说她知道赵聪又去袁家营了，

188

还说她埋怨弟弟偏心是有的。袁源上学那会儿，家里穷，她常资助弟弟上学，她对弟弟是有恩的。她想叫弟弟帮她给儿子裴兴买房也是真的，说让袁源必须出钱给裴兴买房也只是一时生气说说罢了，弟弟没钱她也不可能逼迫弟弟的。眼下家人肯定会把弟弟辞职的事怪罪到她头上。

赵聪漫不经心地浏览了一遍短信，其内容大都是她之前已经说过的。再联想到袁源的父亲的态度，赵聪认为自己已没必要再为这事劳神了，所以他也没必要再给袁红回信了。

一切似乎都归于平静。在以后很长的一段时间里，关于袁源和周惠的事，袁源的家人，包括袁红，再也没有联系过赵聪。闲暇之时，回想着袁源的事情，赵聪的内心深处有一种说不清道不明的失落感，他也不知道为什么会有这样的感觉，而且，这种感觉在他反复回想的过程中，似乎变得越来越强烈。

都该

雨下大的时候，刘跃德正在街上巡视。

今年天气异常，全国有好几个省份都下了大到暴雨，个别地方还下了几十年一遇的特大暴雨。

政府为应对异常的自然灾害，提早做好了预案，派各级干部驻村驻街道，挨家挨户地排查隐患，还印发了自然灾害防范宣传册，送达到每一户人家，甚至要求以街道和乡镇为单位，街道和乡镇再以社区或村为单位，层层把关，层层落实，把所有的危房户集中安置在地势较高的学校或体育场馆。

同时，还以街道、社区为单元，成立联防联控巡逻小分队，一天二十四小时不间断地巡视。

刘跃德当过兵，是转业军人，四十岁出头儿，身强体壮，又是一名党员，听从政府号召，第一个报了名，当上了志愿服务者，并被街道办事处领导任命为街道办事处联防联控巡逻小分队队长。他们这个分队共有十二名队员，基本都是转业军人，也都是自愿报名的。建中街道办事处在中大街与新华街十字路口搭建了一个临时值勤点，每天有一人在值勤点值守，其他队员每人分包一个街区，每隔两个小时必须巡视一次。

由于一连好几天都是天天预报有大雨，却并没有下大雨，就有人失去了耐心，特别是那些处在地势低下的危险地带的群众，有人不听指挥，私下跑回家中。这样一来，队员们就得一户一户地耐心做工作，有的能做通，而有的则说什么也不离开家。

七月下旬的一天，花园街道的刘金勇就从集中安置点跑回了家。他就是其中一个很难被说服的人。刘金勇六十多岁，是县城中学一名退休教师，性格开朗，身体硬朗，待人和善，天天到文化广场锻炼身体，一双儿女都在外地工作。自从爱人前年去世后，儿子们想叫他过去一起住，可刘金勇说什么也不同意，他说一个人在家住自由自在，还能守着老伴（遗像）。但刘金勇尽管还是每天一如既往地到文化广场去锻炼身体，但是慢慢地变得不爱说笑了，性格也变得古怪起来。以前很随和的一个人，变得遇上什么事都要争个对错，这种变化对他自己来说是意识不到的，他甚至固执地认为，"什么事都得捋个清楚明白。"

本来刘金勇所在的这个街区不在刘跃德的巡视范围内，负责去做工作的队员李胜利，在他家待了半天，说得口干舌燥，刘金勇就是不为所动。无奈，李胜利就请刘跃德前来帮忙。

刘跃德走进刘金勇家时，刘金勇正和李胜利抬杠。虽然两人说话语气都很强硬，但还相互让着香烟。"抽我这烟，过瘾。"刘金勇说着，递给了李胜利一根香烟。

刘金勇是刘跃德的本家叔。早些年城中村改造，刘跃德家分到了街面的门面房，刘金勇家还在原来的地方，虽然不临街，但也是一楼。

看到刘跃德进屋，刘金勇转身递给刘跃德一根烟。

"叔，我早戒了，抽烟对身体不好，你也早些戒了吧！"刘跃德说着，向李胜利摆了摆手，示意他离开。

"叔啊，你可是人民教师，按说啥政策你都比我们懂得多，可为啥你就不办呢？这要是万一遇到什么麻烦，我咋跟我弟弟妹妹交代？"

"哪年不下雨？我又不是没见过大暴雨。你说，我们都在外面躲了五六天了，天天说要下雨，不是都没下雨嘛！没必要大惊小怪的。"

刘跃德笑笑，说："叔啊，以前我常听您说'谁知道明天和意外哪个先来''凡事都要有个防备心''要防患于未然'。眼下政府也明确说了，'宁可信其有，不可信其无'宁愿让群众多在安全的地方多待几天，也绝不可贸然让群众回到地势低下的危险地带去。您说，政府这样为百姓着想，多余吗？"

听完刘跃德的话，刘金勇竟无言以对了，拿眼盯着刘跃德好一阵子，把手里的一根烟抽完，在茶几的烟灰缸里使劲儿捻灭，说："那里人多，天天没事干，吵吵闹闹的，跟赶大集似的，我心里烦躁。"

"那里有吃有喝的，都是政府免费提供的，并且还配有医护人员，政府为群众想得多周到！您不是会太极拳吗？闲着没事的话，就在体育馆里教他们太极拳，不就有事干了吗？"

"嘿，你可别说，还真是的，我这就去。"刘金勇一下子又活跃起来了，"有个事儿干，身上就有使不完的劲儿。"

刘跃德陪着刘金勇走到街口，说："叔，您去吧，我顺路回家看一眼，回头我去体育馆看您！"

刘跃德家住中心大街，有两间当街门面房，自家开了个小超市。中心街道地势最高，属于安全地带。虽然居家正常生活，但也听从政府指令，十天前就在门前准备了二十个沙袋，以防下暴雨时水漫进超市。

刘跃德在大街上走着，街道两旁都是熟人，他挨个儿和他们打着招呼，并时不时地说一声："一定要注意安全！"

当他快要走到自家门前时，天色突然大变，乌云压顶。一阵风刮过，刘跃德顿觉有些凉意，他站在街道中间，抬头看了看天，深深地吸了口气，对街坊说："风中雨腥味很浓，要下大雨了，要注意安全。"

刘跃德说完就急匆匆地往中心大街十字路口的临时值勤点跑去。

暴雨来得太突然了，说话间豆大的雨珠子就劈头盖脸地砸了下来，顷刻间就瓢泼如注。暴雨如密不透风的瀑布，周围一片昏暗。街上的行人喊叫着四处奔跑，很快都跑到临街的门面房前檐下或躲进了门面房里了。而在大雨中奔跑的刘跃德，全身早已湿透。街道上很快就积满了水，整个街道已变成了一条宽宽的大河。

"只当是洗个澡，雨停了再下河游几圈儿，说不定还能逮几条大鲤鱼。"

不多时，街道上又出现了一些人，他们故意从临街的门面房里走出来，站在大雨中嬉戏，大声嚷嚷着，还做着撒网的动作，一个个落汤鸡似的蹦着，跳着，嬉戏着。

雨越来越大，根本没有要停下来的意思，人走在大街上，就像有一盆盆水不停地顺着头往下浇。而脚底下，水已漫过了脚脖子。眼前更像是拉起了一道水帘子，十米开外就什么也看不见了。

"看来政府说得还真对，这雨就是特大暴雨。"有人站在街边大声地说着。

有人哆嗦着说："真吓人，这要下成啥样？"

这时，紧张的情绪透过如帘的雨水传递着，街道上再也没人嬉戏了。站在街边躲雨的人们也都不再说玩笑了，整个街道被唰唰唰的、令人心惊胆战的雨声所笼罩。

刘跃德在大雨中往十字街口的值勤点跑时，路过自家的超市，看到妻子吴香菊正慌慌张张地搬沙袋挡门口。他想停下来帮妻子一把，但又担心值勤点出现意外，于是，就大声对妻子喊道："香菊，快，快，快堵门。水大的话，都去二楼待着。"说完，不等吴香菊回话，继续往十字街口跑去。

刘跃德还没跑到十字街口，远远地就看到值勤点的帐篷被大水冲走了。其他几位同志此刻也都跑了过来，他们站在暴雨中，刘跃德大声吆喝："大家分头行动，去低洼处看望那些危房户，每人各自负责自己的区域，要注意安全。"说完，大家分头跑开了。

街道上的水位在快速地上涨着，一楼门面房门口堆起的沙袋很快被水淹没了。刘跃德站在街口，看着自家超市的方向，暴雨阻挡了他的视线，他看不见自家的超市，也看不见妻子的身影。转身看着自己身后几家门面房已灌进了水，他心里清楚，他家超市也必定进水了。他沿街大声吆喝着，让人们都往二楼去。那些仍站在街边看稀罕的人，在刘跃德的劝说下，都分散开了。有几个学生模样的年轻人，也自发地加入了刘跃德的行列，他们自觉地分头沿街道挨家挨户地劝说人们尽快到安全的地方去。

危险时刻，时间似乎是停滞的，给人感觉很漫长。仅仅一个小时，整个街道已变成了水深没过膝盖的河道。

刘跃德站在街道中央，看着湍急的水流，夹杂着从一楼各家超市冲出来的物品，心里非常难过。他无助地四处张望着，似乎是在寻找什么，又似乎是在哀求什么。他心想，这能叫下雨吗？这简直就是瓢泼啊！

在刘跃德身后，有人大声叫着："跃德，雨太大了，先进来躲躲吧！"

刘跃德听到了那熟悉的声音，是他的街坊。他回头看了看，一位老人站在二楼的阳台上，冒着雨，对他说话。

刘跃德向老人摆了摆手，大声喊道："快把窗户关上，雨太大了！"

"这么大的雨啊，一辈子没见过这么大的雨，瓢泼呀，简直就是天漏了个大窟窿，老天爷忘了堵上了。快上来躲躲吧，跃德。"

刘跃德再次向老人摆了摆手，然后，双手做了个关窗的动作，大声喊着："快把窗户关上！"

刘跃德说完，转身艰难地向十字街口走去。

就在这时，刘跃德突然发现，街道中央混浊的水流中有个人在挣扎着，长长的头发将面部盖住了，她的怀里明显抱着一个东西，应该是个小孩。刘跃德来不及多想，不顾一切地冲了过去。在急流中，由于用力过猛，他也倒在了水中。本能让他使出了洪荒之力，他很快窜到那个女子跟前，一把把她从急流中拉了起来。那女子在惊恐中无法站稳，把怀里的孩子抱得更紧了。孩子呛了水，不断地咳嗽着，同时大声地哭喊着。等女子稍稍站稳，刘跃德说："来，先把孩子给我。"

说着，刘跃德把小孩从女子怀里抢了过来。

当他右胳膊抱着大哭的小孩，左手用力拉着仍在急流中不停趔趄着的女子，正要往街边走时，他突然发现，大水中又有一个人在挣扎着。似乎是在冥冥之中，就那么瞟过一眼的瞬间，他竟看到那个在水中挣扎、高举着双手、时不时将头露出水面的人，就是他的妻子吴香菊。

暴雨实在是太大了，当时，刘跃德吆喝着让吴香菊快点儿堵门的时候，吴香菊根本就没听见。眼见着水已漫过沙袋，吴香菊干脆就放弃了堵水，第一时间把父母和儿子送到楼上，再下到一楼时，街上的水已冲开沙袋，涌进了超市，超市里的水已漫过了小腿肚。她尽力把货架底层的物品往货架的高处转移，怎奈物品实在太多，能往上转移的也很有限，于是，她无奈地看着，心里想，就这样吧。之后，她走出超市，站在街边，想看看丈夫。她听到了丈夫和对面街坊说话的声音，并模糊地看到了站在街道中央的丈夫。也就在同时，她看到了水中那个挣扎着的女子。她大声喊叫着，想叫丈夫赶快去救那个人。同时，她也冲到了街道上。

他们同时看到了那个落水的女子。当时刘跃德看到水中挣扎的女子时，并没听到吴香菊的喊叫，更没看到吴香菊也冲过来，想要救那个落水的女子。

毕竟，吴香菊身单力薄，刚冲到街中央，还没站稳，就被水流冲倒了。

吴香菊在水中挣扎着，两只手高高举着乱抓一气，不停地在水中沉浮，快要被冲到刘跃德跟前时，刘跃德僵住了，像一尊雕塑一般，他六神无主，不知所措，他胳膊上的肌肉似乎紧了一下，下意识地把怀里的小孩抱得更紧了。他想要冲过去，用双腿挡着妻子，他动了动身子，可他却没能走动。因为他左手拉的那个女子仍然在不停地咳嗽着，无法站稳而又惊魂未定地摇晃着。当时，他是完全有机会救妻子的，但是，这样的话，他就不得不把那个女子放开，把怀里的小孩子放下，可他不能这样。也就在一刹那，他大声呼叫起来："快救人啊，快来救人啊！"那声音如此的急切，如此的歇斯底里。此刻，站在临街二楼阳台上的人们，也都大声呼叫着，但声音被如注的暴雨淹没了。

此时，有几个年轻人快速蹚到刘跃德面前。刘跃德下意识地把小孩和女子交给他们，转身扑入水中，向妻子被冲走的方向游去。懂水性的人都清楚，在急流中蹚水移动，远不如游得顺畅且快速。

刘跃德奋力追赶妻子的同时，吴香菊已被下游几位街坊合力救了起来。

刘跃德踉跄着扑到吴香菊跟前，紧紧抱住仍在瑟瑟发抖、咳嗽不止的妻子，大声吆喝着："你咋出来啦？你咋出来啦？你不知道很危险吗？"巨大的雨声中，刘跃德的声音断断续续，带着浓浓的哭腔。

令人想不到的是，被救起的吴香菊却异常地冷静，她使劲儿止住咳嗽，笑着对刘跃德说："我看到有人落水，怕你没看见。那人被救上来了，呛水了。水倒是不深，就是太急，没想到就是站不稳。再说了，就是冲，能把我冲到哪儿去？还能把我冲出县城？"

她这么一说，大家紧张的情绪一下子放松了下来。

刘跃德一边帮妻子擦脸上的雨水，一边哭中带笑地说道："救上来了，救上来了。"

暴雨很快过去了。由于政府准备充分，防范得力，除了一楼人家部分家具被大水冲走，无一人伤亡。政府在积极组织恢复正常生产生活的同时，也第一时间表彰了在这次暴雨中表现突出的人员，其中就有舍己救人的志愿者刘跃德。

刘跃德的父母和儿子得知其舍己救人的事迹后，都为他感到骄傲和自豪，儿子把他当成了心目中的大英雄。每每这个时候，刘跃德总是低着头，红着脸，不停地说："不要说了，不要说了，举手之劳的事，不必说了。"

可是，过了几天，当他们听说吴香菊也被大水冲走，并且冲到刘跃德面前，刘跃德眼睁睁看着不救时，他们一下子愤怒了，一个个跟仇人似的，对刘跃德直眉瞪眼的，说刘跃德眼见自己亲人落水不救，是个没良心的主儿。

刘跃德内心也自知有愧于妻子，所以，这个时候，他总是低着头，红着脸，一言不发。吴香菊在旁边一直帮着丈夫，解释说："他手里刚救出两个人来，就是想救我也腾不出手来。再说了，当时他也并没有看出那人是我啊，就是看出是我，他也总不能把刚救上来的人再扔到水里，再来救我呀！你们说是吧？你们不能这样责怪他，是吧？"

听妻子这么说，刘跃德像犯了错的小学生，微微抬着头，依然红着脸，声音颤抖地对妻子说："对不起，对不起！"

尽管家人们听吴香菊这么解释也有一定道理，也想着原谅刘跃德，可一想到刘跃德眼看着吴香菊在他面前被水冲走而不施救，就心里堵得慌。因此，他们对刘跃德的态度就不远不近，似乎有了些隔阂。

那个被刘跃德救出的女子叫郑秋燕，事后她专程到刘跃德家中致谢，说她家是郊区的，当天带着孩子在城里玩，下大雨时她正抱着孩子往家赶，不小心被水冲倒了。要不是刘跃德及时抢救，后果不敢想象。而当她得知刘跃德为了救她和儿子，而无法去救自己的妻子，眼睁睁地看着妻子从他面前被冲走时，郑秋燕更是心里过意不去。她找到街道办事处的领导，不但给刘跃德送了锦旗，还请求为刘跃德申请好人好事模范人物称号。

街道办事处的领导百忙中看望刘跃德，并表示要把他的事迹报送上级。可刘跃德说什么也不同意上报，不停地说："救人是应该的，是必须做的，搁谁都会去救的，不值得表扬，真不值得表扬。"

吴香菊也想把刘跃德报上去，毕竟这是救人的大好事。

吴香菊无论怎么劝说刘跃德，刘跃德就是不同意，说："举手之劳的事，真不值当张扬。"

其实，吴香菊心里非常清楚刘跃德不让上报的原因，他对自己眼看着妻子从自己面前被水冲走而不能伸手施救，感到心里有愧。而吴香菊执意要让上报的原因，也正因如此，她是想通过上报来减轻丈夫内心的愧疚之情。为了能说服刘跃德，吴香菊私下说服了父母和儿子，让他们齐上阵，先在态度上对刘跃德抱以极大的热情，然后再轮番劝说刘跃德同意上报自己的英勇事迹。

自此，家人对刘跃德更加关爱了，一天到晚，一见面就嘘寒问暖、关怀备至，弄得刘跃德反倒不好意思起来。

刘跃德心里明白，这是妻子吴香菊的良苦用心。

忙碌了一整天的刘跃德回到家后，吴香菊赶紧热情地给他打水洗脸。刘跃德擦脸的时候，吴香菊深情地看着他，说："我知道你心里的想法，在那个时候，谁都该救，你尽力了，没必要有愧。"

刘跃德愧疚地看着吴香菊，眼里含着泪，伸开双臂紧紧地拥抱着妻子，说："你说得对，谁都该救，都该，都该。"